全民阅读精品文库

舅舅的花园

王升山 李青／主编

中国言实出版社

图书在版编目(CIP)数据

舅舅的花园 / 王升山，李青主编 . —北京：中国
言实出版社，2015.5
ISBN 978-7-5171-1315-7

Ⅰ.①舅… Ⅱ.①王… ②李… Ⅲ.①中篇小说—小
说集—中国—当代②短篇小说—小说集—中国—当代
Ⅳ.① I247.7

中国版本图书馆 CIP 数据核字（2015）第 087766 号

责任编辑：周汉飞

出版发行　中国言实出版社

　　地　　址：北京市朝阳区北苑路 180 号加利大厦 5 号楼 105 室
　　邮　　编：100101
　　编辑部：北京市西城区百万庄大街甲 16 号五层
　　邮　　编：100037
　　电　　话：64924853（总编室）64924716（发行部）
　　网　　址：www.zgyscbs.cn
　　E-mail：zgyscbs@263.net

经　　销　新华书店
印　　刷　北京温林源印刷有限公司
版　　次　2015 年 10 月第 1 版　2015 年 10 月第 1 次印刷
规　　格　710 毫米 ×1000 毫米　1/16　17 印张
字　　数　212 千字
定　　价　38.00 元　ISBN 978-7-5171-1315-7

目 录

如果大雪封门

徐则臣

　　宝来被打成傻子回了花街，北京的冬天就来了。冷风扒住门框往屋里吹，门后挡风的塑料布裂开细长的口子，像只冻僵的口哨，屁大的风都能把它吹响。行健缩在被窝里说，让它响，我就不信首都的冬天能他妈的冻死人。我就把图钉和马夹袋放下，爬上床。风进屋里吹小口哨，风在屋外吹大口哨，我在被窝里闭上眼，看见黑色的西北风如同洪水卷过屋顶，宝来的小木凳被风拉倒，从屋顶的这头拖到那头，就算在大风里，我也能听见木凳拖地的声音，像一个胖子穿着四十一码的硬跟皮鞋从屋顶上走过。宝来被送回花街那天，我把那双万里牌皮鞋递给他爸，他爸拎着鞋对着行李袋比划一下，准确地扔进门旁的垃圾桶里：都破成了这样。那只小木凳也是宝来的，他走后就一直留在屋顶上，被风从那头刮到这头，再刮回去。

1

我不讨厌鸽子，讨厌的是鸽哨。那种陈旧的变成
昏黄色的明晃晃的声音，一圈一圈地绕着我脑袋转，
越转越快，越转越紧，像紧箍咒直往我脑仁里扎。

　　第二天一早，我爬上屋顶想把凳子拿下来。一夜北风掘地三尺，屋顶上比水洗过还干净。经年的尘土和杂物都不见了，沥青浇过的地面露出来。凳子卡在屋顶东南角，我费力地拽出来，吹掉上面看不见的尘灰坐上去。天也被吹干净了，像安静的湖面。我的脑袋突然开始疼，果然，一群鸽子从南边兜着圈子飞过来，鸽哨声如十一面铜锣在远处敲响。我在屋顶上喊：

　　"它们来了！"

　　他们俩一边伸着棉袄袖子一边往屋顶上爬，嘴里各叼一只弹弓。他们觉得大冬天最快活的莫过于抱着炉子煲鸡吃，比鸡味道更好的是鸽子。"大补，"米箩说。"滋阴壮阳，要怀孕的娘们儿只要吃够九十九只鸽子，一准生儿子。"男人吃够了九十九只，就是钻进女人堆里，出来也还是一条好汉。不知道他从哪里搞来的理论。不到一个月，他们俩已经打下五只鸽子。

　　我不讨厌鸽子，讨厌的是鸽哨。那种陈旧的变成昏黄色的明晃晃的声音，一圈一圈地绕着我脑袋转，越转越快，越转越紧，像紧箍咒直往我脑仁里扎。神经衰弱也像紧箍咒，转着圈子勒紧我的头。它们有相似的频率和振幅，听见鸽哨我立马感到神经衰弱加重了，头疼得想撞墙。如果我是一只鸽子，不幸跟它们一起转圈飞，我肯定要疯掉。

　　"你当不成鸽子。"行健说，"你就管掐指一算，看它们什么时候飞过来，我和米箩负责把它们弄下来。"

　　那不是算，是感觉。像书上讲的蝙蝠接收的超声波一样，鸽哨大老远就能跟我的神经衰弱合上拍。那天早上鸽子们的头脑肯定也坏了，围着我们屋顶翻来覆去地转圈飞。飞又不靠近飞，绕大圈子，都在弹弓射程之外，让行健和米箩气得跳脚。他们光着脚只穿条秋裤，嘴唇冻得乌青。他们把所有石子都打光了，骂骂咧咧下了屋顶，钻回热被窝。我在屋顶上来回跑，骂那些浑蛋鸽子。没用，人家根本不听你的，

该怎么绕圈子还怎么绕。以我丰富的神经衰弱经验，这时候能止住头疼的最好办法，除了吃药就是跑步。我决定跑步。难得北京的空气如此之好，不跑浪费了。

到了地上，发现和鸽子们的关系发生了变化。它们其实并非绕着我们的屋顶转圈，而是围着附近的几条巷子飞。狗日的，我要把你们彻底赶走。这个场景一定相当怪诞：一个人在北京西郊的巷子里奔跑，嘴里冒着白气，头顶上是鸽群；他边跑边对着天空大喊大叫。我跑了至少一刻钟，一只鸽子也没能赶走。它们起起落落，依然在那个巨大的圆形轨道上。它们并非不怕我，我在地上张牙舞爪地比画，它们就飞得更快更高。所以，这个场景也可以被看成是一群鸽子被我追着跑。然后我身后出现了一个晨跑者。

那个白净瘦小的年轻人像个初中生，起码比我要小。他低着头跟在我身后，头发支棱着，简直就是图画里的雷震子的弟弟。此人和我同一步调，我快他快，我慢他也慢，我们之间保持着一个恒定不变的距离，八米左右。他的路线和我也高度一致。在第三个人看来，我们俩是在一块追鸽子。如果在跑道上，即使身后有三五十人跟着你也不会在意，但在这冷飕飕的巷子里，就这么一个人跟在你屁股后头，你也会觉得不爽，比三五十人捆在一起还让你不爽。那感觉很怪异，如同你在被追赶、被模仿、被威胁，甚至被取笑，你有一种莫名其妙的不洁感。反正我不喜欢，但他呼哧呼哧的喘气声让我觉得，这家伙也不容易，不跟他一般见识了。如果我猜得不错，他那小身板也就够跑两千米，多五十米都得倒下。他要执意像个影子粘在我身后，我完全可以拖垮他。但我停了下来。跑一阵子脑袋就舒服了。过一阵子脑袋又不舒服了。所以我自己也摸不透什么时候就会突然撒腿就跑。

第二天，我从屋顶上下来。那群鸽子从南边飞过来了，我得提前把它们赶走。行健和米箩嫌冷，不愿意从热被窝里出来。我迎着它们

如果我是鸽子，牺牲了那么多同胞以后，我绝对
不会再往那个屋顶附近凑；可是鸽子不是我，每天总
要飞过来那么一两回。

跑，一路嗷嗷地叫。它们掉头往回飞，然后我觉得大脑皮层上出现了另一个人的脚步声。如果你得过神经衰弱，你一定明白我的意思：我们的神经如此脆弱，头疼的时候任何一点小动静都像发生在我们的脑门上。我扭回头又看见昨天的那个初中生。他穿着滑雪衫，头发变得像张雨生那样柔软，在风里颤动飘拂。我把鸽子赶到七条巷子以南，停下来，看着他从我身边跑过。他跟着鸽群一路往南跑。

　　行健和米箩又打下两只鸽子。它们像失事的三叉戟一样一头栽下来，在冰凉的水泥路面上撞歪了嘴。煮熟的鸽子味道的确很好，在大冬天玻璃一样清冽的空气里，香味也可以飘到五十米开外；我从吃到的细细的鸽子脖还有喝到的鸽子汤里得出结论，胜过鸡汤起码两倍。天冷了，鸽子身上聚满了脂肪和肉。

　　如果我是鸽子，牺牲了那么多同胞以后，我绝对不会再往那个屋顶附近凑；可是鸽子不是我，每天总要飞过来那么一两回。我把赶鸽子当成了锻炼，跑啊跑，正好治神经衰弱。反正我白天没事。第三次见到那个初中生，他不是跟在我后头，而是堵在我眼前；我拐进驴肉火烧店的那条巷子，一个小个子攥着拳头，最大限度地贴到我跟前。

　　"你看见我的鸽子了吗？"他说南方咬着舌头的普通话。看得出来，他很想把自己弄得凶狠一点儿。

　　"你的鸽子？"我明白了。我往天上指，那群鸽子快把我吵死了。

　　"我的鸽子又少了两只！"

　　"要是我的头疼好不了，我把它们追到越南去！"

　　"我的鸽子又少了两只。"

　　"所以你就跟着我？"

　　"我见过你。"他看着我，突然有些难为情。"在花川广场门口，我看见那胖子被人打了。"

他说的胖子是宝来。宝来为了一个不认识的女孩，在酒吧门口被几个混混打坏了脑袋，成了傻子，被他爸带回了老家。他说的花川广场是个酒吧，这辈子我也不打算再进去。

"我帮不了你们，"他又说，"自行车腿坏了，车笼子里装满鸽子。我只能帮你们喊人。我对过路的人喊，打架了，要出人命啦，快来救人啊。"

我一点儿想不起听过这样咬着舌头的普通话。不过我记得当时好像是闻到过一股热烘烘的鸡屎味，原来是鸽子。他这小身板的确帮不了我们。

"你养鸽子？"

"我放鸽子。"他说，"你要没看见——那我先走了。"

走了好，要不我还真不知道怎么跟他说少了的七只鸽子。七只，我想像我们三个人又吃又喝打着饱嗝，的确不是个小数目。

接下来的几天，在屋顶上看见鸽群飞来，我不再叫醒行健和米箩；我追着鸽群跑步时，身后也不再有人尾随。我知道我辜负了他的信任，我不知道他是不是也明白这一点。因为不安，反倒不那么反感鸽哨的声音了。走在大街上，对所有长羽毛的、能飞的东西都敏感起来，电线上挂了个塑料袋我也会盯着看上半天。

有天中午我去洪三万那里拿墨水，经过中关村大街，看见一群鸽子在当代商城门前的人行道上蹦来蹦去，那鸽子看着眼熟。已经天寒地冻，年轻的父母带着孩子还在和鸽子玩，还有一对对情侣，露着通红的腮帮子跟鸽子合影。这个我懂，你买一袋鸽粮喂它们，你就可以和每一只鸽子照一张相。我在欢快的人和鸽子群里看见一个人冰锅冷灶地坐着，缩着脑袋，脖子几乎完全顿进了大衣领子里。这个冬天的确很冷，阳光像害了病一样虚弱。他的头发柔顺，他的个头小，脸白净，鼻尖上挂着一滴清水鼻涕。我走到他面前，说：

在中国，你如果问别人想去哪里，半数以上会告诉你，北京。林慧聪也想去，他去北京不是想看天安门，而是想看到了冬天下大雪是什么样子。

"一袋鸽粮。"

"是你呀！"他站起来，大衣扣子挂掉了四袋鸽粮。

很小的透明塑料袋，装着八十到一百粒左右的麦粒，一块五一袋。我帮他捡起来。旁边是他的自行车和两个鸽子笼，落满鸽子粪的飞鸽牌旧自行车靠花墙倚着，果然没腿。他放的是广场鸽。我给每一只鸽子免费喂了两粒粮食。他把马扎让给我，自己铺了张报纸坐在钢筋焊成的鸽子笼上。

"鸽子越来越少了。"他说，又把脖子往大衣里顿了顿。

"你冷？"

"鸽子也冷。"

这个叫林慧聪的南方人，竟然比我还大两岁，家快远到了中国的最南端。去年高考，作文写走了题，连专科也没考上。当然在他们那里，能考上专科已经很好了。考的是材料加半命题作文。材料是，一人一年载三棵树，一座山需要十万棵树，一个春天至少需要十三亿棵树，云云。挺诗意。题目是《如果……》。他不管三七二十一，上来就写《如果大雪封门》。说实话，他们那里的阅卷老师很多人一辈子都没看见过雪长什么样，更想像不出什么是大雪封门。他洋洋洒洒地将种树和大雪写到了一起，不知道从哪里找来的逻辑。在阅卷老师看来，走题走大了。一百五十分的卷子，他对半都没考到。

父亲问他："怎么说？"

他说："我去北京。"

在中国，你如果问别人想去哪里，半数以上会告诉你，北京。林慧聪也想去，他去北京不是想看天安门，而是想看到了冬天下大雪是什么样子。他想去北京也是因为他叔叔在北京。很多年前林家老二用刀捅了人，以为出了人命，吓得当夜扒火车来了北京。他是个养殖员，因为跟别人斗鸡斗红了眼，顺手把刀子拔出来了。来了就没回去，偶尔寄点钱回去，让家里人都以为他发大了。林慧聪他爹自豪地说，那好，投奔你二叔，你也能过上北京的好日子。他就买了张火车站票到了北京，下车脱掉鞋，看见脚肿得像两条难看的大面包。

二叔没有想像中那样西装革履地来接他，穿得甚至比老家人还随意，衣服上有星星点点可疑的灰白点子。林慧聪出溜两下鼻子，问："还是鸡屎？"

"不，鸽屎！"二叔吐口唾沫到手指上，细心地擦掉老头衫上的一粒鸽子屎，"这玩意儿干净！"

林家老二在北京干过不少杂活，发现还是老本行最可靠，由养鸡变成了养鸽子的。不知道他走了什么狗屎运，弄到了放广场鸽的差事。他负责养鸽子，定时定点往北京的各个公共场所和景点送，供市民和游客赏玩。这事看上去不起眼，其实挺有赚头，公益事业，上面要给他钱的。此外你可以创收，一袋鸽粮一块五，卖多少都是你的。鸽子太多他忙不过来，侄儿来了正好，他给他两笼，别的不管，他只拿鸽粮的提成，一袋他拿五毛，剩下都归慧聪。吃喝拉撒衣食住行慧聪自己管。

"管得了么？"我问他。我知道在北京自己管自己的人绝大部分都管不好。

"凑合。"他说，"就是有点儿冷。"

冬天的太阳下得快，光线一软人就开始往家跑。的确是冷，人越来越少，显得鸽子就越来越多。慧聪决定收摊，对着鸽子吹了一曲别扭的口哨，鸽子踱着方步往笼子前靠，它们的脖子也缩起来。

慧聪住七条巷子以南。那房子说凑合是抬举它了，暖气不行。也是平房，房东是个抠门的老太太，自己房间里生了个煤球炉，一天到晚抱着炉子过日子。她暖和了就不管房客，想起来才往暖气炉子加块煤，想不起来拉倒。慧聪经常半夜迷迷糊糊摸到暖气片，冰得人突然就清醒了。他提过意见，老太太说，知足吧你，鸽子的房租我一分没要你！慧聪说，鸽子不住屋里啊。院子也是我家的，老太太说，要按人头算，每个月你都欠我上万块钱。慧聪立马不敢吭声了。这一群鸽子，每只鸽子每晚咕哝两声，一夜下来，也像一群人说了通宵的悄悄话，吵也吵死了。老太太不找碴算不错了。

"我就是怕冷。"慧聪为自己是个怕冷的南方人难为情，"我就盼着能下一场大雪。"

大雪总会下的。天气预报说了，最近一股西伯利亚寒流将要进京。不过天气预报也不一定准，大部分时候你也搞不清他们究竟在说哪个地方。但我还是坚定地告诉他，大雪总要下的。不下雪的冬天叫什么冬天。

完全是出于同情，回到住处我和行健、米箩说起慧聪，问他们，是不是可以让他和我们一起住。我们屋里的暖气好，房东是个修自行车的，好几口烧酒，我们就隔三差五送瓶"小二"给他，弄得他把我们当成亲戚，暖气烧得不遗余力。有时候我们懒得出去吃饭，他还会把自己的煤球炉借给我们，七只鸽子都是在他的炉子上煮熟的。

"好是好，"米箩说，"他要知道我们吃了他七只鸽子怎么办？"

"管他！"行健说，"让他来，房租交上来咱们买酒喝。还有，总得给两只鸽子啥的做见面礼吧？"

我屁颠屁颠到七条巷子以南。慧聪很想和我们一起住，但他无论如何舍不得鸽子，他情愿送我们一只老母鸡。我告诉他，我们三个都是打小广告的。小广告你知道吗？就是在纸上、墙上、马路牙子上和电线杆子上印上一个电话，如果你需要假毕业证、驾驶证、记者证、停车证、身份证、结婚证、护照以及这世上可能存在的所有证件，拨打这个电话，洪三万可以满足你的一切要求。电话号码是洪三万的。

我跟他说，其实这地方没什么好看的，除了高楼
就是大厦，跟咱们屁关系没有。

　　洪三万是我姑父，办假证的，我把他的电话号码刻在一块山芋上或者萝卜上，一手拿着山芋或者萝卜，一手拿着浸了墨水的海绵，印一下墨水往纸上、墙上、马路牙子上和电线杆上盖一个戳。有事找洪三万去。宝来被打坏头脑之前，和我一样都是给我姑父打广告的。行健和米箩也干这个，老板是陈兴多。

　　"我知道你们干这个，昼伏夜出。"慧聪不觉得这职业有什么不妥。"我还知道你们经常爬到屋顶上打牌。"

　　没错，我们晚上出去打广告，因为安全；白天睡大觉，无聊得只好打牌。我帮着慧聪把被褥往我们屋里搬，他睡宝来那张床。随行李他还带来一只褪了毛的鸡。那天中午，行健和米箩围着炉子，看着滚沸的鸡汤吞咽口水，我和慧聪在门外重新给鸽子们搭窝。很简单，一排铺了枯草和棉花的木盒子，门打开，它们进去，关上，它们老老实实地睡觉。鸽子们像我们一样住集体宿舍，三四只鸽子一间屋。我们找了一些石棉瓦、硬纸箱和布头把鸽子房包挡起来，防风又保暖。要是四面透风，鸽子房等于冰箱。

　　那只鸡是我们的牙祭，配上我在杂货店买的两瓶二锅头，汤汤水水下去后我有点晕，行健和米箩有点燥，慧聪有点热。我想睡觉，行健和米箩想找女人，慧聪要到屋顶上吹一吹。他很多次看过我们在屋顶上打牌。

　　风把屋顶上的天吹得很大，烧暖气的几根烟囱在远处冒烟，被风扯开来像几把巨大的扫帚。行健和米箩对屋顶上挥挥手，诡异地出了门。他们俩肯定会把省下的那点钱用在某个肥白的身子上。

　　"我一直想到你们的屋顶上，"慧聪踩着宝来的凳子让自己站得更高，悠远地四处张望。"你们扔掉一张牌，抬个头就能看见北京。"

　　我跟他说，其实这地方没什么好看的，除了高楼就是大厦，跟咱们屁关系没有。我还跟他说，穿行在远处那些楼群丛林里时，我感觉

像走在老家的运河里，一个猛子扎下去，不露头，踩着水晕晕乎乎往前走。

"我想看见大雪把整座城市覆盖住。你能想像那会有多壮观吗？"说话时慧聪辅以宏伟的手势，基本上能够观古今于须臾、抚四海于一瞬了。

他又回到他的"大雪封门"了。让我动用一下想像力，如果大雪包裹了北京，此刻站在屋顶上我能看见什么呢？那将是白茫茫一片大地真干净，将是银装素裹无始无终，将是均贫富等贵贱，将是高楼不再高、平房不再低，高和低只表示雪堆积得厚薄不同而已——北京就会像我读过的童话里的世界，清洁、安宁、饱满、祥和，每一个穿着鼓鼓囊囊的棉衣走出来的人都是对方的亲戚。

"下了大雪你想干什么？"他问。

不知道。我见过雪，也见过大雪，在过去很多个大雪天里我都无所事事，不知道自己想干什么。

"我要踩着厚厚的大雪，咯吱咯吱把北京城走遍。"

几只鸽子从院子里起飞，跟着哗啦啦一片都飞起来。超声波一般的声音又来了。"能把鸽哨摘了么？"我抱着脑袋问。

"这就摘。"慧聪准备从屋顶上下去。"带鸽哨是为了防止小鸽子出门找不到家。"

训练鸽子习惯新家，花了慧聪好几天时间。他就用他不成调的口哨把一切顺利搞定了。没了鸽哨我还是很喜欢鸽子的，每天看它们起起落落觉得挺喜庆，好像身边多了一群朋友。但是鸽子隔三差五在少。我弄不清原因，附近没有鸽群，不存在被拐跑的可能。我也没看见行健和米箩明目张胆地射杀过，他们的弹弓放在哪我很清楚。不过这事也说不好。我和他们俩替不同的老板干活，时间总会岔开，背后他们干了什么我没法知道；而且，上次他们俩诡秘地出门找了一趟女人之后，就结成了更加牢靠的联盟，说话时习惯了你唱我和。慧聪说他懂，一起扛过枪的，一起同过窗的，还有一起嫖过娼的，会成铁哥们儿。好吧，那他们搞到鸽子到哪里煮了吃呢？

慧聪不主张瞎猜，一间屋里住的，乱猜疑伤和气。行健和米箩也一本正经地跟我保证，除了那七只，他们绝对没有对第八只下过手。

我和慧聪又追着鸽子跑。锻炼身体又保护小动物，完全是两个环保实践者。我们俩把北京西郊的大街小巷都跑遍了，鸽子还在少，雪还没有下。白天他去各个广场和景点放鸽子，晚上我去马路边和小区里打小广告，出门之前和回来之后都要清点一遍鸽子。数目对上了，很高兴，仿佛逃过了劫难；少了一只，我们就闷不吭声，如同给那只失踪的鸽子致哀。致过哀，慧聪会冷不丁冒出一句：

"都怪鸽子营养价值高。我刚接手叔叔就说，总有人惦记鸽子。"

可是我们没办法，被惦记上了就防不胜防。你不能晚上抱着鸽子睡。

西伯利亚寒流来的那天晚上，风刮到了七级。我和行健、米箩都没法出门干活，决定在屋里摆一桌小酒乐呵一下。石头剪刀布，买酒的买酒，买菜的买菜，买驴肉火烧的买驴肉火烧；我们在炉子上炖了一大锅牛肉白菜，四个人围炉一直喝到凌晨一点。我们根据风吹门后的哨响来判断外面的寒冷程度。门外的北京一夜风声雷动，夹杂着无数东西碰撞的声音。我们喝多了，觉得世界真乱。

第二天一早慧聪先起，出了屋很快进来，拎着四只鸽子到我们床前，苦一张小脸都快哭了。四只鸽子，硬邦邦地死在它们的小房间前。不知道它们是怎么出来的，也不知道它们出来以后木盒子的门是如何关上的。喝酒之前我们仔细地检查了每一个鸽子房，确信即使把这些鸽子房原封不动地端到西伯利亚，鸽子也会暖和和地活下来的。但现在它们的确冻死了，死前啄过很多次木板小门，临死时把嘴插进了翅膀的羽毛里。

"你听见他们起夜没？"我问慧聪。

"我喝多了。睡得跟死了一样。"

我也是。我担保行健和米箩也睡死了，他们俩的酒量在那儿。那只能说这四只鸽子命短。扔了可惜，米箩建议卖给我们煮了吃。我赶紧摆手，那几只鸽子我都认识，如果它们有名字，我一定能随口叫出来，哪吃得下。慧聪更吃不下，他把鸽子递给行健和米箩，说随你们，别让我看见。然后走到院子里，蹲在鸽子房前，伸头看看，再抬头望望天。

拖拖拉拉吃完了早饭，已经十点半，慧聪驮着他的两笼鸽子去西直门。行健对米箩斜了一下眼，两人把死鸽子装进塑料袋，拎着出了门。我远远地跟上去。我知道西郊很大，我自以为跑过了很多街巷，但跟着他们俩，我才知道我所知道的西郊只是西郊极小的一部分。北京有多大，北京的西郊就有多大。

拐了很多弯，在一条陌生的巷子里，行健敲响了一扇临街的小门。这是破旧的四合院正门边上的一个小门，一个年轻的女人侧着半个身子探出门来，头发蓬乱，垂下来的卷发遮住了半张白脸。她那件太阳红的贴身毛衣把两个乳房鼓鼓囊囊地举在胸前。她接过塑料袋放到地上，左胳膊揽着行健，右胳膊揽着米箩，把他们摁到自己的胸前，摁完了，拍拍他们的脸，冷得搓了两下胳膊，关上了门。我躲到公共厕所的墙后面，等行健和米箩走过去才出来。他们俩在争论，然后相互对击了一下掌。

我对他们俩送鸽子的地方的印象是，墙高，门窄小，墙后的平房露出一部分房顶，黑色的瓦楞里两丛枯草抱着身子在风里摇摆。听不见自然界之外的任何声音。就这些。

　　谁也不知道鸽子是怎么少的。早上出门前过数，晚上睡觉前也过数，在两次过数之间，鸽子一只接一只地失踪了。我挑不出行健和米箩什么毛病，鸽子的失踪看上去与他们没有丝毫关系，他们甚至把弹弓摆在谁都看得见的地方。宝来在的时候他们就不爱带我们俩玩，现在基本上也这样，他们俩一起出门，一起谈理想、发财、女人等宏大的话题。我在屋顶上偶尔会看见他们俩从一条巷子拐到另外一条巷子，曲曲折折地走到很远的地方。当然，他们是否敲响那扇小门，我看不见。看不见的事不能乱猜。

　　鸽子的失踪慧聪无计可施。"要是能揣进口袋里就好了，"他坐在屋顶上跟我说，"走到哪我都知道它们在。"不怕贼偷就怕贼惦记，越来越少是必然的，这让他满怀焦虑。他二叔已经知道了这情况，拉下一张公事公办的脸，警告他就算把鸽子交回去，也得有个差不多的数。什么叫个差不多的数呢？就眼下的鸽子数量，慧聪觉得已经相当接近那个危险而又精确的概数了。"我的要求不高，"慧聪说，"能让我来得及看见一场大雪就行。"当时我们头顶上天是蓝的，云是白的，西伯利亚的寒流把所有脏东西都带走了，新的污染还没来及重新布满天空。

　　天气预报为什么就不能说说大雪的事呢。一次说不准，多说几次总可以吧。

　　可是鸽子继续丢，大雪迟迟不来。这在北京的历史上比较稀罕，至今一场像样的雪都没下。慧聪为了保护鸽子儿近寝食难安，白天鸽子放出去，常邀我一起跟着跑，一直跟到它们飞回来。夜间他通常醒两次，凌晨一点半一次，五点一次，到院子看鸽子们是否安全。就算这样，鸽子还是在丢。与危险的数目如此接近，行健和米箩都看不下去了，夜里起来撒尿也会帮他留一下心。他们劝慧聪想开点儿，不就几只鸽子嘛，让你二叔收回去吧，没路走跟我们混，哪里黄土不埋人。

只要在北京，机会迟早会撞到你怀里。

慧聪说："你们不是我，我也不是你们；我从南方以南来。"

终于，一月将尽的某个上午，我跑完步刚进屋，行健戴着收音机的耳塞对我大声说："告诉那个林慧聪，要来大雪，傍晚就到。"

"真的假的，气象台这么说的？"

"国家气象台、北京气象台还有一堆气象专家，都这么说。"

我出门立马觉得天阴下来，铅灰色的云在发酵。看什么都觉得是大雪的前兆。我在当代商城门前找到慧聪时，他二叔也在。林家老二挺着啤酒肚，大衣的领子上围着一圈动物的毛。"不能干就回家！"林家老二两手插在大衣兜里，说话像个乡镇干部。"首都跟咱老家不一样，这里讲究适者生存、优胜劣汰。"慧聪低着脑袋，因为早上起来没来及梳理头发，又像雷震子一样一丛丛站着。他都快哭了。

"专家说了，有大雪。"我凑到他跟前。"绝对可靠。两袋鸽粮。"

慧聪看看天，对他二叔说："再给我两天。就两天。"

回去的路上我买了二锅头和鸭脖子。一定要坐着看雪如何从北京的天空上落下来。我们喝到十二点，慧聪跑出去五趟，一粒雪星子都没看见。夜空看上去极度的忧伤和沉郁，然后我们就睡了。醒来已经上午十点，什么东西抓门的声音把我们惊醒。我推了一下门，没推动，再推，还不行，猛用了一下劲儿，天地全白，门前的积雪到了膝盖。我对他们三个喊：

"快，快，大雪封门！"

慧聪穿着裤衩从被窝里跳出来，赤脚踏入积雪。他用变了调的方言嗷嗷乱叫。鸽子在院子里和屋顶上翻飞。这样的天，麻雀和鸽子都该待在窝里哪也不去的。这群鸽子不，一刻也不闲着，能落的地方都落，能挠的地方都挠，就是它们把我们的房门抓得嗤嗤啦啦直响。

两只鸽子歪着脑袋靠在窝边，大雪盖住了木盒子。它们俩死了，不像冻死，也不像饿死，更不像窒息死。行健说，这两只鸽子归他，晚上的酒菜也归他。我们要庆祝一下北京三十年来最大的一场雪。收音机里就这么说的，这一夜飘飘洒洒、纷纷扬扬，落下了三十年来最大的一场雪。

简单地垫了肚子，我和慧聪爬到屋顶上。大雪之后的北京和我想像的有不小的差距，因为雪没法将所有东西都盖住。高楼上的玻璃依然闪着含混的光。但慧聪对此十分满意，他觉得积雪覆盖的北京更加庄严，有一种黑白分明的肃穆，这让他想起黑色的石头和海边连绵的雪浪花。他团起一颗雪球一点点咬，一边吃一边说：

"这就是雪。这就是雪。"

行健和米箩从院子里出来，在积雪中曲折地往远处走。鸽子在我们头顶上转着圈子飞，我替慧聪数过了，现在还勉强可以交给他叔叔，再少就说不过去了。我们俩在屋顶上走来走去，脚下的新雪蓬松温暖。我告诉慧聪，宝来一直说要在屋顶上打牌打到雪落满一地。他没等到下雪，不知道他以后是否还有机会打牌。

我也搞不清在屋顶上待了多久，反正肚子饿得咕噜咕噜叫。那会儿行健和米箩刚走进院子。我们从屋顶上下来，看见行健拎着那个装着死鸽子的塑料袋。

"妈的她回老家了。"他说，脚对着墙跟一阵猛踹，塑料袋哗啦啦直响。"他妈的回老家等死了！"

米箩从他手里接过塑料袋，摸出根烟点上，说："我找个地方把鸽子埋了。"

2011-12-17，知春里
载《收获》2012 年 5 期

往事飞过

晓 秋

1

我没能忍住，打电话告诉肖意，说尚文柳打电话找她了。肖意却一点也不以为然，轻描淡写地说了句，他还是找到北京来了，就把话题晃了过去。

听肖意话里的意思，她和尚文柳之间出了什么问题。我没忍住，问，你和尚文柳到底怎么了？这世上还有老公满世界找老婆的？

肖意哧了一声，谁是谁老公，谁是谁老婆？很快就什么都不是了。

我有不好的预感，肖意到北京都一个多月了，居然从来没跟我说过尚文柳。肖意说这是个什么世界你不清楚？瞬间什么事都有可能发生。

吴天从报纸里抬起头，看了我半天才摇摇又埋下头看他的报纸了。在他看来，面前这个不施铅华的女人，根本没报纸里那些沉默的文字有趣。

我说你告诉我瞬间发生的事是什么？

肖意忽然不耐烦起来，吼一句，什么事还要我说？真是猪脑子，就这副小模样还想往太平洋上插一杠子，省省吧你。说罢叭嗒一声挂了电话。

我握着电话发了半天呆。

2

当我把肖意要离婚的事告诉吴天时，吴天没有一点惊异，他淡淡地说，就你这个同学，她要是不整出个大动静来，这世界可就太安静了。离婚对于她，那是迟早的事儿。

她不过是不甘平淡。我替肖意辩解，肖意内心太富有激情，而她的激情是需要宣泄的，就好比一个容器，如果只有往里存的东西而没有往外排的口，那容器是不是最后就会被撑破？那被撑破的感觉是不是很惨烈？

不甘平淡？我看是不甘寂寞。女人啊，就是不甘寂寞。吴天埋着头说，他在翻看一份《北京晚报》，报纸的每一版他都看得特别仔细，甚至连广告都不放过。就像他此刻是一个处于认字阶段的人，他必须要把每一个字都认完才算完成任务。他的脸本来是冲着我的，此刻却被报纸挡着，我只看到从报纸的顶端遗漏出来的乌黑头发。

谁说女人是不甘寂寞的？我不服气地反驳他，心说我就是一个活生生的安于寂寞安于平淡的例子，你怎么就看不到呢。事实是因为这世间太多不甘寂寞的男人，才衍生了那些不甘寂寞的女人。

吴天从报纸里抬起头，看了我半天才摇摇又埋下头看他的报纸了。在他看来，面前这个不施铅华的女人，根本没报纸里那些沉默的文字有趣。我叹了口气，并尽量让这口气叹得悠长又无奈，充满着心酸。我知道这招对他管用。

果然，吴天扔下手里的报纸说，行了，别叹气了，现在有什么话说吧。

我却没话可说，说了他也不一定有心听，这两年他越来越少听我说话，每次都只有他说我听，而他说的确实也是大事，比如谁想当官给领导送礼让曝了光，哪个有权势的人在外面包二奶被揭露了，张三平时就是个很张狂的人，得了病，一查，居然是癌，报应吧？李四的亲戚到北京包了一个转了好几手的工程，工程都做到一半了，没了钱，又要不来钱，做不下去了，还欠了一屁股的债，跳楼死了。他说这一切的时候，像做报告，情绪激昂，声情并茂，时不时地还兼以夸张的动作。

这种八卦听着当然有意思，不过，跟生活无关。

吴天问我什么是生活？

我说生活就是花红柳绿兼油盐酱醋，今天吃了明天不会饿着。

吴天鄙夷地说女人就是目光短浅，胸无大志。

我不服气，只要不是胸无点墨就成，我天生就是个小人物，要那么大志干什么？

吴天被我气乐了，说和我说话是这个世界上最痛苦的事。

不过这并不影响他继续向我灌输他的所见所闻。但轮到我跟他说话的时候，他总是呵欠连天，连掩饰一下的耐心都没有，时常我还没说完一句话他就很不耐烦地打断我，哎呀，就你们杂志社那些破事，还值得你这样郑重其事地跟我说？！

看看，我说的就是破事！还不值得跟他说，好像他多大官似的，实际上，他也就是一个小小的副处级干部。

婚姻真像是一个山头，山的这头风景绮丽秀美，遍地花香；而山的那头，怪石磷峋，寸草不生。婚前的吴天很少跟我板着脸，总是打打闹闹的，像个长不大的孩子，一度还让我担心他的心理年龄与生理年龄存在巨大的落差。

　　婚姻没有别的作用，就是让生活变得更为具体和繁琐。婚后的吴天就像被海浪吞没的礁石，除了偶尔一露峥嵘，再现他的俏皮之外，就真的变成了石头，甭说夫妻间的绵绵情话，连最普通的交流都很少。有时我觉着闷就忍不住和他说一些从前的事情，或者我对于生活的一些设想，他也不等听完，直愣愣地就来上一句，你老生活在从前里累不累啊？或者是，不实际的话说多了会不会觉得生活就不是生活？噎得我老半天缓不过劲来，他却没事似的，自个儿坐一旁看起书来，我在他身边最多就是个摆设，甚至连摆设的地位都达不到，是一本他已经看过的而且早已过时多年且破烂不堪的旧书，有与无都无所谓——不，几乎就是无胜于有。几年前，吴天从抽屉里翻出几年来他写给我的信，那些信被我保管得很好，一封一封按顺序叠放捆在一起。我以为他要把这些信保存到更好的地方，可是我想错了，吴天把那些信连看都没看，径自拎着拿到屋后的垃圾堆里，一封一封烧了，烧得极为仔细，偶有边边角角没有完全燃烧的，他都拨拉出来重新点火，直到每一块纸片都变成灰烬，让风带着，惆怅地飞扬和飘落。我站在窗口望着吴天面无表情地焚烧信，心里竟有说不出的哀伤，一段岁月的痕迹，就让他抹杀得一干二净。就好像，我们之间那段不曾走远的日子一直不曾有过色彩，我和他曾经共有的爱情只是一场虚空。后来，每当想起吴天焚毁那些信时的漠然表情，我的心就忍不住痛一下，再痛一下。

　　直到好多年以后，我回头再细细审视我和吴天的生活纹络，心里才有恍然，一场失了风花雪月记忆的婚姻，一开始就注定没有平平仄仄，跌宕起伏。好在，这么多年，当生活把我身上的棱角一点一点磨平，我便也习惯和满足了生活的平淡与庸常。

　　我不知道，是不是任何一对夫妻，在经年数月的日子里，在爱情

她把手朝我一摆，你不懂，我好不容易到北京，
只要有名的地方，我都想去，看不看是一回事，重要
的是我到过那儿了——到此一游，你懂吗？

的绚烂让烟火味道一点一点侵蚀，彼此的感觉都逐渐麻木的时候，都
会有相逢陌路人的心境和态度。吴天曾经说过他一定不会忽视我，但
这句话太过去式，谁都有可能记住一件事，记住一个人，但有几个人，
会真的记住自己曾经说过的某一句话，用自己的一生来践约呢？所谓
山盟海誓，海枯石烂，又有谁见证过？

3

肖意到北京已经快二十天了，我不知道她们那个培训班到底要培
训多长时间，我问她，她只说快了快了。又问我，是不是嫌她在北京
呆着把我给烦着了？我说那还用说，北京该"到此一游"的地方你差
不多都游过了，北京应该没什么可让你留恋的了。

肖意刚到北京的第三天，一大早她就铺开北京市区图，说今天要
去这儿，再去这儿，明天到这里……她的手指在地图东游西走，看得
我眼花缭乱。

我说慢点慢点，这大冬天的，你去香山干什么？看满山光秃秃的
树？咱家乡那儿的山好歹也都还能飘点绿色来，可比这冬天的香山强
多了。

她把手朝我一摆，你不懂，我好不容易到北京，只要有名的地方，
我都想去，看不看是一回事，重要的是我到过那儿了——到此一游，
你懂吗？

在北京的这段时间，她已然"到此一游"了好多个我从未去过的
名胜古迹了。

北京可是全国人民的首都。何况我又不吃你住你的，出门还不用
你陪，不碍你，你管我什么时候走。肖意狠劲白我一眼。

我要对尚文柳负责啊，人家可是两天一个电话催问你老人家的
行程。

你替人家负什么责？肖意一下子瞪大了眼睛，拜托了吴太太，我才是你的姐妹，麻烦你无条件地支持一下我，给我点同情心，给我一份友谊的支撑，不要让我感觉势单力薄行不行？你以为我愿意来北京啊？还不是因为你在这里！

你这是失道寡助！刚说完这句话，就看到肖意那张变绿了的脸，我知道要再说下去，她一准要和我翻脸，踹我一脚都说不定。

肖意这不是第一次要和尚文柳闹离婚了，只是每一次她的离婚最后都变成了一场闹剧，最终偃旗息鼓。这也亏了是尚文柳，不知道前世欠了肖意多少，对肖意的率性而为总是抱着宽容之心，否则，他们的这场婚姻，可能早已不复存在了。

跟尚文柳结婚还不到一年，肖意就经历了一场啼笑皆非的爱情。过程很简单，在一次去邻县参观学习时，她与一个俊朗的男人相遇了。参观活动只有两天，很快就过去。分手的时候，肖意柔肠百结，恨不能把时间拽住。男人也一副难舍难分、心都恨不得掏出来让肖意带走的样子。

各自回到单位后，两个人开始通信，男人真不愧为情场高手，那些情书写得千肠百转，深情款款，把肖意感动得泪水涟涟，忙不迭地一腔柔情回应。几封信之后，便被那种"日日思君不见君"的一腔忧愁整个儿覆盖了，在家里尽找尚文柳的碴，弄得尚文柳莫明其妙，不知道肖意是犯了哪门子神经。

肖意无法忍受这样撕心扯肺的相思之苦，她决心去见那个男人。她向单位请了两天假，跟尚文柳说是出差，直奔邻县。

呆在宾馆里等着男人到来时，肖意一直在想象着他们两人再次见面时的情形：他会一脸惊喜，然后张开双臂将她紧紧拥抱住。她也会把他抱得紧紧的，让他咚咚的心跳声恣意地振荡着她的耳膜。偎在他她忽然觉得自己很可笑，坐几个小时的车火急火燎地从另外一个小县里奔到这里来，不就是为面前这个让自己日思夜想、魂牵梦绕的男人吗？就在几分钟前，她还坐立不安，望眼欲穿地等候着这个男人，她想念他那温暖、宽大的怀抱

的怀里，听他轻言细语地告诉她这些天来是怎样地想念她。当然，他会吻她，她又怎样回应他的吻……

　　直到肖意把想象温了一遍又一遍，感觉都快要麻木的时候，那个男人才出现。看到男人帅帅的笑脸，肖意刚才温馨而热切的想象却一点也没有了，她奇怪自己的心里怎会没有一点激动的感觉，好像她来到这里等候了这么长时间，是一件令她多么不愉快的事情似的，这么冲动的决定在男人出现的那一刻突然变成了一种懊悔。

　　男人没有张开他的胳膊，肖意也没投进男人的怀抱，像刚刚认识的陌生人，两人在门口面对面地相视了一会儿，肖意才犹犹豫豫地侧转身把男人让进屋。男人不动，搓着手吞吞吐吐地说了一句，我……不进去了，今天我老婆过生日，我……得回去……

　　肖意很善解人意地迅速地接过他的话，那你赶快回吧，可别耽误了。女人是很在意自己的男人把自己的生日当不当一回事的。说完，她自己都有些吃惊，原来她的心里并不希望男人进来，她忽然觉得自己很可笑，坐几个小时的车火急火燎地从另外一个小县里奔到这里来，不就是为面前这个让自己日思夜想、魂牵梦绕的男人吗？就在几分钟前，她还坐立不安，望眼欲穿地等候着这个男人，她想念他那温暖、宽大的怀抱，虽然她从来就没接触过他的怀抱，从来就不知道他的胸怀究竟有多大的空间能容纳她的热情。可是，在焦虑的等待就要结束的这个仓促瞬间，她忽然感觉自己像是漂零在无边大海之中的一片树叶，孤伶伶地失去了支撑，也失去了方向。她茫然起来。就在茫然的感觉一涌上来，她失去了对这个男人的耐心。望着男人脸上那快撑不下去的温柔，她笑了。男人也心知肚明地笑了。笑完他看着肖意说，我们其实是朋友，是吧？肖意心里被什么东西堵了一下，男人的想法原来和自己是不一样的。走吧！再见！她说。男人果然转过了身，走了几步路，男人又回过头，我们还是朋友吧！

肖意看到自己冷却的激情像一坨冰横亘在面前，她勉强地冲着男人又笑了笑。男人并没有等肖意的回答，说完头也不回地走了，他踏在宾馆走廊的地毯上细微的脚步声在肖意的耳朵里听出一片意兴阑珊来。

肖意的这一出当时被她描述得颇为辉煌的爱情，就莫名其妙地成了一声叹息。而我则在她后来的描述中笑得几近瘫软。

肖意还舍不得扔掉男人写给她的那一沓信，她说那是留给自己的一段感情回忆。结果这段她"留给自己的回忆"在一次和尚文柳的拌嘴中，变成了她攻击尚文柳的证据，因为别人可以写出这么美丽动听的话来，而尚文柳连声"我爱你"都没说过一句。于是，本来已是风平浪静的往事在肖意的蓄意之下，又演变成了一场家庭战争。

4

冬天的第一场雪落下来了，透过窗户看到外面细碎的雪花零零落落地飘下来时，我的心像是被一根坚固的绳索捆了许久，终于被释放了，一下子感觉呼吸通畅，头脑也异常清醒。我赶紧给吴天拨电话。

吴天那懒洋洋的声音跟这场雪有点相似，都有些漫不经心的味道。我对吴天说，下雪了！我想象着吴天望了一眼窗外，他那漫不经心的表情会因为窗外静静的雪落有些欣然，他知道我喜欢雪。

下雪有什么稀奇的！多大的雪你都见识过了，就这小雪你瞎激动个啥？吴天却一点也没我想象的欢呼，而且他的声音真的像雪，冰冰凉凉的，一直晃晃悠悠地落进我的心里，然后融化，再凝结成冰。

没什么事我就挂了。没等我应声，那边就真的把电话挂了，像挂一个无意中打错的电话，干脆利落。

一句多余的话都没说。挂了电话我觉得有点不对劲，就算雪无关紧要，但他难道真的不知道我其实真正在意的不是雪，而是与他分享快乐的那种感觉吗？

　　是从什么时候开始我们俩就没什么话说了呢？在他的眼里，我的所作所为都极端地没有意义，他不关注我生活得是否快乐，也从不问我工作得是不是顺心，我的穿衣着帽他不在意，我的嬉笑怒骂他没感觉。我们好像两棵爬藤，最初的时候，因为都匍匐在地上，彼此还能触到对方，当缠绕的树越来越高大时，我们的距离也就愈来愈宽广，已经无法触及。

　　我不甘心，拿起电话再拨。吴天一听我的声音，打了个长长的呵欠，说，还有什么事没说啊？

　　我让脸上挤出一点笑，这样会让心情好一些。我说，没事，想你了呗！

　　嗨，无聊！

　　我脸上的笑一下子无影无踪，牵强的笑挂不住恶劣的心情，真的就是自讨没趣。

　　要没什么事就别不停地打电话，我这边忙着呢，再说，工作时间老打私人电话影响多不好。

　　我握着电话再无话可说。电话里的盲音像从很远的地方传来，一声一声划割着我的神经，使我钝钝的大脑慢慢有了意识。我觉得和吴天之间出现了问题，它让我们夫妻间不再坦诚相见，也不再相依相偎。虽然婚姻是平乏的，但平乏之中，却应该不会连最基本的温暖都没有。虽然吴天平时跟我说话总要摆出一副特别不耐烦的样子，但我能感受到他对我对家的热度，是那种温水的热度，不烫，也不冰，缓缓的，贴近肌肤的滋润和舒适。而现在，我失去了贴近他的舒适感，冷漠和生硬横亘在了我们中间。

　　我忽地又觉出自己的可笑，也许吴天此时真的正为他的工作烦心那时的吴天可有想到会有一天，不再为生活疲于奔波，不再为衣食住行而争执的时候，我们会失去快乐和与快乐有关的很多记忆吗？

呢，他是真的再不能像以前那样为了一场雪而对我心生柔情，那个在雪地里拉着我欢快奔腾的吴天再也不存在了。

在那个动不动就飘一场大雪的边塞城市里，我和吴天一起生活了五年，虽然那五年并不比现在更多几分热闹，但是那种日常的温暖却时时体现在我和他的生活之中。最初我们租住在偏远的城郊，在茫茫一片雪海之中，那一幢幢低矮的房屋就像无垠沙漠里的沙丘，你辨不来这个沙丘和那个沙丘的不同。吴天的单位离得远，每次下班回到家天就黑了。城里的天黑与郊外的天黑概念是不一样的，郊外的天黑虽不是墨染的那般纯粹，却因为远了霓虹和喧嚣，而有了一种荒凉和压抑。所幸这里的雪白得纯粹，到处都是无人惊扰的平坦与安详。雪染白了夜，夜就变得同样安详。我就站在离车站还很远的某个路口，盯着被昏黄的路灯映得朦胧的车站，远远地辨认着那一个个从公交车上下来的身影。我总是很精确地将吴天从那些模糊的身影中找出来，我快乐地冲他招手呼喊，然后他飞速地跑过来，拉着我去摇路边顶了满枝满杈雪的树，在纷纷坠落的雪中奔向我们的家。那时的我们真是年轻啊，年轻到压根儿没把那居无定所的窘迫当成是困顿，我们享受着生活赋予的每一样东西，甚至连争吵，也被我们之后无穷地回味着。

那时的吴天可有想到会有一天，不再为生活疲于奔波，不再为衣食住行而争执的时候，我们会失去快乐和与快乐有关的很多记忆吗？

电话响起来，办公室没其他人，一个一个全撺弄着跑去玩雪了。我没多少私人电话，这时的心绪，连替别人接电话都不乐意。

电话却是肖意来的。这时的肖意已经去一家公司上班了，她在培训结束后，跟单位打了个电话，说是辞职，辞职信已经快递到单位了。她把自己安顿好后，才告诉我她辞职要留在北京。

当时我正埋头在一堆稿件中，大脑缺了氧一般，昏头昏脑想都没想就问，那尚文柳呢？你真把他甩了？

肖意在电话里吼了一句，陈伟悦你搞清楚，我和尚文柳要离婚了！

我赶紧把话筒拿开我的耳朵，那惊雷一样的声音还是丝毫没减弱阵势从话筒里传出来，几乎整个办公室里的人都听到了这句话，有人怪模怪样地看着我，好像是我惹得人家要离婚一样。我调整一下自己的面部表情，作一副欢欣鼓舞状道，留在北京太好了，以后咱们可以长期在一起了。

肖意果然嘿嘿一笑，情绪好转起来，她说这样才够意思。我问她下一步准备怎么办。她说已经有了安身之处，是在一个朋友帮她联系的广告公司做策划。朋友？什么朋友？我怎么从来没听你说过啊？说完了就觉得自己有点神经过敏，赶快又夸了她一句，真有种，找工作都跟玩一样。我听到肖意得意又嚣张的笑声。

这时的肖意大概还意气风发着，我刚喂了一声，她在那头就吼了起来，喂，干嘛不接电话？别又跟我说忙，这地球缺了你照样转！别拿自己太当回事了。

肖意的声音像充足气的球弹性十足。我心说这才是一重天一重人呢，看人家那个底气，我攒足劲也跟不上啊。我焉不拉叽地说，我的错误就在，我太不拿自己当回事。谁赶得上你呀，换了天还这么底气十足的，你现在的头你该叫人家老板，知道老板是干嘛的？就是过去的资本家，拿你的血赚钞票的人。你以为得了天下啊？小心别让人家给炒成一盘菜。

咳，早看出你的不良居心了，你就盼着我被老板炒啊？我被炒了你是不会有好日子过的。肖意的情绪一点也不受我的影响。

关我什么事？我有气无力地说，那可是你自己的日子。

行，是我的日子，跟你无关。肖意难得大度，说你快看外面，下

27

雪了。北京还能看到雪，咱家乡可都好几年没下过雪了，真过瘾！

过瘾个屁，一场破雪有什么了不起，我以前见过的雪可是山摇地动的。我这见过大阵势的人，还会在意一场轻飞漫舞、小心翼翼的雪？我实在无法在肖意面前强忍心里的委屈，发起牢骚。

哈，不痛快！一定是受了吴天的气！

还没等我和肖意在地铁口会面，雪就停住了，薄薄的一层雪如同经历了一场严酷的战争，那纯净洁白的颜色已不复存在，变成了污黑的泥水在行人的脚下被肆意践踏着。倒是光秃秃的树杈上，战战兢兢地立着些雪，像残存的一个美梦。

等到婀婀娜娜的肖意到来时，我掌心里的一团雪已经在体温下化成一汪水，浅浅地在掌心里摇晃着，冰凉蚀骨，我的手麻木得不知道冷是什么感觉。我笑着把那只没有感觉的手掌举到肖意面前，雪水顺着掌纹滑落下来，滴在肖意洋红的驼绒大衣上。

肖意忙不迭地跳开，掀开大衣，把我那只冻得麻木的手裹进她温热的大衣里，骂道，有病还出来乱窜，当心传染。

把头埋在她怀里的空当，我把手放在嘴里吹了个响哨。我打小就好动，爬树、翻跟斗、吹口哨，一般男孩玩的几乎都会。自打结婚，我的这些小动作几乎绝迹了，因为吴天不喜欢。吴天说这些动作对一个女人来说太不文雅，而且匪气十足。既然吴天不喜欢，我也就收了自己的那份匪气，做温婉淑女状，一心只想做好吴天喜欢的那种女人，可惜伪淑女做的时间长了，吴天又嫌我没有了个性。

走吧！肖意说。

去哪儿？我傻愣愣地看着她。

请你吃饭哪，一个吴天至于把你刺激到这副傻样？

肖意够狠毒，最喜欢拿明晃晃的刀子往我的软肋上戳。我耷拉着脑袋跟在她身后一声不吭。

瞧吴天做的恶，这孩子真完了！肖意习惯性地哀叹着。说她习惯，是自打她来到北京后，说我没有个性的话不知重复了多少遍。她在我家住了五天，五天里当着吴天的面说这句话至少不下七次，她每说一次吴天就用异样的眼神瞅我一眼。我很感谢肖意，她让吴天在短时间内瞅我的次数达到了一年以来的最高，她离开后，我再没见吴天那样瞅过我，他的目光要么在电视上或报纸上，要么，就在杂志上，我这个活生生的人，倒像隐了形，被他无比地漠然着。

我猜肖意还打算一直这样说下去，因为这样的话能让她在我面前有顶天立地的感觉。她本来就比我高出大半个头，和她站在一起，无论高度和体积很明显地看出我的弱势，再加上被生活越来越磨得没了性格，更有一种犹见她怜的样子，有我在她身边衬托，她理所当然是一副王者的风范，强者的派头。

我耸耸鼻子，冰冷的空气像一把锯齿似的在我鼻腔里来回冲撞，撕割得我的心都带着冷气。

对肖意的这种说法我也不在意了，个性没了就没了吧，这玩意儿反正也吃不成喝不了，也不是能卖出价钱的玩意儿，失去了改变不了什么。反正我还能照常吃饭照常呼吸。

伤心了要哭就哭嘛，干什么要把自己整得跟块铁似的，以为硬就坚强？肖意撇撇嘴角，你是女人，女人哭可是天经地义的。

神经，我干什么要哭？我笑模笑样地看着肖意，我的表情一定非常的温文尔雅，把肖意都惊住了，她表情异样地握住我的手，我想我果然装到和她一样强悍。

伟悦，我失恋了。真的，真正的失恋！

我脸上的表情还在调整之中，她的话一下子又把我击中，我又开始有失重的感觉，天啊，肖意在北京才呆了多长时间，三个月不到，居然就有了一段恋情，居然还冠之以"真正的失恋"！以前她的"恋情"都是事后她跟我的叙述，早都是过去式了，这次虽然同样也是过去式，但她用的却是"真正的"，我不知道她是否想要强调这次与以往的不同，但我在大脑短暂的缺氧之后还是有一种要大笑的冲动——我甚至忘了就在几个小时前我是怎样悲伤着我和吴天庸常得有些不正常的婚姻。

可是，望着她眼眶中竭尽全力忍住要落下来的泪水，我的心软了。她一直是个追寻爱情的女人，她的生命就是为了爱情活着的，她曾经说过一句话："我的心是不能空的，它永远都在想念着某个人，某段情。"她并非水性杨花的女人，只是她不知道爱情在如今的社会是多么奢侈的东西，很多人对于爱情已经很陌生了，他们所需要的，只是婚姻以外的一种填补，寻找的是那异于婚姻的刺激和新鲜感。所谓爱情，只不过是在逢场作戏罢了。

可是，肖意却似乎并不明白，现实生活中，爱情在我们这种年龄段的女人世界里，本来就是一件遥远而模糊的事情。

因为肖意太易动情，所以对于她每次和我讲述她遭遇的"爱情"，我是越来越无动于衷了，她的感情来得快，消失得也快，有时候，甚至在我刚刚获知她一段新的恋情诞生，还来不及向她考究这段感情的起缘，她已经偃旗息鼓了，就像一个草台戏班子，刚刚搭建好一个戏台，鼓也打了，锣也敲了，演员连戏服都穿好，就在观众蜂涌而至时，戏已经收场了，让人有些莫明其妙。我没有太多理由和精力陪着她，为她那一段段情起情灭感动和感叹，我只有远远地看着，面无表情——我无法及时调整我的表情，只好面无表情。

那些大大小小的爱情——我称它们为爱情，不仅因为我是肖意的好朋友，更重要的是我相信那些感情对于肖意确实是爱情，虽然它们的过程各不相同，但它们的结局却无一例外。我不知道那一段段爱情在肖意的心里是否有过创伤，她从来不跟我说结局之后的事，她展现在我面前的是依然如故的开始，平平展展、看不出一点褶痕的肖意。

但现在，我看到受了伤的肖意，在这样一个寒冷的天气里依然美丽动人的女人，此刻却泪流满面地靠在我并不敦厚也不宽阔的肩上。

坐在冷清的咖啡店里，在氤氲着香甜醉人的咖啡气息里，透过落地玻璃窗，我们用一种与平日不同的心情打量着这样一个飘雪的冬天。

离开边塞那个城市前，我们已经住进了吴天单位的经济适用房，那是一个小两居，房子不大，比起曾经租住的郊区民房却不知好了有多少倍。屋里暖气很好，再不会发生因为我的笨拙而常常使火墙变冷的情况。冬天的边城，雪依旧下得惯常，我也成了一下雪就扛着铁锹卖力铲雪的人，但在每场雪下来的时候，我会在纯净的雪地里轧上我的印迹，吴天笑话我说这是南方人的毛病。笑话归笑话，若是有了时间，他还是会陪着我到一个平坦的雪里漫步，默默听我说一些遥远的不可触摸的往事。那些往事我现在再不可能说了，陈旧的连长出的菌毛都枯干了，吴天怎么可能有耐心听？当堆积的雪被尘污糟贱得不堪入目，我便转而看起窗玻璃上结着的霜花，那些晶莹剔透的霜花像是漫长冬天留给人们一个美丽的笑靥，让人心里忍不住随着那份清凉的美丽而柔软起来。吴天说他也喜欢那些霜花，我们依偎在一起，想象那些霜花能绽放出的最美丽的模样。但时间一长，霜花越结越厚，最后会凝结成一层厚厚的冰，冰不再具有花的美丽。我用手指刮着，却不是手指可以刮得动的了，既使在有太阳的日子里，那些冰一时半会也很难融化掉，冷漠寒凉庸肿地挂在窗上。当冬天的气息越来越淡时，冰才开始慢慢融化。这时我的心里便有了一种无法言说的忧伤，看着那些融化的水流下来洇进墙壁，看到墙壁像画着地图似的斑斑驳驳，好像我的梦，冰花一样慢慢融化了，只在记忆里还残存着一些，却不知不觉早已斑斑驳驳。

5

美丽总是遥远的。肖意说这话时脸上的表情有一种智人的光芒。我定定地看着她，知道不用等我来问，她一定忍不住要把这次事情的前因后果原原本本告诉我的。

肖意说尹可凡最吸引她的就是他那句话，"如果你爱一个人，就不要让她的心在大街上流浪。"

肖意几乎震惊了，这是个什么样的男人啊，她本来就是个容易动情的女人，那一刻，她爱上了这个看上去温厚又睿智的男人。瞬间爱上尹可凡的肖意，便用她那深情款款的目光须臾不离地注视着尹可凡，她那一副花痴的模样弄得坐在她旁边的人都不好意思了，不停地用胳膊悄悄碰她，示意她不要失态。可偏偏肖意一点也不在意这个人的好心，反而把自己的身子坐远了一些。

肖意那痴迷的眼神，在座的只要不是瞎子都能看出来。尹可凡不是瞎子，他冲肖意笑笑，还点了点头。肖意这下完了，岂止是激动，简直就是心潮澎湃了，她面色潮红，呼吸短促，眼神更是意乱情迷。

肖意的旁边坐着她在培训班里的同学，是她带着肖意来看望自己在北京工作的大学同学，而她大学的同学也不知道出于什么目的把尹可凡也请了来，这或许是天意，尹可凡本是北京某政府机关直属单位一个部门的主任，平时车来车往，肖意在北京除了认识我和吴天，两眼一抹黑，看哪张脸都是一个表情，她和尹可凡，就是在路上相遇，也不一定能把谁看到眼里去，可偏偏尹可凡在交杯换盏之间，不知道缘于什么话题忽然说出了这么一句让女人柔肠百结的经典话语。换了别的女人，感动是感动，感慨是感慨，面对这样一个对女人用心如此的男人，不有点感慨感叹的意思确实也有点冷血。但肖意的动静也忒大了，忒明显了，连点掩饰都没有，直截了当地把自己摊了开来。

男女若是一开始交往就存了非分之想，往后的事
情可就水到渠成。

甭看尹可凡嘴里说出那么经典的话，可骨子里还是男人的本性，明知道肖意要他电话的意思特有深意，却还是心甘情愿地准备着踏入某个温柔陷阱。

接到肖意有些迫不及待的电话时，我不清楚尹可凡是什么想法，他是否会想到"如果爱一个人，就不要让她的心在大街上流浪"这句话，我想这句话也一定会让他的妻子充满幸福感，也由此对他不设任何防备，一个对爱人用情至深的男人，怎么会背叛自己所爱的人？但尹可凡接受了肖意的邀请，对于一块主动送到嘴边的肉，闻着那香味源源不断地散发出来，沁人肺腑，谁抵挡得住啊？把口水咽下，尹可凡已经忘记他那句经典的话，只是不知道，当他的心在外面放浪的时候，他是否想到自己妻子的那颗心已被他丢到了大街上？

男女若是一开始交往就存了非分之想，往后的事情可就水到渠成。肖意是赤裸裸地坦露了自己，毫不做作，她对尹可凡的感情就像摊在晒场的谷子，铺开来是无法掩饰的一大片，能够收拢它们的就只有尹可凡了。相比之下，尹可凡收敛得多，他或者清楚自己在肖意心里的位置，所以他从来不主动，从来都是等待肖意的电话，他像一个放风筝的高手，太知道线该怎样拉才能充分利用风的动力把风筝放得更高更稳。

尹可凡没拒绝过一次肖意的约会，正因为如此，肖意对自己的感情充满了期待和向往，她从来就没想过，自己在尹可凡那里置于什么样的位置，也许这样的问题对她而言太小儿科，一个是欲离婚而未离婚的女人，一个是有妇之夫，这样的一对男女在彼此的心里，根本就不存在位置一说。何况感情这玩意，是抽象的东西，就像精神，就像意志，说有就有，说没有就没有，它又能占据什么样的位置？

我很佩服肖意对感情的诠释，她是不论付出与收获，或者换句话，她付出了，也收获了，付出多少，也收获了多少，只是，她的付出与

收获都像晨雾一样，最终只会消散。

可是对尹可凡，肖意可没这么潇洒，也实在是尹可凡太优秀，太男人了。

其实，最初他们俩也只是一起出来喝喝茶，聊聊天。尹可凡是混迹官场的人，官场风云惊心动魄，一般不具备各种手段各式武装的人想要在官场的明争暗斗中胜出，是想都不敢去想的，尹可凡连拿出在官场使出的一份力都不用，就能把肖意打个人仰马翻——她只是看着像收放自如的女人。

肖意追求的就是情调，而尹可凡能配合她的情调，比如在喝咖啡时，借口上洗手间去给肖意点一支歌，在莹莹烛光中，轻轻地哼着曲子，笑意盈盈地样子，那情形一定很温馨；或者变魔术似的从袖子里抽出一支从哪里顺手牵羊牵来的玫瑰，还艺术地说上一句，你的微笑就像这花一样美丽动人！当然，如果他们从哪个饭庄吃完饭出来，看到屋外灯火辉煌，他也会深邃地凝望着那一片灯火，然后轻叹一声，这样的夜色太华丽了，我真是很想念那种没有装饰过的夜，漆黑的深处闪烁着如豆的星火，那份宁静，那样的意境，真美啊！

想想看，这样一个身在官场却清淡文雅的男人，如何能不令肖意着迷！

尹可凡很快就把肖意的情况摸得一清二楚，他说，干脆，你别再回你那个小县城做什么小职员了，既挣不上钱也不会有太大发展，就留在北京算了，反正现在这个社会，在哪儿不是一个活呀。也别舍不得你那份工作，没什么大不了，我有个朋友，是一家公司的总经理，我跟他说一声，把你介绍进去好了。一个月工资不说太高，怎么着也比你在小县城里干几个月强！

这话太中肖意的意了，培训剩下几天就要结束，她正发愁回到那个憋闷的小县城。说意乱情迷没假，可一说到钱，也同样重要，无论为情为钱，肖意留在北京的份量都比回到老家那个小县城重，这两者几乎不用权衡。肖意还为自己找了个理由，用她的话来说，那理由也相当的充足：留下来可以和我作伴，我在北京太孤单，吴天又太不解我的心。

我几乎哭笑不得，这哪跟哪儿呀！

于是肖意就理直气壮地在北京留了下来。

可是，尹可凡终究是别人的丈夫，他不仅要回家，还会和肖意在一起时接到妻子或者孩子打来的电话，他接听电话时那一脸幸福陶醉的样子，在肖意面前，他毫不避讳自己的温柔，对家人的关心和呵护。孤身一人的肖意哪受得了这个，她愣愣地看着尹可凡。接听完电话仍是一脸褪不尽柔情蜜意的尹可凡一旦面对肖意，他的脸上又清淡了，尽管这时他和肖意的关系已经非同寻常。

肖意像被人兜头泼了一盆凉水，浑身湿漉漉的冰凉，她忽然发现自己的可悲，人家一家人甜甜蜜蜜，自己却像一枚酸果，无法融进这甜蜜之中，便只有独自酸着，本以为自己是不会在意这些的，可如今她已经抛弃了她的所有，再也没有可以支撑自己的东西了。第一次，她发现自己的软弱。

她眼里一点一点泛起泪花。但尹可凡并没发现她眼里的内容，或者有可能发现了并没在意，这里原本就不是他心的停留地。肖意这时就不仅是心酸，还有心痛。她到底没能忍住心中的起伏，大哭起来。

尹可凡冷不丁地被肖意的大哭吓了一跳，可是他并没走近肖意，他神态平静地看着肖意没原由地哭着。

肖意一直哭着，直到有些声嘶力竭，才慢慢平息下来。她揉着自己肿胀的眼睛。尹可凡冷淡的态度让她一下子心灰意冷。

6

冬天的夜来得早，不知什么时候，外面的天已经黑透，路灯闪烁起来，透过窗户，我看到灯光下有一片片晶莹的东西在闪耀，是雪花！不一会儿，雪花密集起来，像一根根银色的丝线，穿过黑夜与灯光的距离。好美丽的景致！

雪落无声。

和肖意分手后，搭乘公共汽车依然人满为患，却因为这样一个寒冷的天气，这时候的人拥挤着人就有了一种彼此取暖的意味，便心甘情愿地被人挤着。

裹胁着一团冷气回到家，我被一团温暖拥抱起来。经历了外面的寒冷，才觉得家的暖是一种幸福。

吴天还没有回来。我把羽绒服脱掉，把自己扔进软软的沙发中，身心放松下来。想着肖意这时大概已经回到了她的住处，她的住处当然也是暖和的，可是她那里的暖和仅仅是暖和而已。这个时候，我才觉得，家在一个人的心中是多么重要！有家和没家的感觉是绝然不一样的。就算此时吴天不在家，但家里有他的气息，有他各种痕迹，有他在我心里的位置，他就是一种依靠，一种支撑！

我长长呼出一口气，上午吴天的那份冷漠就像一丝若有若无的烟雾，在这一天之中，早已消散得毫无踪迹。我反倒笑起自己的敏感来，生活与婚姻，本来就是一个性质，都是繁杂和琐碎，我以为他们是牛奶和咖啡，可搅到一块儿，不照样是谁也不是谁，或者谁都可以是谁的咖啡奶么！

不知道什么时候我在沙发上睡着了，醒来已是晚上快十二点，吴天还没回来。他很少这么晚回来，这样的天气，也不能有什么应酬到这么晚，若是加班，他连个电话也没打。我居然有些坐立不安。

拿起电话，想拨吴天的手机，可是拨到一半又放下。吴天说过，轻易不要给他打手机，除非有什么紧要的事情，否则他的同事会觉得他的妻子把他看得很紧，这就表明他不是个很值得信赖的人，会让他在同事和朋友面前很没面子。

男人的面子比天大。我懂这个道理，所以很少给吴天打手机，充其量只是给他发个短信。

但短信发过去，好长时间都没有回复。我拨通他的手机。

一个平和而古板的女声说道，您好，您所拨打的号码已关机！

只是关机而已！我安慰自己，或许吴天的手机没电了，或者正在回家的路上，或者，仅仅是晚一点回来！我实在没必要担心什么，这样安静的天气，这样安静的时间里。

我莫名地拨通了肖意的电话，这家伙好像不知道手机怎么关机，她的手机任何时候都是一拨就通。

我说，肖意，吴天还没回来，会不会有事……

肖意"喂"时的那一声软忽然没了，她底气十足地吼叫起来，你有病啊！你的那个心眼里怎么就只有吴天？他没回来不是应酬就是泡女人，就你弱智不懂！

你你你……我又气又急，眼泪哗啦一下涌出，脸上很快就水漫金山。

我什么我？肖意没好气地说，我就见不得你这副离开吴天世界就到了末日的样子！

我差点把电话摔了，一下午时间，是谁一副世界末日的样子啊？把我这副小肩膀都靠成了大山！

但我无心跟她叫板。

你等着，肖意很无奈地说，我这就过去陪你……

我只听到她这句话，就感觉到一股冷气袭过来，我回过头看，门开了，吴天站在门口，头上和身上都是湿的。

吴天！你回来了！我惊喜地喊叫起来，就像在天上没着没落地飘了好长时间终于落下来一样，心一下子踏实了。我甚至都忘了跟电话里的肖意说上一声，就扔了电话。

吴天很淡漠地应了一声，回来了！

我欣然奔过去，要给他脱被雪洇湿的外衣，也许是我今天的态度积极得有点过了，他闪身避过。一股淡淡的香味袭来，是香水的气息，被一股烟草味掩盖着的极淡极淡的香水味。因为我从来不用香水，所以对这种非纯天然的香味极为敏感。

去哪儿了？这么晚，让人担心。

能去哪儿？这样一个天气，我在办公室和同事聊天。

聊天？我疑惑地看着他，他却自顾脱掉被雪濡湿的衣服。

那你也不打个电话，还关了手机，害我一直担心。

担心什么？我又不是小孩找不着回家的路。你们女人，真是，净瞎操心。难道我还能出什么事不成？

我被他噎了一下，竟无话可说。我心里却悲凉起来，难道我只是担心他回家找不着路吗？怎么关心他也成了一种错误？也许我是神经过敏，可我要是不闻不问，无动于衷呢？

冬天的夜静得有些可怕，我听到从窗隙里渗进来的风，在屋里踮着脚尖轻轻移动的声音。身边的吴天没像往常那轻微的呼噜声，连鼻息声都若有若无，我知道他和我一样没有入睡。我爬起来，俯着身去看他，分明看到他的眼睑迅速地合上了。

我轻轻地叹口气，翻身躺下，他没有和我交谈的欲望，他只是想在这样静静的夜晚里，静静地想自己的心思。

他的心思里，一定是不会有我的位置的。这样的念头一闪过，我忽然笑起来，这么多年过去，在吴天的心里，我早就没有了位置？或者有那么一段时间，他内心深处还是贮藏着对我的柔情，可是现在他的柔情早已被风干，他对我的爱已经成历史，成为一段只能供我远远观望或者缅怀的历史，他现在赋予我的，仅仅是一种责任罢了，可是这份责任在我心里，却成了我所有感情的寄托，我生活的全部。

窗外有呼呼作响的风声，冬天的风就是这样神出鬼没，刚才还悄无声息，瞬间，就山摇地动了。屋里的暖气很足，我听到暖气片里丝丝流动的暖流声，像蛇在草丛里抖抖索索爬行。我感觉躁热，把胳膊伸出被子外面，可是很奇怪，在我胳膊从被子里抽出来后，我的身子却在被子里面颤抖起来，好像胳膊是一截高效能的导线，把寒冷极速地导进我的体内，我浑身一阵冰凉。

不知什么时候，吴天沉重的鼻息声响了起来，他终于睡着了。无眠的，只有我，和屋外那同样孤独却可以肆意的风。

7

肖意很长时间没打电话给我了。我的生活过得一团糟糕，和吴天的关系不知怎么越来越不对劲，我们两个简直就不像夫妻，彼此客气得要命。吴天倒不像以前那样动不动就说我幼稚说我不成熟，对我满脸的不屑，他的表情虽还是淡淡的，可他会询问我在单位的情况，坐下来听我说，很努力地做出一副认真倾听的样子，可是我却分明从他的眼神中看出他思绪的游离，也就是说我不管说什么说多少，也只是我自说自话而已，吴天是一句也没听进去的。有时候，我故意说着说着停下来，吴天老半天也没有反应。他这样的状态，我还能跟他说什么？自然再面对他的询问时也就敷衍了事，他没心思听，我哪里还有心思讲？我们两个就像同时住进一个宾馆的房客，彼此认识，却又不十分熟悉。

　　我本来就是一心扑在小日子上的人，小日子过得不顺，心情自然也好不到哪里去。又早已过了当年那个喜欢倾诉的年龄，于是把所有的心事都压在心里，闷头拚命工作，甚至都达到了忘我的境地。总编看着我喜笑颜开，在每个星期的例会上可着劲儿表扬我，弄得大家看我的眼神都有些不对劲了，个个脸上带着颜色，谁想身边有这么个卖力的人把自己比下去啊？

　　意识到这段时间确实太出风头，我赶紧站起身向大家伙道歉，对不起，因为想春节回老家，想着多干点活，到时在老总那里好请假，下一期我没稿子上，就辛苦辛苦你们了。

　　我也是顺口说春节想回家的话。年关了，这个理由最为充分。果然，这话一说，其他人也都笑了笑，虽没说什么，可脸上到底是松动了。

　　其实我压根儿就没回家过年的打算，回家我又能改变什么？

　　我奇怪自己竟然一直没想起肖意来，就是偶尔想起，也心无所动，根本没有给她打个电话彼此调侃一下的念头。想着她是个热情似火的人，满心满肺都是对生活的热爱，我的关心就像她散步时不期然听到的一首歌，听了或者更快乐一点，不听，也无所谓。再说了，少了我带给她的烦心，她不是更加滋滋润润的么。

　　猛然间感觉自己有点像琼瑶笔下的主人公，忧怨、孤独、自闭，只是因为没有容貌的衬托，所以更显得我的世界是缺水分的枯干。

　　肖意到底还是给我打来电话，她忧怨地说，我就想知道你能忍受多长时间没有我的消息。

　　我一下笑起来，我的世界不能没有你！

　　少来！她在那头笑了起来，我听到她笑的声音很粗重，好像是故意要让我听出她的笑声似的。

从前再怎么想要逃离的地方，一旦真的离开了，
就会变成心中的想念。

怎么，今天想起我来了？是不是没有我的世界同样寂寞？

我后天的火车！

你要回老家？肖意的这句话有点突兀，我敏感起来，赶紧问道，是不是发生什么事了？肖意的工作性质是没有可能借公济一回私，到外面溜达的，所以我的第一个反映只能是她出事了。这个念头一起，心里竟除了涌起不舍的感觉，更多的还是担心和忧虑。

你怎么就巴望我出事？肖意很不满地叫起来，还有半个月就春节了，我提前请假，反正这时候也没啥要紧的事要做，这个时间守在北京，倒不如早些回去，免得到时买不上车票。

我松了口气，却又迷惘起来，是啊，就要到春节了，留在北京不过是孤清清的一个人，倒不如早些时候回家，从前再怎么想要逃离的地方，一旦真的离开了，就会变成心中的想念。

你呢？和吴天不回去吗？

我们？

我张了张嘴，到北京这几年，我和吴天一次也没有回老家过过年，也从来没说到过回家过年的话题，好像从来不知道“团聚”这个词在春节的意义。我爸妈每到年跟前就在电话中问，回不回来过年？吴天家那边，一打电话，婆婆就急，说这时候甭打电话，甭打电话，人直接回来就行了。我和婆婆的关系一向很好，有时候跟她开玩笑，说不打电话，这可是您说的，别到时又说我们不想您。婆婆生气，说我才懒得理你们，要真想我，就回家，哪个出门的人不是一到过年就忙忙乱乱地往家赶，有你们俩这样的嘛？从来没在家过过年，咱家的“圆”，是缺了一块的。

想想也是，春节是万家团圆的日子，可我们给两边老人只有“团圆”的期望，却没有圆过他们的缺。

往年春节逼近，因了那无处不在的气氛，我们想忽略想不感受这

种气氛都难，所以和这人世间无数个家庭一样，早早地商量着买些什么年货，尽管所谓年货，也不过是比平时多一些日常用品，商量归商量，买却总是要等到春节临近的最后一天，匆匆忙忙的，紧紧迫迫的，但从谈论的那一刻起，心情便有了平日没有的喜庆，轻松和快乐，还有期盼，就像携着一个让你感到快乐的人，一直走了那么多那么远的路却没有一丝疲惫和倦怠。

但今年的春节都要逼到跟前了，我还没有太多的意识，就像这个节日与我无关一样。和吴天也没有说过一句关于春节的话题。一个让人期待的节日，竟被我们俩生生地拒绝在生活之外。也或者，就真的与我们无关。

自从北京的第一场雪落下来后，我和肖意就没有在一起聚过，而那以后，北京的冬天再也没有过精彩，一直干干的，冷冷的，毫无表情。

我张嘴刚要问肖意过得怎样，却听得那边肖意极为低迷的声音，伟悦，我怀孕了！

这真是冬天的一个惊雷！我的大脑半天没反应过来，张着嘴一个字都吐不出来。说来奇怪，我和吴天，肖意和尚文柳，都不是那种立志要做丁克家庭的人，可是结婚多年，我们谁也没有孩子。我和肖意打趣说，我们的关系已经好到了命运相通的境界。

我和吴天都到医院检查过，医生说我们谁也没问题，只差机遇而已。这一说，安定了我们的心，但数年过去，机遇依然很高深地隐藏着，慢慢地，我和吴天就很少讨论关于孩子的话题，有时候不经意间被谁碰触，就会言不由衷地说上一句，还是两个人的世界清静！

该来的千呼万唤不来，不该来的却死乞白赖地降临！我心里长叹一声。

你怎么想？我问。

还能怎么想，我生下来养呗！

你怎么养？

还能怎么养？该喝奶的时候给他奶喝，该吃饭的时候给他饭吃。

我哭笑不得，世上真有这么简单的事就好了。

肖意停顿了一下，期期艾艾地说，你……说，要不我还和尚文柳过？

我有一种疯狂的感觉，她简直把尚文柳当成了三岁儿童。尚文柳再大度，能够容忍你一而再再而三感情上的背叛，可以后他将要面对的是一个孩子，实实在在的一个生命存在，时刻提醒着他作为一个男人的耻辱，而不是你肖意一时心血来潮的一段虚无情感。

回去再说吧，我不信这世上还没有我的活路。

我无话可说。

8

肖意带着满腹心思回了老家。我料不到她和尚文柳之间会以怎样的形式结束，我还是替她担心，怀着别人的孩子去面对自己的老公，这不是件轻松的事。

春节一天天临近。北京城依然平静，只是各大商场超市热闹非凡。我拿着空荡荡的货筐，在人群拥挤之中，竟然不知道该买些什么。看别人推着满满的购物车，我有些羡慕起来，这是一些把日子过得清清爽爽的人，选什么挑哪样都是很有主见的，不像我，把日子过得一塌糊涂，连什么是我生活的需用品都糊涂不堪。难怪吴天会时常用那种不屑的目光看我，一个把心扑在小日子上，却又把日子过得一塌糊涂的女人，对于男人而言，是一种悲哀！那么对于吴天，我真的就是他的一个悲剧？

跟在别人后面，我尽量把购物筐装得满满当当，使劲往脸上堆笑

容，不是为给谁看，仅仅是为让自己与即将来临的节日添上一丝喜庆
的意思。

费力地把东西提回家，还没等走到门口，就大声吆喝着，吴天，
快开开门！

吴天把门打开，袖着手站在一旁等我把东西挪进屋，往地上一堆，
大大小小的塑料袋变成了一座小山。我得意地冲吴天说，看，我买了
好多年货！

吴天点点头，要过年了，是该买些东西。话音没完，人已趔进了
书房。

我看着小山一样的塑料袋发愣。

年三十那天，一大早我就起来把家里打扫得干干净净，中午时就
开始洗菜，虽说只有我和吴天两个人，可每年的年三十晚上，我们都
会奢侈地弄上一桌子菜，摆上几副碗筷，还要拿出一瓶红酒，两人也
会调出很热烈的年的气氛来。我不喝酒，也不爱喝饮料，吴天就给我
泡一杯淡淡的茶，我们干杯，互相猜谜语、唱歌，兴致高时，我还拉
他起来乱舞一番，两个人的年夜，一样过得热火朝天。有一年，婆婆
提前给我们打电话，听到我们说挺忙的，高兴得很，连说忙就好忙就
好，过年的时候就是要忙一些，这样到第二年日子就顺了。

我刚洗了几样菜，吴天走过来说道，就两人，简单点吧，别整那
么复杂，吃不完最后倒掉可惜。

我像一只充足气的气球，猛地被人扎了一下，气儿很快泄漏完了。
我无精打采地把洗好的几样菜放回菜筐，没兴趣去配菜了，甩甩手坐
到电视机前边。还是电视节目精彩，有声有色，热闹非凡，只是这声
色，这热闹，都离我很远。

吴天也不吭声，拿着遥控器不停地换频道，只是不论哪个频道，
都是喜庆非凡，这个世界整个是喜庆的汪洋，连个阴暗的角落也被人

刷了白漆贴了红纸，红晃晃的洋溢着吉祥。

　　既然整个世界都欢天喜地，我是这个世界的一份子，又有什么理由不欢天喜地？

　　我看着吴天，他的目光粘在电视上，里面正重播一个娱乐节目，节目里的男男女女都极尽夸张地张大嘴，为随便一个什么人说出的一句话做出一副乐不可支的模样。我也哈哈大笑起来。

　　吴天回头来看着我，很好笑吗？他表情严肃地问。

　　我笑着说，好玩啊，你刚才没听到嘛，那个主持人居然说他想做个花瓶，又挺拔又秀美，还可以养鱼养花。他可是个男人哎，想做花瓶？花瓶被打碎还挺拔个屁，还又养鱼又养花，成烂池塘了！这种男人臭了都不知自己是怎么臭的……

　　吴天皱眉头，没吭声。

　　哎，吴天，你说男人是不是都把自己当个宝啊？尤其是那种小有成就的男人？

　　我不知道！

　　怎么现在我问你什么都不知道？我问你外面冷不冷，你说不知道；我问你上班是不是很忙，你说不知道；我问你上次买的那围脖暖和不暖和，你说不知道；我问你妈的头疼现在是不是好些了，你说不知道……你告诉我，在我面前，什么是你知道的？你知道今天是大年三十吗？

　　吴天盯紧我，你怎么了？今天是不是要故意找茬？

　　我笑起来说，你总算看出来了。我还以为你真的是木头人，没情没绪呢。

　　有什么情绪？这样阴阳怪气干什么？今天可是过年。吴天不高兴地说道。

　　我阴阳怪气？我强压了心中的酸涩，就是因为我太没脾性了我才连个年的滋味都品尝不到，平时遇有不高兴的事，也是闷声不语，一个人躲在一边翻书，看电视，或者手脚不停地干活。受委屈大了，最多也就背着吴天默默地流泪，拿一张纸胡乱写划。我从来都不知道怎样和吴天来发泄自己的不满。我终于明白肖意说我的没个性到什么地步了，就是完完全全失去自己，失去到我终于有了意识后却不知道该怎样面对。

没什么，我就是觉着生活忒没意思！面对吴天的不满，我又一下子焉了，自己挑起战火，又灰溜溜地偃旗息鼓，我没有太多实战经验，不知道接下来该怎样与吴天舌战。其实更多的是吴天的麻木让我悲哀，他还知道是大年三十，别人都在欢天喜地迎大年，而我们却烟火清冷，连电视里那热火朝天的热闹也没能感染到我们一丝一毫，仿佛这一对男女早已超脱到远离人间烟火的境界，人间的欢腾是挤不进这两人的心里。

吴天继续心不在焉地看电视。屋外烟火此起彼伏，把这个年夜映得辉煌灿烂，充实得满满当当。绚烂的夜空像孩子的一幅画，极尽声色，我们清冷的屋子里时不时被一道道炫目的光划亮，在光芒中，却更显寂寥。我望着窗外被烟火映亮的天空，备感心灰意冷。

大年三十，我和吴天之间竟然没再说过一句话，既使在看春节联欢晚会时，我们的笑声也显得那样做作和无奈。倒是我和吴天的手机，此起彼伏地响着，声声传递着别人新年的祝福，让我空旷的心里多少有了一些过年的意味。

给婆婆打电话，婆婆的声音简直是锣鼓喧天，她喊道，伟悦啊，过年好！我很好，不用担心，我现在是吃嘛嘛香……你们吃过年夜饭了吧？我就猜这个点，怎么你们也吃过了，丰盛不丰盛？哦，丰盛得很！这就好，要做得好首先要吃得好……听到这边的炮鸣了？哈哈，开心吧……祝你们小夫妻和和美美，幸福到老！

把厕所的门一合上，我的眼泪毫不犹豫地涌了出来。没有心酸，只有绝望。

婆婆的声音就像屋外的烟火，绚烂而温暖，让我心里暗暗涌动的潮水变成了波浪，一波推涌一波。

很准确地，当新年的钟声敲响时，吴天的电话也同时响了起来，我想那边一准是掐了这个点拨出来的，新年的第一声！

吴天连看都没看，操起手机一边接着一边往旁边闪。

新年快乐！我大声地说，不知道是说给吴天还是电话里的那个人听。不管说给谁，我也要像婆婆一样让自己和身边的人感受到我们在新年里的快乐，尽管快乐可能只是别人的！

我清楚地听到手机里传出的嘤嘤之声。吴天脸上的神色就像冰冻了上千年的雪山一下子被炽热的阳光集中照射了一般，即刻融化了，春暖花开，简直就是个花圃了。他迅速地看了我一眼，把绽放的春色收住。我看着他笑笑，起身说了声"上厕所"。

把厕所的门一合上，我的眼泪毫不犹豫地涌了出来。没有心酸，只有绝望。

9

直到春节收假，肖意才给我打来电话。说她已经把尚文柳搞定了。我问搞定了什么？

我都跟他说了，我说我怀上了别人的孩子，并且打算把这个孩子生下来。他要是还不想和我离婚，我从此以后好好跟着他过；他要是不想接纳，离婚我也签字。他什么也没说，抽了一夜的烟，第二天跟我说，他愿意做我肚子里孩子的爸爸。

我的震惊一点也不亚于地震，当然只是那种三四级的地震，毕竟是隔岸观火，不如我和吴天之间的那份淡漠更对我具有杀伤力。我半天没有说出话来，我只能认为尚文柳是真的爱肖意入骨，或者，他就是一个崇高伟大的男人吧。但不管怎样，我都为肖意这相对比较完满的结局舒了一口气。

　　元宵节一过，时间就变得快了，不经意间，春天开始了。绿色铺天盖地，把这世界都淹没了，每一棵树的枝枝杈杈和地面上盖着泥的每一寸土地，都覆盖了一层细细的绿、毛绒绒的、鹅黄的绿，再浓一点的浅绿，浅绿往深一些，再深一些，层次不一，错落无序，都是张开笑脸，泛滥着春意的绿色，那绿色多了，浓了，溅得我有些苍黄的脸上，也有了一股子青青的绿色味道，我也像刚从土里竞争着和那些小草拱出来似的。我使劲地搓着瘦巴巴的脸，春意已经盎然，我这张脸也该桃花盛开了。

　　日子就这样一天天过去。当北京城的街头巷尾变得无比妖娆时，春天已在悄然隐退之中。因为和吴天的关系冷冷静静，我在家再不用繁忙得像兼职似的，我有空就泡在网上，四处找人聊天，上天文下地理，世事人情，把自己整得跟个无所不知的巫师一样，聊得昏天黑地，简直不知魏晋。这样的日子其实过得很逍遥，再看吴天，他的冷漠于我，竟也变得相当能接受了。这种心态的转变连我自己都有些诧异，不知道这到底是好事还是坏事，但事实上，我可以平静地面对吴天，可以让很多本来是刀子一样尖锐的细节问题，像烟雾一样散淡成虚无，那蚀骨的疼痛随之也被埋在记忆的最深处，不会一次次轻易地翻涌上来侵蚀我。有时想想，我和吴天结婚十年，这十年中，我所有的寄托都在他身上，就像他身上的环佩，时间长了，环佩失去了最初的光泽，它的美丽动人早已被这十年的岁月消磨殆尽，尤其当一个人身处不同境地，用不同的目光和心境去看它时，或许就只有陈旧、破败和粗糙，这样一种物件佩在身上，如果不是落后，不是累赘的话，那又能是什么？

　　这样想着，我心里还是忍不住有些钝痛。与网友聊天，说到婚姻，

与网友聊天，说到婚姻，就用了一句话：婚姻是
块抹布，当抹布变得又破又烂时，守着倒不如扔掉更
叫人舒服。

就用了一句话：婚姻是块抹布，当抹布变得又破又烂时，守着倒不如
扔掉更叫人舒服。

网友问我，你扔掉了那块抹布吗？

我说没有。

网友又问，你什么时候扔？

我迟疑着没有回答。

网友大笑，说，其实在你心里，是真的很想陪他一起到老！

我一愣，慢慢地，一种潮水样的东西涌上来。我没跟网友道别，
就下了线。寂静而狭小的办公室，一片阳光连个招呼也没打，就懒洋
洋地落在桌上，落在一堆乱七八糟的稿件中。我蜷在离温暖阳光更远
一点的角落里，看着阳光中飞舞的尘土，我的惆怅绵绵长长，我的忧
伤绵绵长长。

其实我是真的很想陪吴天一起到老！不知不觉中我的眼中一片
潮湿。

10

也不知道那天是什么日子，下午早早地发完稿，趁着领导们都不
在，我一个人逛西单去了，不是为买东西，纯粹是为感受一下那种小
商品大气派的氛围，让我麻木的，已渐渐远离生活的大脑回归于做女
人的感觉。逛过西单，转辗回到家天已经黑了，吴天正在厨房里忙碌
着。我有点惊异，他有多长时间没下过厨？除非我电话告诉他晚上不
回家吃饭，他才要么自己煮点挂面，或者到外面去解决。一般情况下
是我把饭做好，端上桌，吼上一声，吃饭喽！他才老爷一样沉着脸踱
步到饭桌跟前。我很羞愧我做的饭菜不太像样，力图色香味俱全，却
往往是过分地追求色，而忽略了味，吃到嘴里确实不能朗朗上口。都
说女人要拴住男人的心，首先要拴住男人的胃，可我是满足了吴天

的眼睛，死活拴不住他的胃。有时一边做饭，一边还想得得意，我没有拴住吴天的胃，但好歹拴住了他的心。我很满意自己这一厢情意地想法。

我刚把手洗好，还没来得及进到厨房，吴天已经给我盛好饭端了出来，来，快吃饭吧！

这简直是太阳打西边出来了。我一时还没适应他的这份主动，愣在厨房门口，心想下午出门怎么没找人算算卦，看今天到底是什么好日子。前几年，他嫌我做的饭不好吃，伸胳膊撸腿地也下过厨，但从来没有给我盛过饭，每次盛了自己的饭，兀自吃着。

吴天的厨艺并不比我的厨艺好到哪里去，我好歹还追求个色，胃不满足可眼睛能满足，吴天的绝招却是一古脑儿的黑色，不管你红的绿的白的黄的，只要到了他手里，全得黑着脸出锅，他酱油放得太离谱了，曾经我还抗议来着，但一点效果都没有，有时还要遭他一顿说，说我要是真要讲究什么色泽、营养，就别生火了，把蔬菜洗巴洗巴直接吃得了，那色彩够鲜艳，那营养够丰富。

看着饭桌上黑乎乎的几个菜我还在发懵，吴天敲敲桌子，嘿，发什么呆呢，还不赶快吃！真想吃凉拌饭。

我当然没想吃凉拌饭，不过是想让自己找一找被呵护的感觉——如果这算是一种呵护的话。

吃罢晚饭，收拾干净，正要坐下来喘口气，却见吴天用很专注的目光看着我。

我被吴天看得有些不自在，要不是他那一脸的严肃，我还以为他开始"饱暖思淫"呢。

伟悦，你觉得我们这样生活下去有意思吗？没有交流，没有沟通，就是彼此想要说什么话也都是些家长里短，鸡毛蒜皮。吴天一说话，我的心开始下沉，有种不妙的感觉。我低头只管抠自己的指甲，什么

屋里很静，空洞、洪荒一般的静。我的心里，是
一望无际、浩浩荡荡的黑暗。

话也没说，除了吴天眼里的鸡毛蒜皮，我实在也没什么好说的，总不
能拿本外国小说跟他探讨国外小说的发展轨迹吧？

　　吴天大概也不知道怎么和我沟通，他沉默了半晌，才又说道，伟
悦……咱们离婚吧！

　　一点过渡都没有。我缺乏智慧的脑袋钝钝之中明白了今晚这一餐
的意义。依旧没有抬头，眼泪却呼啦一下汹涌而出，像雨水似的，停
不下来。

　　屋里很静，空洞、洪荒一般的静。我的心里，是一望无际、浩浩
荡荡的黑暗。我很想问一问吴天，我到底做错了什么，每个家庭都是
杂沓平凡的，食五谷杂粮，难道能超脱到没有人间烟火的味道？生活
平淡，不是我一个人造成的，是你吴天不愿意陪我一起静下心来细细
品味那些酸甜苦辣。所谓交流，不过是你决定的那就是真理，从来不
需要我的意见，我的喜怒哀乐你都无动于衷，你在意的，只是你的环
境，你在单位为人处事的影响，别人对你的态度……还有，那个香水
味，那个连欲盖弥彰的意思都不想有的电话。这时我才发现，其实自
己早已把吴天的一些蛛丝马迹放在了心里，只不过，要把自己撑起来，
撑得比本来的我要大，要强。可是现在，我无法撑了，心都空了，就
剩一个皮囊，轻飘飘的，吴天一口气就可以将这副皮囊吹到几里之外。

　　我耷拉着脑袋，不敢看吴天，我怕他从他的嘴里再说出跟离婚有
关的话。其实从吴天的话一出口，我就知道，什么叫做定局。不管我
心里煎熬成什么样，可是我什么也说不出来，我甚至不能让自己的嘴
正常一点。它一直在颤抖，我无法控制。我还特别想这个时候跟他狠
狠大吵一顿，像小时候我跟肖意大吵一样，歇斯底里，声嘶力竭，肆
无忌惮，可是压根儿我早就忘了架应该怎么吵，在吴天面前，我很久
没有了自己。

　　不知道自己流了多长时间的泪，是颈脖的沉重和酸痛让我抬起

> 其实婚姻是最残酷的，它让你用激情的心来迎接
> 它，而它却又不动声色地整饬你，让你在日积月累的
> 疲惫中，整个地破碎。

了头，我肿胀的眼睛已经看不清被日光灯照得煞白的屋子里还有没
有别的东西。

11

没有哭喊喧闹，没有死去活来，我居然如此平静地和吴天离了婚。
十年的婚姻如同一所破旧的房子，拆了也就拆了。都说现在的男人离
过婚就成了宝，很抢手的，既然有了资本，拆了旧房子，在原地上再
盖一幢新房子，过的日子就又是崭新的了。

从此我就是单身了。抖抖身子，听到有很多细碎的东西落下来的
声音，我知道，这就是我的过去。我的婚姻，它们像灰尘一样拥挤在
我的身体里，把我身体的物质构成改变成了另外一种东西。于是，我
在吴天的眼里，就不再是他曾经真心爱过用心呵护过的那个人。其实
婚姻是最残酷的，它让你用激情的心来迎接它，而它却又不动声色地
整饬你，让你在日积月累的疲惫中，整个地破碎。

没有人知道我离了婚，外表的坚强糊弄住了我虚弱的心。白天我
出去采访，回来熬夜写稿子，几乎承担了整本杂志的编辑校对工作，
不让自己有一点空闲时间。我怕那一点空闲会涌进来更多我无法承受
的东西。相比之下，我更愿意选择奔波和疲累。

我消瘦得很厉害，原本就不丰满的人，经过一番折腾之后，更是
秋后的枯枝似的，有一种营养严重不良的倾向。还是杂志社老总比较
有人文情怀，见我过于拼命，居然批了我二十天的假，让我去外地休
养。哪个地方能让我的心休养？没有！但我不能浪费这二十天，心碎
了也依然会为某个诱惑而动。收拾好行装，我直奔老家。

进入夏天，老家的热劲儿已经开始，才住的第一晚我就熬不住这
个热劲了。父母把电扇挪到我床跟前，好几年的老电扇，"咕噜咕噜"

响了一个晚上，我被那磨损的零件发出的磨擦声拆磨得无法入睡，关了电扇，不一会儿就浑身湿热，蚊子也轰涌而来，趴在蚊帐的外面，等候着我的肌肤在夜半时不经意贴近蚊帐，它们轻松地从把那细长的吸管穿过蚊帐，美美地把我的血液吸个肚满肠肥。

我刚在肖意的面前刚抱怨了句"这鬼天气，才六月，简直能把人蒸熟！"就被肖意批判得体无完肤，她说你少来这副忘本样，在这块土地上生活了二十多年，同样是热，你以前怎么就能适应？现在别动不动就拿北京的派头来评论你的故乡，你摆的什么谱？居心又何在？……我只有眨眼的份儿，实在不知道自己到底是拿的什么派头摆的什么谱，不过就是热嘛，就是热死，也是在自己的故乡，还不值啊？总比客死他乡强吧？

我谦虚的态度总算让肖意满意了。人家现在挺个大肚子，我纵然有理，也不敢跟她较劲。肖意得意地挺挺腰，可惜腰太粗，挺了跟没挺一样。

我离婚的事自然还瞒着家人，只说是杂志社轮流休假，这会儿轮到了我，就回家了，吴天请不上假，当然就过不来了。但这事却瞒不过肖意的那双慧眼。

父母一见我的模样，有些心痛，我说是体质弱，坐了一夜火车熬的，他们也就信了。从我上次回家到现在，有一年多时间了，再加上我回来之前根据医生的建议还是好好调养了几天，脸色多少缓和一些，在他们的印象中，我这一年多的变化也就是瘦一些。

最吃惊的是肖意，她一见我憔悴的模样，张着嘴半天，说这才半年不见，怎么就扶风弱柳似的？她抚摸鼓突的肚子，一针见血地说，和吴天熬的吧？

我还想掩饰一下，笑着说，哪能啊，我们现在好得跟一个人似的，他单位看得紧，不让请假，不然的话，他死活都要和我一起回家的。

你硬挺个什么呀你！

所有的坚强就像阳光下的冰块，迅速瓦解。我不敢看肖意，因为我的眼里泅满了泪水。我把所发生的一切细细地跟肖意叙述了一遍，肖意还没听完，就瞪圆了眼睛骂，我早告诉你了，要看紧吴天，瞧瞧你，在吴天面前跟个没骨的猫一样。你爱他就要想法留住他，硬是要等别人把他从你手中抢走。你清高，你不愿意干涉人家，还痴心妄想地等着人家回头，你以为你是谁啊？你不想离婚，你告诉他，你跟他哭啊，别离啊！你倒好，人家说个离字你就签字，你真是崇高。人家说女人千娇百媚，你拿出一点点的娇媚来，别总是无言的守候，让吴天知道，你的世界不是一成不变的，你对他还是有诱惑的，他能轻易离开吗？换了我，就不放手！看他能怎么办！

我苦笑了一下，婚都离了，再说这些还有什么用，我的世界并不是一成不变的，吴天又何尝不知道，可是知道又如何？我的世界再精彩他也见识过。再说了，婚姻本来是互相的，一个人的感情没了，又岂能依赖另一个人的感情来维系？

可是这些话我不能跟肖意说，跟她说了只能让她对我更加恨铁不成钢，在她眼里，我可就彻头彻尾变成了一堆烂泥。

吴天不是尚文柳，我不是肖意，我们的婚姻也许在某一方面有着相同或者相似的轨迹，但毕竟还是不同的婚姻。正如那句话，不幸的婚姻有各自的不幸。我的婚姻说不上不幸，只不过对我而言更多几分悲怆而已。

12

我一直以为，肖意回家后，尚文柳的态度真如她在电话里给我描述的那样，而且，第一眼看到肖意，她一脸叽叽歪歪的笑模样确实把她衬得像一个幸福的孕妇，可过了两天，肖意就推翻了她的言论，把事实真相摆到了我面前。事实当然要比想象的严酷。

尚文柳其实并不认可她肚里的孩子，而且一度逼着肖意去打胎。肖意举着水果刀说，尚文柳，我不离婚已是高看你了，你要是再逼着我去堕胎，我用这刀子当着你的面，把孩子剖出来给你看。

这话实在又狠又寒，我都听出了一身冷汗。

肖意在尚文柳面前霸道惯了，她说话确实也是言出必行。尚文柳不敢再逼肖意去打胎，这时候他是想离婚，只是肖意不肯，她说他已经错过了离婚的最佳时期，她现在有了身孕，他就是要离婚，也必须得对她肚里的孩子负起做父亲的责任后，才可以考虑。尚文柳懊悔不迭，总以为肖意的浪漫仅仅是出于一个时期的感性发挥，并不会傻到拿自己来做试验，所以他才一心一意地想要和肖意过下去。再说，那时候他还只是一个代职副乡长，他原来在县里的位置早已被别人占上，他回不到那个养尊处优的单位了。偏这个时候，肖意的一个远房叔叔从邻县调到我们那个县当副书记，他抱着一线希望，期望肖意能在她远房叔叔跟前替他说上几句。肖意摸着肚里的孩子，想了想还是帮尚文柳跑了一趟。不久，尚文柳如愿以偿地当上了乡长。婚姻失意，官场却得意了，尚文柳不平衡的心里多少得到了一些慰藉。乡长和副乡长虽然只差半级，可手中的权力却是大不一样，在乡一级政权里，也算是万人之上，听着还是蛮气派的。乡长当上了，可是他一个值得人仰望的堂堂乡长，怎么能随随便便戴一顶绿帽子，做别人孩子的父亲？若说尚文柳以前心里还有肖意一席之地的话，那么等他坐到了乡长的位置，看到肖意那日渐隆起的肚子，心里不但没了肖意，反而窝火得很。

这个时候的肖意还是放不下往日对尚文柳吆三喝四的架子，她挺着意外收获来的肚子，对尚文柳指手划脚的样子让他怎么看都不顺眼。当上乡长后，他就不怎么爱回家了，一月半月才回来一趟，那也是为了到县里开会或跑跑关系顺道回一下，专程回家看肖意，那是从来没有过的。反正一个乡，说大不大，说小却也不小，遇到一两个能谈得拢，可以搁到心里的女人并不难，何况，尚文柳还一表人才。

我回来后跟尚文柳也见过面，但他只是很乡长的样子冷漠地拿眼瞟了我一眼，连声招呼都没打，更别说以前见了我就差拥抱的那种热情了。

肖意不是善茬，尚文柳在外面的风言风语她是有耳闻的，趁着尚文柳有次回家，她慢悠悠地说，你要还想在乡长这个位置上干下去的话，是不是就不想要别人知道这个孩子不是你的？还有一个半月，就是我的临产期了，你就长年累月不回家也没关系。反正到临产我会早早住进医院，到乡下找个保姆也不是什么难事。不过我叔叔要问起来我也没必要帮你掩饰了，你自己掂量着看吧。

已经戴上了绿帽子，现在的时机又不适合摘这顶帽子，尚文柳不能不忍，他冷眼瞅着肖意，恨声道，我不回家不就是为了你和这孩子，让你们清静！

肖意冷笑一声，说了句，少跟我扯这孩子，他跟你有什么关系？！

这句话把尚文柳整个人都伤了，回乡后没两天，他又返回来，死活要跟肖意离婚，他说豁出去这乡长不干，他也不戴这顶绿帽子了。

这下，一向强悍的肖意不强悍了，她居然哭得一塌糊涂。在我的印象中，我第一次看到肖意为尚文柳而哭，她的泪几乎都是为自己和别的男人而流的，能为尚文柳流泪，这也算是开天辟地第一遭。

肖意的泪水却丝毫打动不了气恼的尚文柳，他把这次离婚说成是为了捍卫自己男人尊严之战，如果连这场战争他都输了，那么，他从此将不会再有男人的尊严。一个没有了尊严的男人，还算什么男人？所以，于他而言，这离婚的决心是前所未有的！

我很后悔自己这趟回老家，婚姻破碎了，我如一条丧家之犬，夹着尾巴灰溜溜地寻找心灵的慰藉地，可没想到，如此状态下，却还会见证到自己的好朋友遭遇同样的境遇。就好像自己是个传染源，把离婚的病毒携带到老家，并首当其冲地传染给了好朋友。

13

假期快结束时，父母终于知道了我离婚的事。我一直害怕他们看出我的异样，所以除了刚到的第一天，我老老实实在家里陪了他们一天外（实际上是借口坐火车累，从下车就一直在床上度过的），就没安安静静在家里呆过一天，每天都是早出晚归，跟上班似的，不是去找肖意就是去找其他的同学和朋友。实在没人可以找，就一个人在街上胡乱闲逛。父母其实是很想我能和他们多待点时间，但我总是敷衍，不顾他们期待的眼神，仍逃命似的逃开他们身边。我的心是烦乱的，我很想和他们坐在一起，跟他们聊聊天，就像以前我每次回家时一样。可我无法面对的是他们对吴天的询问，对我们婚姻的关切。我不敢说吴天这个名字，他是我心中纷繁细琐的疼痛，一说出来，那些痛便会尾随而来，布满我全身的每一个细胞，每一个毛孔，让我痛不欲生。

然而，我的逃避终于没能逃得过去。他们似乎从女儿的早出晚归上看出了端倪，两个老人心中的疑虑越来越大，最后竟给吴天打通电话，问我们之间是不是发生了什么事，是争吵了还是怎么的。这是我的疏忽，我没有想到他们在跟我没法作过多交流的时候，会打电话给吴天。我更没想到吴天会在沉默片刻之后，告诉我父母我们已经离婚的事实，我妈在听到这个消息，笑容还没从脸上褪尽，便急火攻心，晕了过去。

这之后，我总算彻头彻尾地跟父母待了几天，再不用回避什么，就是我不回避他们也绝口不提吴天的名字，好像只在瞬间，他们就已经把吴天这个名字这个人从他们的大脑里彻底删除。我的心酸涩涩的，

肖意的孩子没了，医生说那本来就是个死胎，已
经停止发育了。是肖意的自杀让这个就算生出来也体
验不到世界的孩子，提前从母亲的子宫滑落掉了。

我善良的父母，他们只能用他们的方式谨慎地来呵护自己的女儿。

临走这天，肖意又出事了。尚文柳打电话告诉我，肖意自杀了，正在医院抢救呢。

我的头嗡地一声大了，我以为前面肖意是用自杀来吓唬尚文柳的，没想到这家伙把这招真玩上了。我这个从来没想过离婚的人，悄没声息地离了婚，没动没静的，只是灰溜溜地跑回老家来舔拭自己受伤的创口，而她这个把离婚的主动权一直掌控在自己手中的人，居然会选择自杀这种严酷的方式来制造这么大的动静。

一路狂奔到医院，看到尚文柳那张有些发白的脸，我恶狠狠地说，尚文柳，如果肖意真有什么不测的话，你脱不了干系！

尚文柳埋了头不说话。

肖意从急救室推出来后，我和尚文柳都上前看她，推车上的肖意没有了往日的意气飞扬，苍白的脸上除了虚弱，便是一片意兴阑珊。

肖意的孩子没了，医生说那本来就是个死胎，已经停止发育了。是肖意的自杀让这个就算生出来也体验不到世界的孩子，提前从母亲的子宫滑落掉了。

我从肖意的脸上看不到悲痛。

看，我们终归是跟孩子无缘。肖意冲着我轻轻地一笑。那是多么失落，多么惨淡的一笑啊！

我别过脸，不让她看见我眼中滴落的泪水。

肖意长长地叹了一口气，又去看尚文柳，尚文柳，对不起，是我没有珍惜你。离婚吧，我同意！

我猛然转过头来，没顾上擦干脸上的泪，诧异地看着她，她的手腕上还缠着绷带，胳膊上还插着针管，她是为捍卫自己的婚姻才弄成这样的。自杀，一个多么惨烈的行为，她却会在经历这场惨烈之后，轻易地抛弃自己的坚守，同意和尚文柳离婚，我怎么也想不透她的脑

　　我回到北京的第一件事，就是打电话把吴天狠狠地骂了一顿，也顾不得形象风度，想到什么骂什么，骂到没词，实在想不起还应该怎样骂，才扔下电话嚎啕大哭起来。

　　在纷乱的生活中，我其实早已学会坚强，只是，从前我不知道而已。

袋瓜里此刻被什么意识搅动着。

　　尚文柳"哇"地一声哭出声来。我真的无法体会，他这是心有不忍还是如释重负。

14

　　我回到北京的第一件事，就是打电话把吴天狠狠地骂了一顿，也顾不得形象风度，想到什么骂什么，骂到没词，实在想不起还应该怎样骂，才扔下电话嚎啕大哭起来。我哭得惊天动地，却也酣畅淋漓。

　　从此以后，再想到吴天，我的心不怎么疼了，再深的伤也有愈合的一天，我知道自己瘦弱，可是内心却不乏强大的免疫力。偶尔，拥拥挤挤的往事会从记忆中蹿出来，在心里摇来晃去，但我已经可以，可以把那些往事驱赶出去，让心平静。在纷乱的生活中，我其实早已学会坚强，只是，从前我不知道而已。

舅舅的花园

李云雷

1

在我们村里，花椒树是不常见的，我家里却种着四五棵，那是从城里我大舅的家移栽来的。花椒树种在我家院子的南边，排成一排，它们的枝干不高，但很蓬勃，枝上长着刺，叶子很小，很绿，圆，又厚，在阳光下泛着光泽，到了春天开细碎的小花，然后就结出一串串细小的果实，青青的，又慢慢变得结实，变紫，就成熟了。不等它们熟，我们就开始用了，我娘做菜时，没有了花椒，就让我去树上摘几串，洗一下，扔在油锅里，就爆出一股浓郁的香气。我想吃零嘴又找不到的时候，也会去摘两串青花椒，放在嘴里嚼，又麻，又新鲜，嘴里也像活了起来似的。那时候，我娘还会做一种芝麻盐，就是把炒熟的芝麻碾碎了，放上盐，放上少许花椒粉，那是一种难得的美味，我至今也不能忘。

看到家里的花椒树，我就会想起城里的大舅来。这个大舅并不是我娘的亲兄弟，他是我三姥爷家的，说起来是我娘的堂弟，不过我姥爷家只有我娘和我舅，三姥爷家只有大舅和二舅，他们从小一块长大，关系很密切，像亲兄妹一样了。小的时候，我甚至分不清这些，觉得大舅、二舅好像都是我姥娘家的，跟我舅一样了，后来才慢慢明白了其中的区别，按乡下的说法是"远了一层"的亲戚了，不过在我的心理上仍然是很亲近，跟我舅好像也没有什么不同。而且呢，我舅是个老实木讷的人，到我家来了，就是坐在那里抽烟，喝酒，跟我爹说话，不爱跟我们这些孩子玩，而大舅和二舅就不同了。我二舅是个滑稽又活泼的人，最爱逗小孩，一会儿让我们摔跤，一会儿让我们打仗，咋咋呼呼的，他一来，我们家里就充满了欢声笑语，我大舅呢，他在城里当着个官儿，他来了，也不怎么说话，不怎么跟小孩玩，但是他有一种气派，或者气质，像是见过大世面的，威严，又亲切，好像从另一个世界来的，跟我们隔着很远的距离，但是却又那么吸引着我们。

那时候，我大舅是当着个什么样的官儿呢？我已记不清了，他好像在一个公社里当过一把手，也在国棉厂当过书记，后来又调到了县里，做的是什么，我也不知道，不过，他在我们亲戚里是最有出息的就是了。在亲戚中间，说起他来，谁不是充满羡慕呢？家里有了事，想要找人帮忙，谁第一个想到的不是他呢？他的家，在县城里，亲戚们到城里去赶集，也总会去歇歇脚，唠唠家常。我的大舅，在亲戚们中间，是一个中心的人物了，他很沉稳，很热心，谁家里有了什么事，要找什么人，他总是尽力去帮忙，办完了事呢，他也不居功自傲，笑眯眯的，好像很轻松似的，让办事的人更加佩服，谈起他来，除了翘大拇指就是啧啧称赞，别的还有什么好说的呢？有这样一门亲戚，

小时候，我常跟我娘到我大舅的家里去。从我家
出了村，向西走，走四五里路就到了县城，穿过县
城，在县城的西边有一片平房，这里就是我大舅所在
的家属院。

有这样一个人，好像亲戚们在大事上都有了主心骨，这该是多大的
福分呢。

　　小时候，我常跟我娘到我大舅的家里去。从我家出了村，向西走，
走四五里路就到了县城，穿过县城，在县城的西边有一片平房，这里
就是我大舅所在的家属院。我们从一个宽大的胡同拐进去，向北走，
东边第五户就是我大舅家。进了门，是一个方方正正的大院子，五间
大瓦房，西边大门向北连着两间小平房，这里就是厨房了，东边是一
个宽敞的棚子，放着自行车，和一些杂物。院子里呢，种着各种树木
和花草，有花椒树，有枣树，有梨树，竟然还有竹子。我们这个地方，
冷，干燥，竹子是不容易成活的，我大舅不知从哪里找来了耐冷的品
种，栽在了院子的南边，一丛丛，一簇簇的，瘦挺，青翠，在阳光中
筛落一地细碎的影子，很好看，这就是竹子了，我第一次见到竹子，
就是在我大舅的家里。还有葡萄藤，种在门口迎壁的后面，攀援着，
伸展着，虬龙一样，一直爬到了厨房的上面，笼罩下一片宽广的绿荫，
那一串串的葡萄，隐藏在浓密的叶子后面，悬挂着，青的，红的，紫
的，在微风中轻轻摇曳着，散发着诱人的清香。还有花，兰花，菊花，
仙人掌，还有很多我叫不出名字的花，有的种在院子里，有的载在花
盆中，摆满了窗台。在院子的中间，压水井的旁边，还有一个很大的
鱼缸，水面上是漂浮着的睡莲，开着淡白色的花，几条金鱼围绕着它
们游来游去，那些鱼，红色的，黑色的，又瘦又长，闪着斑斓的光，
悠然地游动着，游出优美的弧线，让我都看呆了，我还没有见过这么
好看的鱼呢。

　　我们一进门，我大妗子就迎出来了。她高声爽朗地笑着，甩着手
上的水或面，亲热地叫着我娘"姐姐"，就把我们往堂屋里迎，又是端
茶，又是端瓜子，或者端来一盘水果，苹果，梨，桃，热情地让我吃。
我大妗子是棉麻厂里的一个妇女干部，大嗓门，说话又快，又脆，她

的亲热很夸张，简直让人不知所措，那些苹果和梨本是我喜欢吃的，她非要往我手里塞，还要我马上就吃，说"吃了还有"，这反而让我很困窘了，捧着苹果不知该如何下口，她就又着急了，大声笑着说，"看这孩子，在他舅家，倒把自己当外人了。"她这么一说，却让我更加局促了，红着脸不知怎么才好。我大舅在家，也不怎么说话，他坐在八仙桌边的圈椅上，很亲热，很平和，笑眯眯地跟我娘唠着家常，偶尔也走过来，给我拿一点吃的，放在我的面前，说一句，"二小，你多吃点啊"，就又坐回去了。

等大妗子去忙别的，终于不再管我的时候，我的心才慢慢踏实下来，就坐在那里，细心打量着我大舅的家。这里的一切都是那么考究，那么整洁，墙壁是雪白的，沙发是松软的，电视是彩色的，地面也是水泥铺成的，纤尘不染。方正的八仙桌上摆着果碟和茶具，中间的墙上悬挂着松鹤图，两边是一幅对联："明月松间照，清泉石上流"。这里的东西，很多我们家里都没有，有的东西，虽然我们家也有，但是我大舅家的却更讲究。比如洗脸盆，我们家就随便摆在院里树下的一个凳子上，我大舅家却有专门的洗脸盆架子，是细木制成的，洗脸盆中画着双龙戏珠，也很好看，边上还摆着香皂盒，洁白的毛巾整齐地搭在架子上。还有暖水瓶，我们家的只是外面包着绿色的铁丝网，我大舅家的却是硬塑料的，外面画着精美的图案，这些暖水瓶靠墙根一溜摆着，下面还垫着托盘。看着如此精致的摆设，想着我们家的简单，粗陋，让我感到颇为拘谨，像来到了一个不属于自己的地方，也不像在家里那样疯马野跑地玩了，似乎是有点自惭形秽，不知该怎么做了，只好静静地坐在那里。但是心里呢，却又对这样的环境隐隐地有些羡慕，有些喜欢，只是仍然觉得陌生，空气中似乎有一种莫名的压抑。

那时候，我哪里是一个坐得住的人？在那里听我娘和我大舅说一会儿话，我就偷偷地溜出了堂屋，瞥一眼厨房，我大妗子在那里忙活着，我悄悄从门口经过，来到了院子里。院子里真是姹紫嫣红，各种花都在开着，有的红，有的粉，有的白，蝴蝶和蜜蜂在花丛中穿梭着，翩迁着，阳光洒落在它们的羽翼上，斑斓，流动，闪着光，带着响，是那么美，我在这花圃一样的院子中徜徉着，一会儿看看花，一会儿看看树，一会儿又去看看鱼，一个蚂蚱飞过来，跳到草丛里去了，我赶快去追，小心翼翼地靠近，然后猛地一扑，可惜它又飞远了，我又赶忙去追赶。追着这只蚂蚱，我好像又回到了我们村小河南边的草地上，慢慢变得活泼起来了，也不管是否踩了我大舅的花草。等到我大妗子喊我吃饭的时候，我来之前刚换上的新衣裳，早已经弄脏弄皱了，我娘生气地在压水井边给我洗手，一边责备我不该乱跑，"看你，都把你舅的花踩坏了！"我大舅到花圃里走一圈，看一看，扶一扶，回来大度地挥挥手说，"没事，没事，都好好的呢"，又说，"小孩嘛，哪有不爱跑爱动的。"

到吃饭的时候，就热闹了。我大舅家有四个孩子，三个女儿，一个儿子，这时候该放学的放学了，该下班的也下班了。我的三个表姐中，大红和二青都已经上班了，她们一个在工商所，一个在棉麻厂，都是很风光的工作，十七八岁，人又漂亮，骑着自行车在我们县城穿过，会有不少人长久地注视她们的背影。三芹和坤哥还在上学，三芹在上初中，坤哥只比我大两岁，在上小学。他们一回来，家里的氛围就活起来了，大红她们围着我娘叽叽喳喳地说个不停，她们从小就是我娘看着长大的，见到我娘很亲热，拉着我娘的手，腻着我娘，说着她们的心事，和闲话。我呢，跟着坤哥，早就跑出去玩了。对这个家和这个小城，我本来是有些陌生的，可是跟着坤哥，我就什么也不怕了，我们从小就是一块玩大的，在张坪，在我家，只要我们两个见了，就是在一起疯玩，现在到了他家，还不是一样？他领着我到他的小屋，去看他的玩具，他玩的东西可真多，简直是琳琅满目了，我看看这个，那时候，每一次到我大舅家去，我都很向往。在那里，不仅可以吃到好吃的，见到新鲜的，还可以跟坤哥一起玩，是多么好啊。

看看那个，都有些爱不释手，他还收藏糖纸，收藏烟盒，收藏印有明星像的贴画，很得意地向我展示，看得我的心里痒痒的。或者，我们跑出去玩，在家属院里转悠，拧开公共食堂前的水龙头，打水仗，到隔壁一个学校的操场上，去看中学生打篮球，或者赛跑。这里的一切，对我来说都是那么新奇，是在我们村子里看不到的。一玩起来，我就什么都忘了，直到天色很晚了，我才跟着我娘，恋恋不舍地向我们家里走去。

2

那时候，每一次到我大舅家去，我都很向往。在那里，不仅可以吃到好吃的，见到新鲜的，还可以跟坤哥一起玩，是多么好啊。有时候我甚至想，要是我生在城里，住在我大舅家，就好了，那样我就可以天天在城里玩了。我大妗子也常会跟我开玩笑，"二小，住下别走啦，以后就跟我们过吧。"大红和二青也逗我，"是呀，你住这儿，姐姐天天带着你玩，给你买好吃的。"我歪着头想一想，觉得还是自己家里好，就犹豫着摇了摇头，她们就问，"你为什么不住这儿啊？"我说，"那，我就见不到我爹我娘了。"她们听了，就哈哈地笑了起来，我大妗子笑的声音尤其响亮，她笑着还说，"看这孩子，这么小，还想着他爹他娘哩。"

可是每次到我大舅家去，我娘都很踌躇。她有她的烦恼，她老是在那里念叨着，主要是，她不知道去我大舅家，该带一些什么礼物，她说，"人家家里啥都有，啥都不缺，啥都不稀罕，咱给人家带点什么呢？"是的，在我们乡间，是很讲究"礼尚往来"的，去亲戚家，总要带一些礼物，最好是人家家里没有的，或者用的着的，这样才显得好看。可是我大舅家，什么东西没有呢？吃的，穿的，用的，他们在我们这小城里都是处于较高层次的，我们买那些高层次的东西吧，又买不起，买了，人家也不一定需要；买低层次的东西呢，又让人家看不上眼。何况，我大舅还是一个官儿呢？给他送礼的人很多，烟，酒，营养品，外地的稀罕东西，吃也吃不完，用也用不完，就堆在厨房和储藏室里。我们买的东西，再好也好不过那些，他们怎么会放在眼里呢？——所以，我娘就很烦恼，我们村里的人，跟城里的人做亲戚，也是很难的啊。我记得有一次，是夏天，我跟我娘到我大舅家去，从家里走的时候，我们空着手，我娘说到了城里再看着买点东西，到了城里，又累，又热，买点什么呢？我娘犹豫了半天，说，"这么热的天，我们就买个西瓜吧。"我们就在一个卖西瓜的摊子上，挑了一个最大的西瓜，有十多斤重，我一路提着，到了我大舅家，浑身都湿透了。我大妗子一看，忙说，"看二小这一身汗，热坏了吧，快切一个瓜吃。"我娘说，"那就把这个瓜切了吧。"我大妗子说，"先不吃这个，有冰好的。"说着，打开冰箱，抱出了一个冰镇西瓜，这个西瓜更大，更圆，吃起来冰凉爽口，又甜，又沙，很好吃。

还有一次，我跟我娘到我大舅家去，买了一只烧鸡，是在城里西街有名的唐家烧鸡铺买的。烧鸡是我们小时候最向往最珍贵的好东西，一说到烧鸡，我们就会流口水，好像那就是所有好吃的东西中最突出的代表了，一年我们也未必能吃上一回。那时，我们所能设想的最美好的生活，就是能够天天吃上烧鸡，要是能够天天吃上烧鸡，那该是什么样的日子啊？我们简直连想都不敢想。我们城里最有名的烧鸡铺，就是唐家烧鸡铺了，这家的烧鸡做得又嫩又软，黄澄澄的，又香，又入味，到现在说起来，也是我们那里的头一份，同样是烧鸡，就数他们那里做得最好吃。唐家烧鸡铺门口常年支着一个大锅，里面是多年的老汤，烧鸡就是在里面煮着的，要煮很长时间，放很多种香料。那时候买不起烧鸡，从唐家烧鸡铺门口走过，我们都要多嗅一嗅那里的香味，就好比吃了烧鸡一样过瘾。那天，我娘咬咬牙，买了一只烧鸡，我一路闻着香味，到了我大舅的家里。中午吃饭的时候，那只烧鸡被撕开，装在盘子里，摆到了桌子上。我一看见，就两眼放光，很快把筷子伸了过去，我娘瞪了我一眼，说，"就你好吃！"又让大伙都吃，"大红、二青、三芹，你们也都尝尝。"大红、二青和坤哥都捡了一块，但是对烧鸡，他们也都没表示出特别的热心，吃了一块就不怎么吃了，是啊，桌上有那么多好菜呢，清蒸鱼，白灼虾，红烧排骨，还有炒的各种青菜，他们吃得很平常，很均匀，每样都吃一点，只有我，别的什么都不吃，只是不顾一切地去吃那只烧鸡。还有三芹，她一块烧鸡也没有吃，我娘也注意到了，她说，"三芹，你怎么不吃烧鸡呀？快吃一点吧。"说着，她捡了一个鸡腿，放到了三芹的碟子里。三芹皱了皱眉头，说，"我呀，就是不爱吃烧鸡"，说着她把鸡腿冷在一边，又去捡别的菜了。过了一会儿，她把鸡腿夹给了我，说，"二小你喜欢吃，就多吃点吧。"我接过来，就毫不客气地啃了起来，心里却也很吃惊：这个世界上，怎么还会有人不爱吃烧鸡呢，那该是什么样的人呢？这样想着，去看三芹，好像她突然离我很远，不是一个世界上的人了。

我们家里新摘的蔬菜，茄子、豆角、西红柿，或者新玉米、新花生下来了，我娘也总想着给我大舅家去送一点，尝尝鲜，我大舅最喜欢这些东西了，我们带别的东西去，他总是责备我娘，"姐姐，这些东西家里都有，你来就来呗，还花那个钱干啥？"可是我们要带了这些东西，新摘的北瓜、南瓜，或者新下来的绿豆和小米，我大舅就很高兴，他说，"姐姐，还是咱自己家里种的东西好，我就喜欢吃这些，家里有了，你再给我带点来。"听他这么说，我娘也很高兴，家里有了新鲜的东西，总忘不了给我大舅送去一些。可是，我大舅家在农村的亲戚很多，很快，大家都知道他喜欢自家种的新鲜蔬菜了，不少人也开始送这些东西，每到新鲜的蔬菜下来时，都会有人给他送，我们再去送的时候，已经不新鲜了。那一回，是秋天新花生刚下来的时候，我

那时候，我娘总是感叹，"哪回去你大舅家，带
去的东西，还没有回来的东西多呢。"

娘说，"给你大舅去送一点吧"，我就背着半布袋新花生，跟着我娘去
我大舅家了。到了那里，我大舅和大妗子都很高兴，可是一看到那些
花生，我大妗子就快人快语地说，"姐姐，你大老远的，背来这么多
花生干啥？"我娘说，"这不刚下来嘛，让孩子们尝个鲜。"我大妗子
说，"尝也尝不了这么多呀，他舅，他二姨，他三姨家，新花生也都下
来了，都半布袋半布袋地给，哪吃得了呀？这新的又不能放，长虫子，
要不你走的时候，再带回去吧。"我娘哪里肯再带回去，走的时候极力
推辞，我大妗子打开储藏室的门让我们看，"姐姐，你看，都塞满了，
实在没地方放了。"没有办法，我们只好又背了回去。还不只如此，我
大舅又拿出了两瓶酒，让我们带回去，他说，"姐姐，这些酒我也喝不
了，你带回去，给我姐夫喝吧。"

　　是的，每一次到我大舅家去，回来的时候，我大舅总会让我们带
回不少东西，油，香油，小袋的面，大米，木耳，白条鸡，桔子，苹
果，梨，等等。我家的花椒树，也是我大舅送给我们的树苗。那是别
人送给他的，他家种不了这么多，就给了我们几棵，记得树苗拉回来
的那天，我很兴奋，也很新奇，我见过花椒，还没有见过花椒树，它
开什么花呢，结出来的花椒是什么样子呢？我很好奇，在我爹种下它
们的时候，就很积极地帮着培土，浇水，盼望着它们能早日长大。

　　那时候，我娘总是感叹，"哪回去你大舅家，带去的东西，还没
有回来的东西多呢。"在我们那地方，去亲戚家要带礼物，回来的时
候呢，那家亲戚也不会让你空手回去，是要"回"一点东西的，但一
般来说，只是将亲戚带来的东西，留下一部分，剩下的再请他带回去，
也就算"回"了。比如说，去亲戚家带了二十个馒头（那时候乡村里
串亲戚，大多是带馒头，用花包袱裹住，挎在胳膊上，或夹在自行车
后座上，就去了），那家亲戚留下十个或八个，剩下的就再让他们带回
去。但是在我家和我大舅家呢，有点不对等，我们带去的东西少，"回"

那时候，我就知道了，坤哥并不是我大舅的亲生
儿子，而是抱养的。

回来的东西多，所以我娘才会有那样的感叹。在她的感叹中，有不安，有欣慰，也有一点不好意思。她高兴的是我大舅对她是那么好，就像亲姐姐一样，带来的东西呢，也可以改善一下我们的生活，而不好意思的，则是我们无以回报，不能像他们对我家一样对待他们，所以那时候，我娘常对我们说，"等你们长大了，可不能忘了你大舅……"

我那时候还小，并不了解这些，见到好吃的东西就吃，也不管是从哪里来的。有时候从我大舅家带来的新奇的糖果，我还会在小伙伴中间显摆，"看，这是城里我大舅给我的，你们没有吧？"那些花花绿绿的糖纸包裹的糖，有的酸，有的甜，有的带有一股奶味，是我们村里的代销点所没有的，看着小伙伴们羡慕的眼光和快要滴下来的口水，我的虚荣心得到了很大的满足。还有的时候，小伙伴之间拌嘴或骂架，互相不服气，一个说，"我叫警察来抓你"，另一个说，"我叫派出所长来抓你"，这时我也会把我大舅搬出来，说，"我叫我大舅来抓你"，不管对方抬出多大的官儿，我只有一句，"我叫我大舅来抓你！"——那时候，我的大舅，在我的心目中是多么高大的形象，他好像能管所有的事，能管所有的官儿，在我的世界中，没有比他更厉害的人了，他和他的家，在城里，就好像在天上一样，我想起他来，就会想起那个花团锦簇的庭院，想起那些纤尘不染的房间，那仿佛是在一个很高很远的地方，我们只能眺望，或者仰望。

3

那时候，我就知道了，坤哥并不是我大舅的亲生儿子，而是抱养的。我大舅和大妗子有了三个女儿，没有男孩，按照我们乡村的风俗习惯，没有儿子，也就算是没有后人了，我大舅虽然离开了乡村，但他离得并不远，还是被乡村里的亲戚朋友包围着，也被乡村的风俗和观念包围着，不知道他是自己愿意，还是没有办法摆脱，最后是抱养

舅舅的花园

了一个儿子，就是坤哥。关于坤哥的亲生父母，我听家里人说起过，但说法不一，印象也是很模糊的，有的说是在医院里领养的，并不知道亲生父母是谁，也有的说，他的亲生父母是私奔或者逃婚的，生下他之后，没有办法带，只好撇下他，闯关东去了。我也不知道，哪一种说法是准确的，在我跟坤哥一起玩的时候，也并不会想到这些，因为在我开始记事的时候，他已经是我的"坤哥"了，那好像是自然而然的事情。

这件事，坤哥呢，他也知道，家里的亲戚们呢，当然也都知道，但他们并不觉得这是什么了不起的事情。在乡村里，家里没有孩子，或者没有儿子，就抱养一个，延续香火，实在也是很常见的，哪一个村里没有这样的事情呢？有的孩子长大了，又去认了亲生父母，跟他们像亲戚一样走着，也有的亲生父母，想再把孩子要回去，跟养父母之间发生了矛盾与争吵，诸如此类的事情，都是村里人茶余饭后谈论的对象，觉得很平常，又不平常，是可以当作一种闲话，津津有味地议论的。所以家里的亲戚，谈起这件事来也不避讳，有的大人甚至还跟坤哥开玩笑，"小坤，想你亲爹亲娘不？"坤哥听了，也不搭话，有的人也跟我开玩笑，"二小，你要是跟你大舅过了，多好呀，天天都有好吃的。"我想一想，好像是很好的，但又似乎是没影的事儿，看他们一眼，就跑出去玩了。

我们亲戚家的孩子，我舅家的表哥表姐，我的姐姐，他们都比我大很多，在我们的眼里，都是大人了，他们不愿意带我们，我们也不愿意跟他们玩，只有坤哥，和我年纪差不多，所以，那时候都是我俩在一起玩。我们最常见面的地方是张坪，我姥娘家，在坤哥来说呢，是他的奶奶家。每到我姥娘家有什么事了，我们去串亲戚，就能见到坤哥了。那时见到坤哥，我是多么高兴啊，到了姥娘家，从我爹自行车的前梁上出溜下来，就跑过去找他了，有的时候我们到得早，我就在门口等着他，过一会儿就问，"坤哥咋还不来呢，咋还不来呢？"

我们在一起常玩的，就是爬墙。我姥娘家是一个三进的院子，东边是我三姥娘家，两家之间有一堵矮矮的墙。我们一来，就爬到那个墙头上去了，在那上边沿着走，一个在前面跑，一个在后面追，大人看见了觉得危险，连声地喊着，让我们下来，可他们越喊，我们跑得越快，一溜烟就不见了踪影。翻过墙头这边，是我三姥娘家，这是个两进的院子，我二舅住在前面的院子里，后面的院子就荒废了，院里长满了野草，屋子没有翻盖，都很破旧了，我们就跑到这破房子里，在那里东翻西翻的，有时能翻出很多稀奇古怪的东西，我三姥爷的破羊皮袄，我三姥娘的绣花鞋，毛主席像章，旧报纸，画报，老的吊杆称，过期的粮票布票，等等，这里是我三姥爷住的房子，他去世后，这个房子就空了。那天，我们在一堆破烂中翻出了三姥爷的旧羊皮袄，坤哥披在身上，像一个袍子，又宽又大，他大摇大摆地走进了西边的院子，引起了大人们的一片笑声，他很得意，很滑稽，在那里像演戏一样走来走去，大人们说，"这是哪儿来的，这不是他三爷的羊皮袄嘛？"，"可是好多年没见了呢，他三爷活着的时候，一到冬天就穿上了"，"你们从哪里找着的？把老八百辈子的东西都翻出来了"，还有的说，"看小坤穿上，真逗，跟一个老头似的"，"不像老头，像古代的人，哈哈……"他们正说笑着，我大妗子看见了，走到坤哥边上，一下就把那羊皮袄扯下来了，生气地喝斥他，"从哪儿找出来的你就穿啊，脏不脏呀？"坤哥做一个鬼脸，转身就跑了。我们找出来的东西，有时也让我大舅很注意，记得那一次，我们找出了一把破瓦刀，在那里挥舞着玩，我大舅看见，要了过去，在手里抚摸了良久，原来那是我三姥爷——也就是我大舅的父亲用过的，他看到这个，可能又想起我三姥爷了吧。我大舅还到那座破屋子里去过，他走进来，在这里看看，那里看看，也不说话，吓得我和坤哥躲在墙的后面，连大气也不敢出，我二舅是个很爱热闹的人，一见到我和坤哥，就撺掇我们两个摔跤，在我姥娘家那个院子里，我们两人摔了多少次跤啊。

后来我娘告诉我，我大舅在去读书之前，跟他的父母一起，是一直住在这座房子里的。

我姥娘家最北边，在北边那座房子后面，有一棵很大的梨树，我和坤哥也经常爬这棵树。这棵树树身很矮，枝叶繁茂，春天是一片雪白的花海，秋天则挂满了金澄澄的梨子，在风中摇摆着，散发着成熟果实诱人的气息。到现在，我姥娘家的人说起来，还会说，"二小和小坤，最好爬那棵大梨树了"，或者说，"他俩啊，一到这儿来，不是上墙就是上树"，如今那棵大梨树早已不在了，但是我想起姥娘家，想起坤哥，仍会想起那棵大梨树，和那些快乐的日子。那时我们爬在树上，去摘梨，去摘梨花，去吊秋千，或者隐藏在茂密的叶子后面说话，或者比一比看谁爬得更高，秋日的阳光洒下来，是那么明净，爽朗，而我们也是那么自由自在，就像从树梢飞过的小鸟，无忧无虑，无牵无挂，只是，这样的日子，已经再也不会回来了。

我二舅是个很爱热闹的人，一见到我和坤哥，就撺掇我们两个摔跤，在我姥娘家那个院子里，我们两人摔了多少次跤啊。我二舅上来就会鼓动，"上回你俩摔跤，是二小输了，来，让我看看，这一回谁能赢？"他一下子就调动起了我们的情绪，我不服气，坤哥也不服气，两人很快就扭在了一起，边上的几个人在拍手，大笑，加油，我们两个就更来劲了，紧紧抱住对方的腰，往侧面使劲，同时伸出脚去，找准机会使绊子，一勾腿，一个人就摔倒了。开始，摔在地上的人总是我，后来我的劲儿越来越大，也能把坤哥摞在地上了，坤哥不服气，爬起来就再摔，我二舅和那些人就又鼓噪起来了，"好，第一回是二小赢了，看第二回！"两人又狠狠地抱在一起，憋红了脸，卯足了劲，非要把对方摔倒在地上不行，尤其是坤哥，看到我这个弟弟，竟然摔倒了他，在心理上好像难以接受，非要扳过来不行，摔倒了，就再来一次，再来一次，直到累得不行了，他也非要压到我身上，才算结束。

这样的摔跤，在很长一段里，成为了我们的"保留节目"，只要我们两个一碰到，总会摔上好几跤，这也成为了我二舅他们的娱乐项目，一见到我们，就会怂恿着让我们比个高低。直到坐在酒席上，他们还会津津有味地品评着，说着，笑着。后来我们长大了，才不再摔了，但直到如今，我到我姥娘家去，他们总还是会提起这些，提起坤哥，提起摔跤，在说说笑笑中，记忆中那些明亮的日子，好像又回来了。

在我的记忆中，我大舅和大妗子好像很少到我家来，或许是我大舅比较忙，亲戚之间平常的走动，也就免了，只有在比较重要的事情或场合上，他才会出现。所以坤哥到我家来的，也比较少，但是他一来，我就会很高兴，好像是他来到了我的地盘，我的世界，我就该带他好好地玩，好好地走一走。在张坪我姥娘家，在城里我大舅家，坤哥都是当然的主人，我似乎不能完全放得开，而在我们家，我们村，我的底气好像也足了似的。那天，坤哥一来，我就带他去了村南那条小河边，到了河堤上，爬树，捉鱼，还在河边采了一朵很大的花，坤哥告诉我这叫"荷花"，那一朵花很红，很美，明艳照人，我们举着这朵花回家。回家的时候，我们没有从门里进，而是从河边直接走到了我家的南墙边，从墙上翻了过去。我家的墙很高，我们跳下来时，把院子里的人吓了一跳，可是我们两人却都没有事，坤哥手里的花也好好的拿着。那次是我先跳了下来，回头去看坤哥，只见他手持着一朵荷花，从墙上一跃而下，衣裳都飘了起来，简直像一个仙子，周围响起了人们的惊呼，在众人讶异的眼神中，坤哥轻轻地落了地，他的表情很平静。

那天，我还把村里我的小伙伴们介绍给了坤哥，我的好朋友，我希望他们也能成为好朋友。在一起玩的时候，坤哥很快就成为了中心人物，而我，倒不怎么为人关注了，这让我隐隐有一点失落。是啊，他比我大，又是城里来的，衣裳漂亮，见识得多，口才也好，在哪里，

> 现在想来，在我和坤哥的关系中，我总是处于附
> 属、依从的地位，而坤哥总是主动的，指挥一切的，
> 是他带着我玩，这不仅因为他是我哥，他是城里的
> 人，而且更是由于，在性格上，他也是倔强的，争强
> 好胜的，从不甘心屈居于人后。

不是孩子们羡慕的对象呢，不是小孩们围绕的中心呢？而我，在村里的小伙伴中间，靠着胆大，力气大，积累起来的一点威信，在他的面前只能土崩瓦解了。可我是个随遇而安的人，心里有点不舒服，一晃就过去了，很快就和他们欢天喜地地玩了起来。何况，坤哥是"我的"表哥呢？我的表哥这么厉害，在小伙伴们面前，我也很有面子呢。现在想来，在我和坤哥的关系中，我总是处于附属、依从的地位，而坤哥总是主动的，指挥一切的，是他带着我玩，这不仅因为他是我哥，他是城里的人，而且更是由于，在性格上，他也是倔强的，争强好胜的，从不甘心屈居于人后。不管是对我，对别的小孩，或者是在他的家里，他都想成为一个众人关注的人物，即使在很小的事情上，他也是不达目的誓不罢休。比如他想要一个玩具，就非得给他买不可，如果我大舅不给他买，他就哭，闹，一次次的，直到给他买了，才算完。再比如，在回家的路上，大红或二青开玩笑，说看谁能先走到门口，坤哥呢，他就一定要第一个到，不允许别人超过他，他的姐姐知道他的脾气，就会让着他，可是有一次，他家的小狗跑到了他的前面，先到了门口，他一看，气得在地上打着滚哭，众人抚慰了半天，他才慢慢安静了下来。我想，我的坤哥，他的内心一定是脆弱的，他一定是需要关心，需要宠爱的，需要很多很多。

我还记得那一天，我和坤哥在我们村小河的南岸玩，我们向西走，走了很远，一路上他挥舞着一根棍子，抽打着野草和树丛，眉飞色舞地说着这说着那，不知为什么，他突然停了下来，没头没脑地问我，"你说，我的亲爹亲娘，他们咋就不要我了？"我不知该如何回答，只好看着他，又去看远方彤红的夕阳。静了片刻，他撇开这个话题，又说起了别的，才慢慢变得活泼起来。但是我永远记得，那一刻，他的眼神是那么忧伤，那么绝望。是的，他那么年幼，就承担了一个不该知道的秘密，和折磨。很多事情，我们以为他不在乎，他也竭力表现

出不在乎的样子，但是我知道，他在心里是在乎的，很在乎。

4

那时候，正是我大舅家如花似锦的日子。我的大舅和妗子，年富力强，在县城里也有着让人羡慕的位置，无论走到哪里，都是为人敬重的，去他家里的人，叙旧的，闲谈的，拉关系的，每日里络绎不绝，真是家中客常满，杯中酒不空。他们的三个女儿，都长大了，一个个出落得如花似玉，大红和二青，工作了三四年，也到了谈婚论嫁的年纪，给她们说媒的人，更是踏破了门槛。

我的这三个表姐，大红、二青和三芹，她们对我都很好，见了面也很亲切，但是，怎么说呢，在她们的好里面，似乎有一种别样的东西，有一点轻视或者可怜，而又要加以照顾的意思，或许在她们的本意中，并没有这样的想法，但从我的感觉来说，却总觉得有一些不同，那微妙的，而又自然而然的障碍，好像自始至终都存在。这种细微的东西，真是没有办法说得清。比如我和我姐姐之间，或者和我舅家的表姐之间，虽然她们也会逗我，骂我，甚至打我，但是打也就打了，骂也就骂了，过去之后，我们之间仍然很亲密，并不会在心里留下什么芥蒂；但是大红、二青就不一样，她们并不骂我，也不打我，最多只是逗逗我，亲切的，温和的，但是她们的眼神不经意的一瞥，却能让人感受到分明的距离，那是傲慢的，或者屈尊的神色，是不由自主流露出来的优越感。是的，那可以说是一种竭力隐藏起来的优越感，正是这一点，让我们的内心拉开了距离。我的姐姐也说，我大舅家的孩子都有一点"傲"，她们不大喜欢，我想她们所说的，也是这样的意思。不过，如果站在大红和二青的立场上想一想，她们又能怎么样呢？她们日常吃的，穿的，用的，都是那么高级，她们平常所交往的，也都是有头有脸的城里人，衣着光鲜，谈吐文雅，她们就是在这样的

舅舅的花园

环境中成长起来的，而且又年青，漂亮，备受宠爱，让她们真心去喜欢那些穷乡亲，喜欢一个乡下来的孩子，也是不大可能的。她们能够不流露出厌烦的神态，能够顾全亲戚之间的礼仪，又那么亲热，那么周全，已经很是难得了。不是还有的亲戚之间，为了谁看不起谁而断绝了来往吗？与那些人相比，我们已经好得很多了，我们还能希望什么呢？——这可真是没有办法的事。

但是我娘想的似乎不一样，我娘觉得我大舅是她的兄弟，就好像我们仍然是一家人，至少在她的心中，是不希望我们两家越走越远，所以从那时到现在，过年过节，她都要去我大舅家，后来，她老了，走不了那么远了，就不停地督促我和我姐姐，让我们去看望我大舅，直到我大舅去世。

如果说，那时我大舅家的生活是花团锦簇，那么，大红和二青便是穿梭其中的两只燕子，三芹那时在上学，而大红和二青，正到了婚恋的年纪，便吸引了更多人的注意，也牵动着亲戚们的心，她们的婚事，也成了一件盛事。

大红和二青，她们两个人也不相同，大红性格安稳沉静，不大爱说话，二青呢，活泼，调皮，也倔强。所以呢，她们喜欢的人也不同，她们的爱情也不同。大红的爱情故事很平淡，或者是否能叫做爱情呢，也很难说。本来她在棉麻厂，有不少小伙子追求她，她对其中一个电工也有点意思，他们来往过一段时间，坤哥告诉我，那个小伙子"人很帅，篮球打得很好"，可是呢，我大妗子却并看不上眼，来家里提亲的，不是某局长的儿子，就是哪个主任的外甥，跟他们比起来，"一个工人，没啥发展前途"，她摇摇头说。那时候，在我们乡村里，是讲究门当户对的，我大舅他们虽然在城里，也受到这些观念的影响，尤其对我大妗子这么好强的人来说，他们家既然是当着官儿的，有一定的社会地位，即使不能跟更高的官家结亲，光耀门楣，至少也不能跟他家相差太远，如果差得远了，不仅同事之间会议论、嘲笑，而且女儿嫁过去之后，也会受苦受罪。自己娇生惯养的闺女，到别人家里去受罪，这是她所不能容忍的，所以她果断地掐断了大红和那个电工的爱情萌芽，迅速地给她定了一门亲，那人是我们县城化工厂厂长的儿子，在厂子里做着会计的。大红呢，大红虽然难受，哭了两天，也就没事了，那个电工，她和他也只是拉了拉手，看了两场电影，似乎并没有太深厚的感情，而且这个会计呢，看着也伶俐，也踏实，好像也没什么不好，于是她很快也就结婚了。

大红结婚的那一天，可真是热闹极了，鞭炮，彩车，锣鼓喧天，那么大的场面，是我们见也没有见过的。中午摆酒席。是在我们城里最好的酒店，有五六十桌，来了不少重要的人物，我们这些穷乡亲，也真算是见到了大世面。在我们乡村里，结婚是一辈子的大事了，但是摆席，也不过是在自己家的院子里，怕下雨下雪，再搭上篷子，厨师呢，也只是请村里的人来做，别的事，也都是自己家里的人做，像拉桌子板凳，借盘子借碗，等等，所以一说结婚，前后要忙上一个月。但是城里人就不同了，什么事都交给了饭店，又排场，又省心，吃得又好。那天，一盘盘菜端上来，可让我们大饱了口福，那些鱼，那些肉，我们平常哪里能够吃得到？那些酒，也都是好酒，平常里谁能够喝得起？于是，我们就尽情地吃喝了起来，那一餐饭，我们吃得是如此满意，直到多年之后，还会有人津津有味地提起，"那一年，大红过事，排场可真够大的，那酒，那菜，啧啧。"

那天，我在二舅的撺掇下，也喝了一点酒，都有点晕乎了，但是大多数时间，都是和坤哥在人群里穿梭，跑来跑去。坤哥也是那天婚礼的主角之一，作为新娘子的弟弟，他受到了几乎所有人的瞩目，又是唱又是跳的，出尽了风头，甚至新郎也不得不讨好他，以免被为难。在这种情况下，坤哥简直顾不上我了，我呢，有那么多好吃的，似乎

> 大红这款子事，算是过去了，到了二青，又不
> 一样了。二青早就说了，找对象，她要自己找，不用
> 家里人瞎操心，可是她领回来的，是一个什么样的人
> 呢？一个待业青年。

也没有感觉到有什么不满意。

　　大红这款子事，算是过去了，到了二青，又不一样了。二青早就说了，找对象，她要自己找，不用家里人瞎操心，可是她领回来的，是一个什么样的人呢？一个待业青年。我大妗子一听，气得都快说不出话来了，"我的姑奶奶，你找个什么样的不行？找一个待业青年！你这不是故意气我吗？我看不把我气死，你就不拉倒！"我大妗子坚决不同意这门亲事，一个正式的电工她还不放在眼里，何况一个待业青年呢？那时候，城里的人都是有单位的，而待业青年则意味着，没有单位，没有职业，没有生活保障，只能摆个地摊，或做个小买卖糊口，我大妗子怎么会把女儿嫁给这样的人呢？她真是连做梦也没有想到会出现这样的情况，她说，"只要我活着，还有一口气，我就坚决不同意。"可是二青不是大红，我大妗子坚决，二青比她还坚决，她继续和这个待业青年来往着，对我大妗子介绍的那些对象，看都不看一眼，我大妗子疾言厉色地骂她，她索性下班也不回家了，到晚上很晚才回来，第二天早早又走了，家里很少见到她的人影，我大妗子想骂她又骂不到，就冲我大舅发脾气，"那也是你的闺女，你也不管管！"我大舅呢，平常对于家里的事，都是大撒手的，这次我大妗子生了气，他才不得不过问一下，于是有一天二青回来，他把她叫到了书房，跟她谈了半天，可是谈话的结果呢，是他被二青说服了，他说，"那个小伙子也不错，要用发展的眼光看问题嘛。"我大妗子简直气炸了肺，她说，"一个待业青年，能有什么发展！"又说，"就不该让你管，看你管到哪里去了？"我大舅说，"孩子们都长大了，她们也有恋爱的自由呀。"我大妗子说，"行了行了，你别管了，快去看你的文件吧。"我大舅只好讪讪地回到书房里去了。我大妗子又把大红叫来，让她帮着说服二青，大红这时已经有了小孩，她抱着孩子到二青的房间里去，说了很长时间，二青只是逗着那小孩玩，也不搭话，最后她说，"二青，

咱妈也是为你好，你也别太犟了。"二青突然问她，"姐姐，你觉得现在过得幸福吗？"大红说，"什么幸福不幸福的？就是过日子呗。"二青说，"那我可受不了，要是让我跟不喜欢的人结婚，我一天也过不下去。"大红听了，低下头，也没有话说了。我大妗子跟二青的关系越来越僵，她又觉得我大舅和大红都背叛了她，自己一片好心，反而受到全家的反对，气急之下，她生病住院了。在病床上，她挂着吊瓶，对大红说，"你去告诉二青，她要是再跟这个人来往，我就不认她这个女儿！"二青也真是敢作敢为，她说，"就是她不认我，我也要跟他结婚！"她说得出，做得到，很快就和这个待业青年旅行结婚去了。那时候，旅行结婚在我们那里还是个新鲜事物，又时髦，又能避开一些矛盾，年轻人很喜欢。

二青旅行结婚回来，我大妗子就没脾气了，她心里恨死了这个闺女，可是又拿她有什么办法呢？她又是个好面子的人，一个闺女这么无声无息地结了婚，像什么话？亲戚朋友们不是会议论吗，单位里的同事不是会嚼舌头吗？这样可不行，于是在她们旅行结婚回来，我大妗子忍着气，又给二青补办了一个"正式"的婚礼，这个婚礼也很盛大，也很喧闹，可是我大妗子总觉得不顺心，此后对二青仍是没有什么好气。直到第二年，二青的孩子生下来，她这个姥姥忙忙碌碌的，才在心底里原谅了二青。

那之后，一到周末，大红和二青就带着孩子回娘家来了，一个男孩，一个女孩，在花园一样的院子里，学说话，学走路，后来又在花丛之间跑来跑去，追逐蝴蝶，追逐蜻蜓，他们稚嫩的声音和举动，不时引来大人们的欢声笑语，三芹和坤哥，带着两个小孩玩，大红和二青，在她们以前的闺房中亲密地说着话，又到厨房帮我大妗子做菜，堂屋里呢，两个女婿陪我大舅喝两盅酒，说说闲话，下午两三点钟的阳光照过来，明亮，温暖，适意，这样的日子是多么美好。

不知从什么时候开始，我越来越清醒地意识到，
我家和我大舅家并不再是一家人，他们在城里过着他
们的生活，我们在乡下过着我们的生活，每一家人都
有自己的生活。

5

那时候，去我大舅家，会路过一个中学，我娘指着校门前巨大的牌子，跟我说，"你好好学习，等以后考上这个学校，离你大舅家就近了。"我透过校门去看那个学校，只看到一排排青翠的白杨树，旁边的操场上，正有人在打篮球，奔跑着，跳跃着，生龙活虎的，看着让人很眼热，不过那对我来说，好像是一个很遥远很渺茫的世界，所以我娘的话，我并没有怎么放在心上。然而，巧合的是，几年之后，我真的来到了这所学校，成了一名初中生。

这所学校里的教室，是一排排平房，我们班所在的这一排，是学校西半边的第二排，与我大舅家，正好只隔着一堵墙。更有意思的是，坤哥也在我们这一个年级，只是我们两个并不同班，我在四班，他在二班，在我们教室的后面一排。从我们的教室里，透过窗外的白杨树，就能够看到他们班的教室。我娘以为，我来到了我大舅家隔壁的学校，会跟我大舅家更近，会跟坤哥更多地在一起玩，一开始我也朦胧地这样想过，其实并非如此。

不知从什么时候开始，我越来越清醒地意识到，我家和我大舅家并不再是一家人，他们在城里过着他们的生活，我们在乡下过着我们的生活，每一家人都有自己的生活。我们家虽然很穷，但是也过得很有滋味，很有意思，而到了我大舅家，虽然有好吃的，好玩的，但那并不是属于我的，我也只是一个客人，而在他们富裕自得的生活方式面前，我越来越感到压抑，越来越感到不适，所以我也越来越不愿意到我大舅家去了。以前，我娘到我大舅家去，我总是非要跟着去不可，现在，我就在我大舅家的隔壁上学，我娘来了，我大妗子让坤哥喊我到他们家去吃饭，我也不愿意去。不但我自己不愿意去，我对我娘去我大舅家也有些不满意，总感觉有些莫名的屈辱，好像我们是有求于

他们似的，好像我们是要去打秋风似的。所以，到了这所学校以后，我反而很少去我大舅家了，只有我娘去的时候，坤哥来喊我，我才勉强去一趟。到了那里，我大舅和我大妗子还是那么热情，我大妗子总是热情地责怪我，"离得这么近，怎么也不到家里来玩？"又说，"以后别在食堂里吃饭了，就到家里来吃吧"，又说，"下了晚自习，那么远，你就别回家了，来家里跟你坤哥一块住，早上一块去上学，多好啊！"她说得很快，也很亲热，我不知道是否只是一种客气，她的好意我心里知道，但是我却难以接受，只能默默地听着。但是，每一次见到我，我大妗子都会这么说，后来她还说，"刮风下雨的时候，你就别回家了，就到这儿来，这是你舅家，又不是外人。"好像我不去，倒仿佛是见外了，这让我心里很不安，很不好意思，但是我终究也没有更多地去我大舅家。

我和坤哥，这时候也不像以前那样亲密了。在城里，坤哥原先就有他的一伙玩伴，现在这些玩伴也跟他一样上了初中，他们仍然在一起，是一个小小的圈子，那个圈子里，当然都是城里的孩子，他们有他们的玩法，有他们的生活，我呢，只不过是一个乡下来的孩子，既无法融入他们的圈子，也不愿意融入其中，跟他们在一起，我所感受到的只能是自卑，他们呢，也会感到不舒服，玩不痛快，所以坤哥带我跟他们玩了两次，再叫我，我就没有去了，这样一来，我跟坤哥在一起的时间就很少了。我记得那一次，周六下午放了学，坤哥叫我去他家玩，我去了，吃了晚饭，我要走，我大妗子非要让我住在他们家，那天正好赶上下大雨，哗哗的，又是打雷又是闪电，风吹得窗棂呜呜响，我就留了下来。我和坤哥在他的房间里玩了半天，那时我和坤哥的兴趣已经很不同了，我喜欢安静，喜欢看书，坤哥呢，他爱说话，爱动手，他的手很巧，一个钟表或收音机，他能够把零件拆下来，再装上去，有些小毛病也能修好。我们说了一些话，他找出我大舅的一些旧书，让我翻看，说自己有点事要出去一趟。他走后，我一个人在房间里看书，等到了很晚，他也没有回来，我就先睡了。第二天早上醒来，坤哥已经回来了，我问他昨晚去哪儿了，他嘻嘻笑着，就含糊过去了。后来我大妗子说起来，我才知道，原来坤哥经常跑出去，跟他那伙玩伴一起玩，我大妗子觉得他们"玩不出什么好来"，就不许坤哥出去，坤哥呢，只好偷偷地跑出去。我在他家住的那天晚上，坤哥出来后，冒着大雨翻过墙去，找他的朋友玩去了，到很晚，才又翻墙回来，而他之所以让我大妗子识破，是他翻墙时留下了几个泥印子，我大妗子严厉地一审，他才招认了。想想那天晚上，我或许只是坤哥的一个掩护，是他要去找别人玩，而要给大妗子制造的一个与我在一起的假象，其实，他可能是不想跟我在一起玩的。想到这一点，我心里有些难过，那天我骑着自行车，在回家的路上飞驰着，两边的白杨树快速地闪过，风声在耳边呼呼地响，骑着骑着，我突然停了下来，不知什么时候，脸上已淌满了泪水，我将泪水轻轻擦干，才又跨上自行车，慢慢向家里骑去。

其实，那时候，我也不想跟坤哥在一起玩了，在学校里，我也渐渐有了自己的朋友，有了自己的新天地，跟他们在一起，我很放松，也很自在，玩得很高兴，而跟坤哥在一起，不仅我难以融入他和他的世界，而且那种类似附属的地位，也渐渐让我难以接受了，虽然他是我的表哥，从小带我一起玩，但是如今我已经长大了，我的内心因为脆弱而变得格外敏感，我不能忍受任何歧视或轻视的表示，不管是明的还是暗的，不管是直接表露出来的还是竭力隐藏起来的，为此我不止一次和班上的同学打过架，尽管打得头破血流，尽管受到班主任狠狠的批评，但我却咬紧牙关，毫不后悔，此后班上的同学，便没有人敢在我面前风言风语了。在这样的情形下，坤哥和他所暗藏的那种优越感，自然也就是此时的我所难以容忍的了。

　　而在亲戚们之间，坤哥和我，是经常被拿来做比较的两个人，这似乎也是很自然的，我们从小在一起玩，时常一同出现在他们的视野中，年纪又相仿，现在又在同一个学校，同一个年级，他们把我们两个加以比较、议论，好像也是正常的。但是呢，这种比较，往往又是对坤哥不利的，因为他们所比较的，大多只是学习成绩，那时我的成绩很不错，并且很稳定，在整个年级都可以排到前几名，这是由于我比较喜欢看书，平常的生活让我感到不满足，我总渴望了解外面的世界，渴望精神上的刺激与冒险，而在当时，似乎只有书能够给我以这样的方便，这样读的书多了，似乎有意无意间也拉动了我的成绩。而坤哥呢，他虽然比我聪明，见识也广，但他好玩，又喜欢结交朋友，放在学习上的时间就很少了，所以就学习成绩而言，是无法跟我相比的，即使在他们班里，也只能算是个中游。但是，在亲戚们的议论之中，我似乎成了一个"好孩子"的榜样，聪明，勤奋，又刻苦；坤哥呢，则相反，好像成了一个"坏孩子"的代表，整天也不学习，就知道跟一些街头的"混混"混在一起，三天两头让老师叫家长，简直让大人操碎了心。我们两个的鲜明"对比"，甚至让我大妗子也很受刺激，每一次我去他们家，她都会当着我们的面数落坤哥，"你看看你的成绩，怎么那么差？你怎么不跟人家二小学学？"

　　我不知道对于这些议论，坤哥的心里会怎么想，他总是做出一种不在乎的样子，大大咧咧的，说说笑笑就过去了，好像那并不是什么重要的事，只要他想做，就能够做好，甚至会比我做得更好，只是他不想在这上面耗费太多的精力而已，我想事实上可能也是如此。但是我，每次听到这些，虽然有些不好意思，但心里还是有点小小的得意，我想至少在某一方面，我超过了坤哥，这让我的心里也算有了一点平衡感，于是，读书就更加认真了。但是，这也让我跟坤哥的距离拉得越来越大了，是啊，一个"好孩子"是多么无聊，多么没有意思啊，好像整天循规蹈矩，就知道学习似的，而"坏孩子"的天空是多么广阔，想玩什么就玩什么，爱怎么玩就怎么玩，可以挑战一切规矩，自由自在，无所顾忌。即使是我，也更愿意与"坏孩子"在一起玩，事实上，我最好的朋友也都是所谓的"坏孩子"，只不过在玩过之后，我一个人的时候，也喜欢看点书而已。坤哥呢，他对书本来就没有什么兴趣，所读的也仅限于必须读的教科书，再加上一而再，再而三地受到批评，也有些自暴自弃，对学习就更加没有热情了。但是他似乎也不担心，似乎也不用担心，也正像那些亲戚们所说的，"人家有个好爹啊，学习不好，照样也能吃国粮。"

但是对于坤哥，我大舅却是很不满意，我大舅是个读书的人，也是从乡村里读书出来，才做了官儿，所以对于读书看得是很重的，见坤哥总是不好好念书，又跟那些街头的"小流氓"混在一起，甚至后来有了些小偷小摸的举动——家里给他的零花钱少，不够花，他就从家里偷一点钱，或者偷偷拿出去一条烟或两瓶酒；家里要限制他跟那些人接触，给得就更少，而这反而刺激了他偷拿家里东西的想法，这形成了一个恶性循环。我大舅和大妗子发现了，很恼火，很失望，狠狠地打过他，又不断地说他，骂他，但是坤哥好像并没有改，只是做得更加隐蔽了，至于我大舅希望他能好好读书，就更加谈不上了。

6

那时候，我娘总是以我大舅为例子，鼓励我好好念书，我不知道在她的内心中，是否也希望我能像大舅那样当上一个官儿，如果是这样的话，无疑我已经让她失望了。但是，我大舅在我娘的心目中，当然不只是一个官儿，他还是有知识，有尊严，有教养的一种象征，在做人上也是重情重义的，这也是多年来他们姐弟俩能融洽相处的原因，我想我做不了别的，至少在这些方面，还可以学学我大舅吧。

我娘经常谈起我大舅读书时的艰苦，那时我三姥爷不想让我大舅出去读书，想让他早点结婚生子，留在身边，但是我大舅却不想这样，偷偷地报考了一个师范学校，被录取了，这才敢告诉我三姥爷，谁知我三姥爷听后，大发雷霆，坚决不让他去，父子两人大吵了一顿。我没有见过我三姥爷，他去世很早，我只见过他的一张照片，穿着那件旧羊皮袄，坐在躺椅上，双手袖在袖筒里，目光却很严厉。据说我三姥爷是个性情乖戾的人，又很强悍，在我姥娘家门上是个说一不二的人物，不用说孩子们怕他，就连他的两个哥哥，也惧怕他三分，他发了怒，简直没有人敢劝他，在我大舅读书的事上当然也是如此，我大舅在别的事情上依顺他，但唯独在读书这件事上，却很倔强，不肯屈服，我三姥爷当家当惯了，谁敢违拗他的意志？于是他们父子俩就对峙上了，谁也不肯退让，"……那时候，你大舅真是为难极了，去上学吧，你三姥爷不让他去，你三姥娘又有病，你二舅还小，他一走，家里没个照应处，不去呢，他又割舍不下，他是真想念书，我问他念书有啥好的？他说是为穷人，要翻身，读了书才能求解放，说了一大堆，我也听不懂……，我记得那是秋天，快收棒子的时候，我正在地里干活呢，你大舅偷偷地来找我，跟我说，姐姐，我爹不想让我走，我要偷着走了，我走后，家里我娘和弟弟，你就多帮我照看着吧，我说，你就放心走吧，家里的事儿你不用担心，有我一口吃的，也不会饿着他们，我又问他，路上的盘缠够不够？他说找人借了几块钱，我说，你在这儿等着，说完，就跑着回了家，那时候我快成亲了，也攒了一些私房钱，回家就取了来，有二十多块，我都给了你大舅，对他说，我这儿也不多，你在外边省细着花，别亏了自己，啥时候缺钱了，就往家里捎个信，你大舅一看就哭了，说，姐姐，你好不容易攒了两个钱……，我说，啥也别说了，你在外边好好念书就行了，快走吧，别让我三叔知道了，你大舅这才一边擦着泪，一边赶着上路了……，你三姥爷的气性真大，知道你大舅偷着跑了，暴跳如雷，后来直到你大舅毕业了，到烟庄公社去当了文书，你三姥爷也没原谅他……"

"那时候，你大舅去念书，可不像你们现在，四五里路，骑着个车子就去了，那时候，也没有自行车啊，到哪里都是走着去，你大舅的学校又远，有二百多里地呢，他去上学，要走两天一夜，路上背着被卧，背着干粮，饿了，就啃两口干粮，渴了呢，看见人家浇地，就在垄沟里喝点凉水，从大清早一直走到太阳落山，天黑了，就找个人家看庄稼的窝棚，在那里凑合着歇一宿，第二天再接着走，到了学校，脚上都磨出泡来了……"在昏暗的煤油灯下，我娘一边纺着线，一边给我讲我大舅读书的故事，纺车吱吱地转动着，煤油灯的火苗一跳一跳的，将我们的身影映在后面的墙上，又黑又大，不停地摇晃着。我盯着那些晃动的影子，脑海里浮现出我大舅去上学的画面：一个十七八岁的青年，背着铺盖卷儿，风尘仆仆地行走在路上，月亮升起来了，照着他孤单的身影，他看一看前方，前方的道路仍然很远，他停下来，擦去脸上的汗水，然后咬紧牙关，继续坚定地向前走去。这样一幅画面，长久以来留在我的印象中，直到我大舅去世，直到现在，我想起我大舅，仍会想起这一幅画面，我的眼睛仿佛穿透了时光的尘埃，看到了历史的幽深处，那一个青年，在追求真理的道路上，艰苦地跋涉着。

然而当我长大时，我大舅已不是一个青年了，他经历了几十年的风雨沧桑，在政治上也经过多次反复，跌倒又起来，受批判，靠边站，吃尽了苦头，现在他又成了一个领导。当年的那些追求，他还在坚持吗？那时候，我想不到这些问题，只是感觉到我大舅是和蔼可亲的，他的话不多，但语气很温和，很亲切，总是笑着，跟我们这些小孩似乎也没有距离。我大舅仍然喜欢读书，他的书房总是掩着门，我和坤哥不敢走进去，甚至不敢在附近大声喧哗，我们稍微闹出了一点动静，

我大妗子就走了过来，对我们说，"你俩到一边玩去，小坤，没看到你
爸爸在看书吗？"我们一听，就赶紧跑远了，我大舅在读书，那似乎
是一件很神圣很重要的事情，我们是不能打扰的。

我大舅家的书很多，我在村里找不到书看，精神上寂寞，又饥渴，
到我大舅家去了，有时候也会从他们家里借两本，看完再送回去。我
大舅很喜欢我的一点，就是我也爱看书，每次去他家里，他总是夸我，
还让坤哥跟我学，他还跟我娘说，"咱家的孩子这么多，我看都不像念
书的料，就二小还行。"不过我大舅也实在是个不善言辞的人，跟我们
见了面，寒暄几句，问问读书和学习的情况，别的就没有什么话了，
只是笑眯眯地坐在那里，听我娘说，听大伙聊，只是偶尔插上一两句
话，表达他的意见。所以我大舅虽然态度很亲切，但我在内心里，却
又感觉亲近不起来，他太严肃认真了，不随和，不幽默，让人也轻松
不起来，这一点他就不如我二舅，我二舅不管到了哪里，总是嘻嘻哈
哈的，插科打诨，很快就跟我们这些小孩玩在了一起，我大舅呢，他
总是那么一板一眼的，我想这可能是由于他总在想问题的缘故，他比
我们站得更高更远。

那一年，我们县里举行了一次中学生运动会，那是一个阳光明媚
的日子，体育场里，彩旗招展，歌声嘹亮，伴随着雄壮的音乐，各个
学校的代表队陆续进场，学生们坐在四边的观看席上，热切地为自己
学校的运动员加油，我也是观看者中的一员，和周围的同学兴奋地一
起呐喊着。运动员进场之后，会场逐渐安静了下来，主持人宣布请领
导讲话，这时我才赫然发现，讲话的竟然是我大舅，他讲的是什么内
容，我已经不记得了，但是我看到我的大舅站在那里，很有光彩，很
有风度，他的语调铿锵有力，带着扩音器的颤音，回荡在体育场的上
空，激起了雷鸣般的掌声。这是我第一次在家庭之外的场合见到我大
舅，但却给我留下了很深的印象，他的形象与我平常所见到的，是如

此不同，我想或许那是他的另外一面，是我所无法了解的。

那之后不久，有一天下午放了学，班主任靳老师把我叫到了办公室，他提起了我大舅的名字，问，"他是你舅舅吧？"我点了点头，他很兴奋似的说，"前几天我见到了他，他很关心你，还问起了你的学习情况，我说你是我们班上最好的学生，他听了很高兴。"我窘迫得不知道说什么好，也有些诧异，平常我很少将家里的事和学校里的事混在一起，好像学校是一个独立的空间，是与现实无关的，听他这么一说，家庭与现实好像绕了一圈，又从另一个方向来到学校，来到了我的面前，让我一时不知如何应对，只好红着脸低下了头。靳老师又说了一些关于我大舅的话，不知怎么算起来，他也是我大舅的学生呢，他说很尊重，很佩服我大舅的为人，他还说起了我大舅在国棉厂时如何简朴，如何跟工人吃住在一起，等等，说了好半天，天色渐渐暗了下来，他还意犹未尽，最后他对我说，"再见到了你舅舅，代我向他问好吧。"我点了点头，就走了出来。从此以后，靳老师对我似乎更加看重了，但是他的看重，并不让我觉得荣幸，反而感到有些别扭，我觉得这主要是来自于我大舅的影响，而并不是对我本人的肯定，而我，并不想因我大舅而让人另眼相看，我就是我，我只想让人从我的表现来看我，而不是根据我跟什么人的关系来判断，不管这个人是我大舅，还是别的任何人。

那一天放学后，天色已近黄昏了，还没到上晚自习的时候，我跟几个同学到学校外面去玩，我们跑着，跳着，笑着，高高兴兴的，不知不觉来到了我大舅家附近，以前我和坤哥去玩的那个两层楼的公共食堂，也还在，不过已经废弃了，院子里长满了荒草，我们在那里奔跑追逐了半天，满脸是汗，都累坏了，便跑过去，拧开那里的水管，洗一把脸，然后咕咚咕咚大口地喝凉水。我正趴在水管下，两手捧着水喝，突然听到有人喊我的名字，我抬头一看，见正是我大舅，他推着自行车站在那里，看来他是下了班回家，路上见到我，才从自行车上下来。我赶忙跑过去，他问我在这里做什么，我说在跟同学一起玩，他点了点头，又用责备的口吻对我说，"以后不要喝凉水了，容易闹肚子，离家这么近，要喝水，就到家里去喝点热水"，他顿了顿，又说，"带你的同学一起去也行，到家里去玩玩。"我没想到他会说出这一番话来，不知说什么好，只好点了点头，"恩"了一声。他又说，"你去跟他们玩吧，别误了上课，有空了多到家里来。"说着，他跨上自行车，向胡同深处骑去，他骑得很慢，晃悠悠的，落日的余晖洒落在他宽厚的背影上，苍白的头发上，温暖，柔和，明亮，我注视着他的身影越来越小，心中泛起一种难言的滋味，我知道他在向那个花园一样的小院骑去，而我离那里，却是越来越远了。

7

我大舅的病，来的是如此突然，让所有的人都猝不及防。那是中风，真像是一场飓风一样，呼啸而过，将一棵大树生生地连根拔起，狂风过后，枝残叶败，纵然还能活着，也已经大伤元气了。我大舅被这场病袭击之后，躺在病床上，也不会走路了，也不会说话了，我们去看望他，他紧紧地拉住我娘的手，嗫嚅着，想要说什么，却又说不出来，只是望着我娘，眼泪慢慢涌出，又一滴滴落下。我娘知道他心里难受，委屈，但也只能说一些安慰的话，让他好好养病，他似乎也能够听明白，缓慢地点着头。

我大舅一病，家里的生活全乱了。我大妗子从棉麻厂请了长假，在医院里照料他，没日没夜的，很快消瘦了下去。大红和二青带着孩子，又要工作，又要来照看我大舅，忙得不可开交，走路都风风火火的。三芹和坤哥，都还在读书，他们的生活和情绪也都受到了很大的影响，回到家里，冷清清的，没有人，也没有热腾腾的饭菜了，到了医院，见到的又是一幅凄惨的景象，而周围又有多少人，只因我大舅一病，对他们从笑脸变成冷脸了呢，真是难以数说，我想他们后来考学不甚理想，也与此相关。

隔着漫长的时光回望，我觉得这场病对于我大舅和他家来说，是一个重要的转折，在那之前，我大舅家是欣欣向荣、蒸蒸日上的，家庭和谐美满，充满了生机与活力，而且据说，我大舅也正处在升迁的关键时刻，如果没有这场病，他会升至一个更重要的领导岗位，而现在，一场病，正如一场狂风暴雨，将满院的花朵吹得七零八落。

我大舅的病恢复得很不错，在医院里住了两三个月，他可以慢慢站起来，走路了，只是说话仍然说不清楚，他的舌头似乎不会打弯了，嘴里胡噜胡噜的，像含着两三个核桃，他说起来困难，我们听起来，也很模糊，常常不知道他说的是什么。有一段时间，只有我大妗子能听懂他的话，只好当我们的"翻译"。我们去看望他，他很高兴的样子，嘴里呜噜呜噜了一阵，我大妗子就对我娘说，"你兄弟说，地里这么忙你还来看他，他很高兴，他说，让你们吃了饭再走。"我娘就说，"忙啥呀？地里也没什么活，等你的病好了，再到我们那地里去看看，今年的庄稼长得可好哩。"她的声音很大，怕我大舅听不清楚，我大舅一边听着，一边频频点着头，也不知道他是不是真的听懂了。大多数时间，是我娘和我大妗子聊天，我大舅坐在旁边，脸上带着微笑，倾听着。我大妗子的嗓门还是那么亮，那么快，她亲热地对我娘抱怨着，说"你兄弟"现在简直跟个小孩似的，该吃的药不吃，该做的锻炼不做，还得人家督促着，医生嘱咐他要静养，他还操心着单位上的事，好像地球少了他就不转了，等等，等等。那时候，每次去看我大舅回来后，我娘都很伤心，很感慨，她说，"你大舅好好的时候，多风光呀，看到他现在的样子，我心里就觉得难受，又可怜。"

现在，我还珍藏着我大舅的一叠日记，是写在信纸上的，那是他

当时单位里的公用信笺，上方印着这个委员会的名称。我还记得看到
这一叠日记的情景，那时我已在外地上了几年大学，有一次回家，跟
我娘去看望我大舅，那时他的身体更弱了，耳朵也有点聋了。我去上
厕所，在厕所里看到了这叠日记，它们被当作手纸，放在那里。回到
屋里，我问坤哥，"我大舅的日记，怎么扔在厕所里了？"坤哥大咧咧
地笑着，不在乎地说，"嗨，反正也没什么用了。"我说，"那我拿回去
看看。"他说，"那东西有啥用？你要看，就拿走吧。"于是我返回厕所，
把这叠日记拿了回来，一直带在身边。我想肯定还有更多的日记，但
没好意思找他要。这叠日记也不全，没头没尾的，从那一年的 5 月 4
日到 6 月 21 日，大约是他生病后两三个月后写的，字迹清楚，前后的
部分或许已被当作手纸用掉了。以下的内容摘抄自这叠日记，语法错
误也不修改，涉及到的人名我用ⅩⅩ代替：

"5 月 4 日（四月初七） 星期一　半晴

1919 年的 5 月 4 日的今天是五四学生运动，开展起强大的新民主
主义革命，震撼着三座大山，是我们应该纪念的日子。现在的学生运
动要有政治方向，要永远前进。

5 月 7 日（四月初十） 星期四　晴

上午有个同志来说，中央把反革命的范围扩大了……。下午和
ⅩⅩ学友一同看了县医院张ⅩⅩ同志养的花，看后振奋精神，使人寻
味无穷。

5 月 8 日（四月十一日） 星期五　晴

国家执法不严，有些人贪污盗窃十分猖獗，花钱很不在乎，像流
水一样挥金如土，要知道贪污和盗窃是极大的犯罪。

5 月 12 日（四月十五日） 星期二　阴

ⅩⅩ回辛集，从昨天就开始找车，到今天都没找到，结果坐公共
汽车回去了。从此事看，有权事不难，无权事难办，难办不生气，生

气枉生机。

5月13日（四月十六日） 星期三 半晴

回家一趟，给我印象最深的是鲜花盛开，特别是荷花月季更使人注目。接着ｘｘ、ｘｘ来看望，十一点王ｘｘ主任送来了水饺，王主任也将询问田院长的答复说了，田院长说，说话慢点，恢复好歹关键是情绪问题。

5月17日（四月廿日） 星期日 晴

昨天下午回家，一天在家，情绪很好，满院鲜花盛开，真是莲花开，月季放，石竹花开来帮忙。

5月18日（四月廿一日） 星期日 晴

早起一看鱼缸，绣球死了一个。本来是不高兴的事，为了病也不能不高兴，不高兴也活不了，从接受教训来看罢了。

5月17日（四月廿二日） 星期日 阴

叫孩子刷鱼缸，把鱼缸碰碎了，自己想，鱼缸该碎了，不碎怎么买新的。

总之，万事都如意。

6月2日（五月初七） 星期二 晴

ｘｘ来说，家里雨下透了，是场好雨。

下午到ｘｘ家学"导引养生功"，学了"醒脑宁神功"前三节，精力不集中，没学会。

6月4日（五月初九） 星期四 晴

ｘｘ同志送来ｘｘ写的字，其内容是：

三十年来是与非，

一生系得几安慰；

莫道浮云终蔽日，

严冬过尽绽春蕾。

晚间九点许，于ⅩⅩ轻生死去，小小年纪，太不应该。

6月5日（五月初十）星期五　阴

昨晚九点，听到于ⅩⅩ喝药自杀消息后，半信半疑，到今天果真成了真的了。无论怎样于不该死，为什么死了呢？一是世界观没有解决，好像光为个人活着；二是是非不清，个人私事缠身不能自拔；三是周围环境使她难以应付，心胸狭窄；四是个人太自信，想要达到的目的不能达到而轻生。教育孩子要有正确的世界观，为人要能经得起曲折，遇事要宽宏大量，轻生是最无价值的，最无意义的，只有经得起折磨，战胜折磨才是胜利。人生总是在曲折中生活，这是客观规律。

6月10日（五月十五日）星期三　阴

得病一百天，言语说不全；

信心要十足，力争能复原。

6月17日（五月廿二日）星期三　晴

下午到海成理发部理发，遇见林Ⅹ同志，他说：“别干了，身体不行了。”我想：“只要身体可以，还得干点力所能及的工作，力争多给国家作些贡献。”

6月20日（五月廿五日）星期六　半晴

小坤每天午觉出去，究竟干什么？不清楚，批评了他，叫他写了学习计划。当大人的望子成龙心切，要加强教育和管理，成才是有希望的。”

8

我大舅的健康，在艰难的恢复过程中。大约也就是从这个时候开始，他开始练习书法，我不知道他为什么会选择书法？或许这是出于他的爱好，或许只是静心宁神的一种方式，不过，他却以惊人的毅力坚持了下来，字也写得越来越好。过年时我们去他家，可以发现，大

> 或许在突然的变故之中，最能见出世间的人心，
> 我大舅也是如此。他的病，他的退休，让他从一个
> 强者变成了一个弱者，从众人环绕的中心变成了一
> 个退居边缘的人，昔日宾客盈门，而今却变得门可
> 罗雀了。

门上贴的对联就是他写的，"忠厚传家久，诗书继世长"，一横一竖，一撇一捺，都写得工工整整，而且，每一年，他的字都在进步，越来越有功力。平常的时候我们去，有时也会赶上他在练字，每天上午他都在练，雷打不动，下午浇浇花，锄锄草，到外面去溜达一圈，碰到熟人说说话，一天也就过去了。好像就是这样，我大舅开始过起了退休的生活，或者说隐居式的生活。

单位里呢，刚生病的时候，他还想着回去早点上班，出院后也勉力到单位去过，但是他的身体不济，与人沟通不方便，不但工作做不好，反而会造成一些麻烦，加上也有人盯着他的位置，上下左右，人事关系复杂得很，后来组织部门找他谈话，他也就提前退休了，那酝酿之中的升职，就更是无从谈起了。我不知道我大舅是否会为此感到遗憾，我想，即使他感到遗憾，其实也无能为力了，只能无可奈何地接受命运的安排，只能在既定的结局之后调整自己的情绪，让自己过得更舒心一些，除此之外，他还能做些什么呢？

或许在突然的变故之中，最能见出世间的人心，我大舅也是如此。他的病，他的退休，让他从一个强者变成了一个弱者，从众人环绕的中心变成了一个退居边缘的人，昔日宾客盈门，而今却变得门可罗雀了。除了一些亲戚和老朋友，还在来往，别的人，很少再到他家来了，以前那些热情洋溢的笑脸，那些奉承的话，那些推都推不出去的礼品，现在都不见了。我的大舅，从一个炙手可热的人，突然变成了一个无人理睬的人，他的内心里，会是什么样的感受呢？他从来不说，我们也不知道。倒是我大妗子，有时会愤愤不平地对我娘抱怨着，那个谁谁谁，当初工作还是你兄弟安排的呢，现在倒趾高气昂起来了，倒打起官腔来了，你不知道他那时卑躬屈膝的样子，真叫人恶心。——但是，又怎样呢？现在再说这样的话，又有什么用呢？在我大妗子抱怨的时候，我大舅就坐在那里，静静地听着，什么也不说，或许在他的

内心里，也很不平静吧。

在我们的亲戚中间，有人对我大舅也有很多的抱怨，那时他当着那么大的官儿，要给家里的孩子安排个工作，去工厂，或者去机关，不是很容易的一件事吗？那是多少人的梦想啊，进了城，就可以吃商品粮了，就不用风里雨里伺候庄稼地了，他抬一抬手，或者找人说个情，就能办到了，多么简单哪。可是我大舅不，我大舅是一个有原则的人，对于亲戚家里的孩子，他可以鼓励他们好好学习，可以尽力在各方面帮助他们，但却从不走后门拉关系去照顾他们。别说一般的亲戚，就是他唯一的亲弟弟——我的二舅，跟他说过多少次，让他在城里帮忙找一个工作，他也没有答应，后来我二舅软磨硬泡，他实在推脱不过，才帮他找了一个工作——在一个工厂看大门。我二舅想的是到城里享福来了，谁知道，看大门呢，连一般工人的地位都不如，还要起早贪黑的，他哪里受得了这个罪？干了不到半个月，他就卷起铺盖卷，回张坪老家了。我二舅都是如此，别的人就更不用说了。所以，不少亲戚朋友都说我大舅"死脑筋"，不知道安插"自己的人"。现在呢？现在是"有权不用，过期作废"，明白过来也晚了，你看好的那些人，提拔的那些人，他们上去了，谁还会在乎你这个退下来的人？最多过年过节的时候来"慰问"一下，平常里要见他们一面都很难，更别说解决什么实质性的问题了。这个时候，来看你的，还不是我们？——这些亲戚就这样纷纷议论着。在我大舅面前，他们会说得温和一些，在背后呢，就毫无顾忌了，说我大舅"傻"，说他这一辈子干得"真是不值"，等等。我不知道，我大舅听了这些议论，会怎么想，他会后悔吗？会不耐烦吗？还是会感到深深的孤独？是的，我想他应该会感到孤独，我们的亲戚并不了解他，他们想的还是旧社会那些，"一人得道，鸡犬升天"，而我大舅呢，他有自己的理想和追求，有自己的事业与原则，但是，这些又怎样呢？所以我的大舅，不只在亲友中间会感到孤独，在"官场"和同事之间也会感到孤独。

　　家里呢，以前我大舅一言九鼎，是当然的权威和中心人物，现在他病了，也退了，也发生了一些变化，从前是他荫蔽着所有的人，现在，他反而需要家里人的照顾了，角色颠倒了过来，他的"权威"也受到了削弱，于是以前被压抑的不少矛盾，也慢慢暴露出来了。这其中最重要的，当然是大红和二青她们的女婿之间的明争暗斗了。大红的女婿，在工厂里做着会计，当然是一个重要的人物了，二青的女婿呢，只是一个待业青年，后来在商场租了一个门市，卖服装，也挣了一点钱，但是和大红的女婿一起到岳父家里来，总感觉有些压抑，大红的女婿总好像看不起他似的，说起话来，也似乎说不到一起去，总要压着他一头，他早就憋了一肚子气，但是这种事，只是一种感觉，没凭没据的，找谁说去？只能回家后跟二青说说，给二青说了，二青也没好气，说他还不是自己不争气，让她也在娘家，在姐姐面前抬不起头来。二青的女婿呢，受了刺激，就一门心思扑在生意上，也发了一些财。以前我大舅身体好的时候呢，两个女婿有些矛盾，也只是在心理上，哪能摆到桌面上来？我大舅虽然不怎么说话，但他往那里一坐，就是一种气势，两个女婿，谁也不会当着他的面说什么出格的话，或者为难对方，哪不是在给老丈人难看吗？不过呢，现在却是不同了，我大舅也镇不住他们了。

　　我大舅，喝酒很少，午饭后也要睡一会儿，常常是他们还在喝酒，我大舅就先回房间休息了。这一天午睡，他躺下刚睡着不久，就被一阵吵闹声惊醒了。原来是两个女婿喝醉了，吵起来了，一个说，"你装什么装，我早知道你看不起我！"另一个说，"看不起你，又怎么啦？你不就是个暴发户吗？不就挣了几个钱嘛，有什么了不起？"一个说，"你看不起我，我还看不起你呢！暴发户怎么了？我的钱是干净的，是自己一分钱一分钱挣来的，不像你，公家私人的分不清！""你说这话

他们正闹得不可开交的时候，突然门开了，我大舅从卧室里，缓慢地走了出来。正在撕扯哭喊的人忽然停了下来，都愣愣地看着他

可得有凭据，要不就是诽谤！诬告！""凭据？多了！我忍了你不是一天两天了……"两个人叫嚷着，就纠缠扭打在一起，大红和二青赶忙上前去拉，我大妗子高声斥责着他们，两个孩子吓得直哭，整个屋里乱成了一团。

他们正闹得不可开交的时候，突然门开了，我大舅从卧室里，缓慢地走了出来。正在撕扯哭喊的人忽然停了下来，都愣愣地看着他，但是这种停顿也只有一秒，或者两秒，在这一两秒之间，我大舅的权威又回来了，或者说他旧日的权威，也只能维持一两秒钟的平静，因为，很快，两个女婿就不再看他，又撕打了起来，一个揪着另一个的头发，另一个的拳头则向对方捣去，孩子的哭声和女人的劝告又响亮了起来，我大舅平静地看着这一切，他的心里在想着什么？他是否听到了一个世界碎裂的声音？没有人知道。他慢慢地走到餐桌前，抓起一个茶杯，狠狠地摔在了地上，一声脆响，然后他用含糊不清的声音，怒喝了一声，"都给我滚！"我大舅一辈子都是心平气和的，这，或许就是他表达愤怒的最高程度了。家里人从来没有见过他这样，都惊呆了，大红和二青趁机拉开他们的女婿，带上孩子，匆匆离开了。我大妗子扶着我大舅，在沙发上坐下来，劝慰着他说，"别生气，别生气啊，孩子们闹着玩呢，那家锅沿不碰马勺啊？要是再把你气病了，这个家又不得安生了。"我大舅慢慢闭上眼睛，朝我大妗子摆摆手，说，"你去忙吧，我没事，只是想安静一会儿。"从此之后，我大妗子想了一个办法，两个闺女，不让她们同时来了，这一周让大红来，下一周让二青来，把她们错开，这样家里安静了一些，但也不像以前那么热闹了。

其实，对于我大舅来说，更难应付的是坤哥。在他住院那一段时间，坤哥简直玩疯了，整天在外面跑，不着家，谁也不知道他去了哪里。而且，现在他的毛病越来越多了，以前他有些"小偷小摸"，还只是在家庭的范围内，现在则扩展到了亲戚家里。亲戚家有了个新奇的

东西，小手电筒，录音机，或者别的什么好玩的，他去亲戚家一趟，
走了之后，那东西就不见了，问他，他也说没见，可是那些东西，陆
续在他的房间里发现了。这让我大妗子很窘，很难看，在亲戚中没脸
做人，狠狠地批评他，他要么一声不吭，要么说，"就是拿来玩玩。"
不仅在其他亲戚家是这样，就是在他的姐姐家，大红或二青那里，他
也是偷着拿，这让她们很生气，大红说，"他拿走东西，也不说，他要
是说拿回去玩两天，谁也不会不让他拿呀，可他就是不说，偷偷地拿，
你说气人不气人！"为此，我大舅对他罚跪，用棍子打，问他还敢再
拿别人的东西不，他哭着说"不敢了"，可是下一次去了，又犯，我大
舅又打。如此几次，我大舅和坤哥都疲倦了，我大妗子气得说，"咱要
这个孩子干什么，当初还不如不要呢！不是亲生自养的，长大了也是
个白眼狼！"坤哥绷着嘴唇，一句话也不说。

9

　　我一直没有说到三芹，我上初中的时候，她正在上高中，那时在
我的眼中，她好像是一个不可企及的存在。怎么说呢，我觉得，三芹，
我的这个表姐，有一种我从未见过的美，陌生，新鲜，而富于魅力。
我们乡下的女孩，我的姐姐，还有别人家的姐妹，她们也是美的，不
过她们的美是纯朴的，自然的，温和的，而三芹不同，她的服饰和装
扮，她的美，是张扬的，夸张的，是逼面而来的，在那时的我看起来，
这是属于城市的，是来自另外一个世界的，是"时髦"的，因而别具
一种吸引力。其实，我们班上的女同学，有不少也是城里的，但是她
们却并不像三芹一样，我想这是她们年纪和我差不多，还小，还没有
修饰的意识，而三芹已经是个大女孩了，或者说，已经像个大人了，
她的成熟，在我们眼里，自然也是富有魅惑的。而且，或许是出于家
境，或许是出于个性，三芹有一种什么都不放在眼里的气质，任性，

娇蛮，霸道，咄咄逼人，或者旁若无人。在家里，她敢于跟我大舅撒娇，敢于跟我大妗子顶撞，这是大红和二青，甚至坤哥，连想都不敢想的，似乎只有她，才有这样的"特权"。而在学校里呢，她更是一个风云人物，我大舅的关系，她的个性，让很多老师都对她无可奈何，敢怒而不敢言。自然也有男生给她写纸条，或者"情书"，但是，她怎么会把他们放在眼里？有时，还会以恶作剧的方式来嘲笑对方，"有感情地朗读课文"，是她对付那些情书的一种方式，在公开场合，大声地，"有感情地朗读"。尽管如此，仍然有不少男生冒着被羞辱的危险，飞蛾扑火般地写来情意绵绵的信，所以，学校里有不少关于她的流言蜚语，一会儿说她跟这个男生好了，一会儿说她跟那个男生好了，可是三芹却依然顾我，毫无顾忌，她大步走在校园的小路上，裙裾飘飘，但旁若无人，似乎对周围的目光，和周围的世界，都视而不见，没有什么能放在眼里。

当然，三芹的学习成绩不好，但她的生活是如此丰富，她有那么多爱好，有那么多的事，学习又算得了什么？我记得，那时三芹最喜欢的是打排球，午休的时候，或者黄昏，放了学之后，在操场上，经常能够看到她活跃的身影。她个子高挑，姿势优美，排球飞过来了，她轻轻一跃，一接，排球便划着弧线，向碧蓝的空中飞去。这一幅画面，给我留下的印象极深，我想起三芹，就会想起在空中飞翔的排球，——白白的排球，蓝蓝的天，正在跳跃的三芹，似乎构成了一个整体。或者，他们，三芹和她的男女同学，打完球，说说笑笑地往回走，汗水涸湿了他们的衣服，但他们毫不在意，外套斜搭在肩上，穿过阳光与斑驳的树影，他们说说笑笑着，走着，洋溢着青春的朝气，似乎那就是最快乐的时光了。我想，三芹后来考上我们地区的体校，也与她的这一爱好有关。而她毕业之后很久，关于她的故事，仍然在我们这个中学里流传。

舅舅的花园

　　那时候，三芹对我和我娘，是热情的，也是疏远的。我娘是看着她们姐妹长大的，她们对我娘当然也很亲密，很尊敬，但是她们已经长大了，也就和我们越来越疏远了。我还没有说过，大红和二青成家后，几乎很少到我家来，按照乡下亲戚的礼数是"有来有往"的，但是他们既然在城里，也就不按乡下的礼数了，他们家有红白喜事呢，我们也不去，所以我们见到大红和二青，也只是在我大舅的家里。不过每次见到我娘，大红和二青都很热情，至少表面上会很热情，拉着我娘的手说这说那的。而三芹就不同了，她爱使性子，不仅对我大舅和我大妗子使性子，有时也对我娘使性子，比如她和我大妗子顶撞，我娘仗着以往的亲密关系和客人的身份，说她一句，"三芹，哪有闺女家，这样跟娘说话的呀？"三芹有时就把脸一横，不客气地说，"你管得着吗？"这让我娘很尴尬，很下不来台。我大舅赶紧批评她，她也冷着脸，不言不语。所以我娘那时候时常感叹，"你大舅家这个三妮子，可真不是一个省油的灯。"她对我娘如此，对我，就更不用说了，在她的眼里，我只是一个乡下来的孩子，只是一个远房亲戚，有什么必要礼貌地敷衍呢？所以，在我大舅家所有的人之中，我感觉与三芹的距离是最为遥远的，但是隔着这遥远的距离，我却对三芹有一种隐隐的欣赏或爱慕，那是年少时莫名的不为人知的隐秘。

　　两年体校毕业后，三芹很快就结婚了。但是她的婚事，更让我大妗子生气，她结婚的对象呢，竟然就是她的教练，或者说是她的老师，这也还没有什么，这个教练呢，竟然是结过婚的，是离了婚，再跟三芹结婚的！那时候，我们那地方的风气很保守，一个女孩子，嫁给一个结过婚的男人，除非是自己有什么缺陷，要不，谁会这么委屈自己呢？更何况，三芹是如此心高气傲的一个人呢？她是怎么看上这个教练的呢？这至今仍然是一个谜。但是，三芹既然看上了他，还有什么能阻挡她的意志吗？没有了，她看上了他，他还不是就离了婚？她看上了他，甚至我大妗子也不能阻止，她看上了他，哪里管什么满城的风风雨雨？她看上了他，就是定了，不可更改了。我大妗子哭，闹，觉得丢人，对我大舅抱怨，又有什么用呢？她对我娘抱怨，我娘也只能安慰她，"一个孩子有一个孩子的命，咱当大人的，也不是什么都管得了，管不了的，就别管了。"我大妗子也只能叹息，"这些孩子，真是没一个省心的，一个比一个难缠！"

她们说这些话的时候，我正在我大舅家的院子里，这是秋天，斜斜的日影照过来，院子里满目萧疏，那些花儿都已凋零了，有的枝叶也枯萎了，只有菊花还在开，黄灿灿的，金丝一样的花瓣层层绕着花心，在疏朗的院子中分外夺目，还有竹子，仍是那么青翠，挺拔，还有花椒树，已经接下了紫色的细小果实。我走到一棵花椒树下，看着那些正在变得枯黄的叶子，又摘下了一串花椒，放在嘴里一嚼，又麻，又涩。

三芹的事情虽然让我大妗子闹心，但是她结婚之后，住在我们地区的城市里，离我们县城比较远，我大妗子也就"眼不见，心不烦"，慢慢地随她去了。这个时候，我大舅家还发生了另外一件事，那就是坤哥突然失踪了。

最初，是他晚上没有回家，家里人去学校找，学校里也没有，班主任说他一天没来上课，又找与他关系比较好的同学，他们也说没有见到他，家里人急坏了，给所有的亲戚朋友打电话，不通电话的就骑车去问，结果仍然是没有找到他。所有的亲戚朋友都知道了，也很着急，大红的女婿还跑到公安局去报了警，仍然没有音讯，家里简直乱了套，我大舅茶饭不思，我大妗子披散着头发，坐在沙发上哭，大红和二青家里也不得安生，二青的女婿甚至跑到刑警队与交警队，去看最近有没有出了事的无名尸首。事情越闹越大了，跟坤哥关系最好的一个"朋友"，才吞吞吐吐地说，坤哥曾经跟他提起过，想要去东北，

> 他的哭声是那么伤心，那么难过，那么响亮，像
> 是积攒了一生的委屈，都在此一刻哭了出来，又像是
> 一个孩子走过千山万水，终于回到了家里一样。

去寻找自己的亲生父母，还找他借过钱。有了这一条消息，家里平静了一些，但是仍悬着一颗心，也生出一些怨气，"养了他这么多年，也养不亲，还要去找什么亲生父母？没想到这么多年，他还存着这样的心！"

　　大约一周之后，坤哥才回来，他蓬头垢面，精神疲倦地进了家门，就走到他的房间里倒头便睡，睡了整整一天一夜，他才起来。我大妗子问他去做什么了，他愣愣地一言不发，我大舅也很生气，他习惯性地操起棍子，要去打坤哥。这时，坤哥突然跪了下来，紧紧地抱住了他的双腿，放声痛哭了起来。他的哭声是那么伤心，那么难过，那么响亮，像是积攒了一生的委屈，都在此一刻哭了出来，又像是一个孩子走过千山万水，终于回到了家里一样。他这一哭，我大舅手中的棍子落在了地上，流下了眼泪，我大妗子也紧紧地抱住他，痛哭了起来。在这难以抑制的哭声之中，那些心事，那些怨恨，那些牵挂，似乎都化解了，都烟消云散了。

　　关于这次失踪事件，坤哥此后再也没有提起过，不管别人怎么追问，他总是只字不提。我也想象不到，坤哥究竟是怎么知道了"亲生父母"的消息，怎么知道了他们的名字和住址？他又是怎样细心地攒下了路费？又是什么原因让他下定决心，离开我大舅家，踏上了去东北的路？而他最终有没有找到他们？如果找到了他们，会是怎样的一种境况？如果没有找到，他又是在哪里盘桓了那么长时间？而最后，又是什么原因让他下定决心，从东北又踏上了回家的路？这一切，都是难以猜度的谜，深深地埋在坤哥的心底，我们是永远也不会知道了。我想象着，当坤哥坐在回来的列车上，看着车窗外那些一闪而过的树木，他的内心一定充满了荒凉，和忧伤。

10

　　那一年，我考上了大学。看榜的那一天，我是带着我姐姐家的几个孩子一起去的，到了学校，看到了张贴在墙上的红色榜单，在那上面找到了我的名字，我们都高兴极了，都想着快点骑车回家，把这个好消息告诉我的爹娘和我姐姐。但是我突然想到，学校离我大舅家这么近，他又那么关心我的学习，何不先把这个消息告诉他一声，让他高兴高兴呢？于是，我和孩子们便骑车，奔到了我大舅家。到了那里，我大舅和大妗子听到这个消息，也都很高兴，我大妗子端着果碟，忙乱地给孩子们分糖，分瓜子，我大舅兴奋地说，"咱家这么多孩子，总算出了个大学生，你是第一个！"愣了一愣，他又说，"到了大学里，还是要好好学习，可不能骄傲啊！"我满口答应着。我大妗子还张罗着要留我们吃饭，我对她说我爹娘还不知道这个事呢，我们要早点回去告诉他们，我大妗子说，"那我就不留你们了，早点回去吧，让你爹你娘也高兴高兴。"于是她和我大舅把我们送到了门口，我和孩子们便一路说笑着，欢快地向家里骑去了。

　　那年秋天，在离开家乡去大学报到之前，我又跟我娘去了一趟我大舅家，我大妗子仍是高声快语的，我大舅又勉励了我一番，我看着我大舅家的院子，这花园一样的小院，感觉是那么亲切，那么熟悉，简直就像自己的家一样，要离开还有些不舍。后来，坐在向北飞驰的列车上，我又想到了我大舅，想到了他在月夜长途跋涉的画面，我想，我会不会像我大舅一样，那么执著地追求心中的梦想，那么艰辛地跋涉呢？或许，我正走在一条和他同样的道路上，我将自己和我大舅联系在一起，既感到兴奋，又感觉似乎很沉重，好像前方仍有漫长的路要走。

　　离开家乡之后，我回去得越来越少，在家里待的时间也越来越短，这个时候，关于我大舅家的事，大多都是我娘告诉我的。但是每一次回来，时间再紧张，我娘仍会让我到我大舅家去一趟，去看望他，有时候她跟我一起去，有时候我一个人去。到了那里，跟我大舅聊一会儿天，说说我的学习与工作，谈谈家里的事。我大舅仍然在练习书法，他的字写得越来越好，他还和我们那里一些有名的书法家有了联系，房间里挂满了他们赠送给他的条幅，还有一些画，房间的正中仍然挂着那幅松鹤图，和那幅对联"明月松间照，清泉石上流"。只是我大舅的身体越来越不好，在第二次中风之后，他刚刚恢复的语言功能，又受到了很大的伤害，有一段时间，他什么话也说不出来，只好准备了一个小笔记本，把要说的话写在上面，以这样的方式跟人沟通。有一次，我到了我大舅家，我大舅很激动，他在笔记本上飞快地写了几个字，我大妗子拿给我看，那上面歪歪扭扭地写着："你来了，我很高兴。"这时我大舅也有点耳聋了，我大声地跟他说着话，他只是静静地听着，偶尔流露出似乎会心的笑容，但我不知道，他是否听清我说了什么。过了一会儿，我大舅又在笔记本上写了几个字，递给我，我接过来一看，上面写的是："吃了饭，再走。"我看了，不知道说什么好，我知道我大舅的心情和心意，但是不太愿意在他家里吃饭，一来怕给我大妗子增加负担，照顾我大舅已经够她费心的了，再招呼客人，会更忙乱，二来呢，我在家里待的时间很短，还有不少亲友需要看望，也不想在他家耽搁太久。于是，有时我不顾我大舅的极力挽留，和他脸上失望的神色，竟然狠狠心，离开了他的家。

在我大舅家，有时会碰到大红、二青和三芹和她们的全家，她们对我仍然是那么客气，但在眉眼之间，似乎少了一些轻视，而多了一些敬重，或许这是由于我不再是一个乡下的孩子，而是一个"大学生"或者在北京工作的人了，有时她们还会以我为榜样，鼓励她们的孩子，"看看你这个二舅，从小就爱学习，现在在北京呢，你们也好好地学，等长大了，到北京去找他。"但是，她们对我在乡下的姐姐，似乎仍是有些看不太上，所以我的姐姐们，很不愿意到我大舅家去串亲戚，说，"人家不愿意跟咱来往，咱非要跟人家走着做什么？"可是我娘却不愿意，她怎么会情愿跟她的兄弟家断绝了来往呢？她说，"你们去，是去看你大舅，又不是去看她们，管她们怎么说呢。"我姐姐虽然不大情愿，但迫于我娘的压力，也只好到我大舅家去走一趟。所以我姐姐有时会跟我开玩笑，"你是北京人了，人家就看得起你，以后咱大舅家这门亲戚，就你一个人串吧。"

也是在我大舅家，我第一次见到了三芹的丈夫，那个教练，他长得不高，容貌也很普通，实在让人看不出，他曾经是一场爱情悲喜剧的男主角，但是他们带着孩子，在院子里的花丛中说笑着，看上去似乎是很幸福的样子。

坤哥高中毕业后，便进入了"社会"，但是他没有找到正式的工作。我大舅的社会关系和影响力逐渐衰微了，已很难再帮得上他，他呢，早已习惯了优越的浪荡生活，也很难吃苦，很难踏踏实实地把一件工作做好，总是这也不高兴，那也不满意，一不高兴呢，就撂挑子，"此处不留爷，自有留爷处"，挥挥手，说一声"爷爷我不伺候了"，就把工作辞了。所以，大红和二青的女婿好不容易托关系帮他找到的工作，就这样被他轻易地打发了。到最后，家里人也不怎么愿意帮他了，而他呢，则抱怨家里人给他找的工作不行，不合适，"那些苦力活儿，哪是人干的呀？一天下来，累得要死，也挣不了几个钱。"他这样一说，别人本来想要帮他，也不敢轻易开口了，帮了他，不仅没有什么感谢的表示，还会落一顿埋怨，谁还会那么热心地去帮他呢？如此，坤哥的工作总是三天打鱼两天晒网的，高兴了就去上几天班，在二青的服装门市上帮帮忙，或者跟朋友跑运输，到外地去转一转，不高兴了，就哪里也不去，在家猫着，或者跟以前的那些伙伴们在一起玩，喝酒，打架，深夜里骑着摩托车在小城的街道上狂奔。

那时候，坤哥在亲戚们中间的口碑已经越来越不好了，当然，这时他已经不偷拿亲友家新奇的小玩意了，但不知为什么，他却养成了另一种毛病，那就是喜欢夸夸其谈，说一些不着边际的话，夸大自己的能力，似乎想以此蒙人或唬人，获得别人的尊重，至少也要压过别人。在这一类话题中，他经常谈到的自然是挣钱了，在他的言谈中，他似乎做着一宗大买卖，很快就要发大财了，至于这宗大买卖是什么，他或者语焉不详，或者是自相矛盾的，一会儿说他跟某个大领导的孩子认识，在一起做生意，说到这里时，他的语调总是很神秘，不过一会儿，他又说准备到韩国或日本去打工了，"那里工资高，一年挣个二三十万，跟玩儿似的，我去挣两年钱就回来。"可是一会儿，他的主意又变了，说起他的哪个朋友在海南或深圳开了公司，业务忙不过来，请他过去帮忙。大领导，韩国与日本，海南或深圳，在我们乡下人的眼里，都是那么遥远而难以企及的存在，听他说来，自然像听天书一样，又是向往，又是敬佩，而坤哥的本事也就在于，他能把这些没影儿的事，说得，跟真的似的，说得我们的亲戚们一惊一乍的，连连为他可惜，"这么好的机会，你可别错过了。"坤哥听了，只是微微一笑，好像一切都不在话下的意思。不过这些话一时说说还可以，天长日久，坤哥既没有发大财，也没有动身去什么地方，可是一见面，他仍然说着这些话，这样，就连我们亲戚中最老实的，也不能被他蒙住了，到最后，几乎没人相信他了。我爹平常很少谈别人的是非，可是坤哥有一次来我家，天花乱坠了一番，他走后，我爹竟然摇着头说，"这个小坤，说话一点准头也没有！"更有一些亲戚，忍不住跟坤哥开玩笑，他的大话还没有说完，他们就打断了他，说，"小坤，你什么时候去韩国赚钱，也带上我们去开开眼"，或者，"深圳那边的公司有什么消息，我们什么时候走呀？"坤哥自然是大包大揽，好像一切都没有问题，但是众人也不当真，只是把他当一个玩笑，下一次见了，仍然拿他打趣，"很久没见着你了，以为你偷偷去了深圳，原来还在家里呢。"坤哥一点也不显得尴尬，很快又拿出了另外一套说辞，不过大家已经见怪不怪了，不论他说什么，也不会认真对待了。慢慢地，坤哥似乎也感觉到了没趣，但是见了人，他仍然会这样说，似乎即使这是一个谎，他也要继续圆下去一样。

但是，在结婚之后，坤哥却突然——也是终于——出去了，这在我们乡下人看来，很有些不可思议，我们乡下的习惯，男子结婚后就很少出门了，因为上有老下有小，一家人都要靠他支撑，但是坤哥呢，自然不能以常人测度，据说他走时还发了誓，"不混出个人样，我决不再回来！"这又让亲戚们对他刮目相看了，说不准，以前我们真是小看他了呢。

坤哥的婚礼，也是我大舅家的一件盛事。对我大舅家来说，以前都是嫁闺女，现在则是娶媳妇，是"自己家的事"，我大妗子自然更是重视。虽然坤哥的对象只是国棉厂的一个女工，但我大妗子仍然大操大办了一番，摆了几十桌酒席，请了主持人，请了摄像，迎亲的是十辆黑色的桑塔纳，那在当年的小城是无比风光的了。那一天，彩旗飘飘，鞭炮齐鸣，所有的亲戚都来了，人来人往，熙熙攘攘，热闹异常。据说，仅仅是鞭炮的碎屑就铺满了整个院子，很多小孩在其中热情地寻找着没有炸响的鞭炮，就像当年的我们的一样。婚后不到一年，坤哥的媳妇就生了一个女儿，一家人过得和和美美。可是突然，坤哥非要出去闯荡一番不可，他媳妇拦也拦不住他，只能任由他去了，只能一个人带着孩子，在家等着他。

11

谁能想得到，我大妗子去世会这么早呢？我大妗子的身体一向很硬实，她的性格也很热情，很爽朗，大嗓门，走路也风风火火的，她总是一幅精力充沛的样子，简直让人想不到她也会生病，可是一阵急病过来，她竟然很快就去世了。以前，我们都以为这个家里的主心骨是我大舅，但我大妗子去世后，我们才明白，原来家里的主心骨是我大妗子，这么多年，她默默地照顾着我大舅，安排着家里的大事小事，有她在，家里的一切都是有条不紊的，现在她走了，人们才知道，原来这个家最离不开的人是她。

就在我大妗子的葬礼上，发生了一件令人痛心的事情，那就是我大舅家的三个女儿，大红、二青、三芹和她们的女婿，要解除我大舅和坤哥的父子关系。这件事来的如此突兀，让所有的人都很惊讶，但细想起来，其实他们的矛盾由来已久，冰冻三尺，非一日之寒。从小大家都知道坤哥不是我大舅的亲生儿子，而是抱养的，坤哥知道，大红她们当然也知道。一个外人突然成了她们的弟弟，虽然整天生活在一起，也会慢慢熟悉与亲热，但在心理上，在情感上，也难免会有一些隔膜，同亲弟弟毕竟还是有一些微妙的不同。而且，我大舅和大妗子抱养坤哥的主要原因，是受到乡村里重男轻女观念的影响，觉得女儿不是后人，只有儿子，哪怕是抱养的，才是他们的后人，所以在大红她们看来，这个外来的弟弟不仅侵入了她们的家庭，而且反客为主，取代了她们的地位，成为了这个家庭的"主人"，这在她们的心理上是难以接受的。何况，大红她们这一代所接受的教育，是"男女平等"，"生男生女都一样"，"男女都是传后人"，并不认可我大妗子他们重男轻女的思想，而既然"男女都一样"，她们这些女儿当然也是"后人"，并且是亲生的，那么还有什么必要再找个外来的儿子做"后人"呢？更何况，这个儿子也并不认同这个家，他不是还要去找"亲生父母"吗？养了他这么多年，不是也没有养亲养熟吗，不是白养了吗？——更何况，这个儿子，他不是也生了一个女儿吗？即使按照乡村的逻辑，

　　更现实的原因，则涉及到家产的继承问题。我大
妗子去世了，我大舅还在世，按说不该讨论这个问
题，但是呢，她们觉得，这是摆在眼睛面前的现实问
题，现在不讨论，早晚会变得更加棘手。

下一代不是也没有"后人"了吗？如果是这样，反正是要"绝户"，那么早一代与晚一代，又有什么太大的区别呢？——而这样的想法，什么绝户，什么重男轻女，不是早就该扫到历史的垃圾堆里去了吗？

　　如果说以上这些想法，只是或隐或显地存在于大红她们的思想中，使她们与坤哥的隔阂日益加深，那么促使这一矛盾爆发出来的，则有具体的现实原因。首先，当然是她们对坤哥这个人有看法，他整天吊儿郎当，游手好闲的，我们养着他，也就罢了，可他呢，不是这个不满意，就是那个不高兴，动不动就抱怨，使脸色，你使脸色给谁看？谁有义务低声下气地伺候你？在家里使使脸色也就罢了，还到处去显摆，去吹嘘，说一些不着边际的话，在亲戚朋友面前，一点都不靠谱，简直成了一个笑话，把我们家的脸都丢尽了，把上一辈的老脸也丢尽了，哪一次我们去亲友家，没听到过对他的讽刺和嘲笑，让我们的脸上也没有光彩，我们家什么时候出过这样的人，我们家怎么能要这样的"后人"？

　　更现实的原因，则涉及到家产的继承问题。我大妗子去世了，我大舅还在世，按说不该讨论这个问题，但是呢，她们觉得，这是摆在眼睛面前的现实问题，现在不讨论，早晚会变得更加棘手。我大舅和我大妗子，这么多年，也积攒下了一笔不小的存款，还有这个院子，房产改革，单位已经卖给了私人，将来，这笔存款和这处院落，由谁来继承呢？是该由养子来继承，还是该由亲生女儿来继承呢？——在我们乡下，按老规矩，这是个不成问题的问题，嫁出去的女儿泼出去的水，已经算是外姓人了，是不参与家产的继承与分配的，继承人当然是儿子或养子了；而按照现在的法律，也是很明确的，儿子和女儿平均分配，养子如果"尽了赡养义务"，也是参与平均分配的，当然，这是自然继承的顺序，如果当事人有特别的遗嘱，也会得到尊重。但是，在我们那个县城，新旧杂陈，旧的习俗仍有很大的影响，左右着

人们的看法，而新的呢，人们一时还不能适应，在一件事上常常会左右矛盾。在大红她们看来，既然坤哥只是一个"外人"，当然不愿意让他去继承我大舅的家产了，她们的父母辛苦了一辈子，好不容易积攒下的家业，反而让一个外人继承了去，她们如何能咽得下这口气，她们如何能甘心？更何况，她们自己也需要这笔家产呢？

　　我还没有说，这时大红她们各自的家庭，也都发生了一些变化。大红的女婿所在的那个化工厂，早就垮了，现在都用美国的尿素和二铵，谁还用本地产的化肥？那个厂子说垮也就垮了，他这个会计，当然也就没了去处。还算厂子里照顾，让他在家开了个门市，定期拨一点美国化肥让他卖，但是，美国化肥的指标是那么容易搞得到的吗？所以，他也仅仅能够糊口，生意做不大，还得求爷爷告奶奶的，人也不像以前那样精神了。大红呢，棉麻厂虽然还在，但也是不死不活的，没有多大起色，两口子就指着一个门市养家。这时，要能够分到一部分家产，不是他们的生活就会好一点吗？二青家里的情况要好一些，他们的服装生意越做越大，盘下了好几个店面，简直可以说是发了大财，以前我大妗子看不上二青的女婿，大红的女婿也看不上，可是现在，谁还敢看不上他呢？小轿车坐着，大哥大提着，出去吃饭，不是跟这个局长在一起，就是跟那个主任在一起，就连孩子上的幼儿园，也是城里最好的，谁能够做得到呢？以前大红的女婿看不上人家，现在还不是一见了人家，就赶紧上去敬烟？跟外人说起来，还不是一口一个"他姨夫"的，把他当作全家的光荣来显摆吗？二青的女婿当然看不上我大舅这点家产，但是看不上归看不上，他又怎么能容忍一个"外人"去继承呢，他早就看不上坤哥的做派了，跟他撇清关系，不也是很好吗？三芹呢，当年三芹不管不顾地嫁给了那个教练，是凭着满腔激情，可是激情过去之后，也还是要面临现实生活，那个教练离婚时，房子和财产都判给了女方，他们只能租住在一座狭小的房间里，

> 在那个风雨之夜，面对着三个女儿草拟好的脱离关系声明，我大舅就是不肯签字，他老泪纵横，泣不成声，不知道自己好好的一个家，为什么竟然走到了这一步？

当时觉得只要能跟他在一起，什么都是甜蜜的，可是租着房子，哪里是长久之计？而要买房子，靠他们两个人的工资，又哪里够呢？大红、二青和她们的女婿，本来对三芹结婚的事很有看法，认为他们有伤风化，败坏了家庭的清白，对那个教练，见了面也没有什么好脸色，但是那件事过去时间久了，也就慢慢淡了，在对待坤哥这件事上，他们的态度倒是出奇的统一。

在这件事上，最为难的就是我大舅了。对于坤哥，他也不是没有看法，他真是恨铁不成钢，又恨自己从小没有教育好他，但是，要让他断绝父子关系，他又怎么下得了手呢？怎么说，也是从小养大的，喊爸爸也喊了快三十年，这么多年的感情，能一下子就斩断了吗？更何况，他们也不是没有亲密的时候，小坤第一声喊出"爸爸"的时候，他不是也有过幸福的眩晕吗？下了班，小坤刚学会走路，歪歪斜斜地向他扑过来的时候，他不是也很欣慰吗？跟亲戚朋友们谈起来，他现在终于也有了一个儿子，他不是也很自豪吗？小坤长大了，不听话，调皮捣蛋，他又为他担了多少心？当然他有不少毛病，小时候爱拿人家的东西，大了爱胡吹，可这又是多大的毛病呢？现在他结了婚，也有了孩子，收收心，不是也有改好的希望吗？在那个风雨之夜，面对着三个女儿草拟好的脱离关系声明，我大舅就是不肯签字，他老泪纵横，泣不成声，不知道自己好好的一个家，为什么竟然走到了这一步？三个女儿苦口婆心地劝他，她们说的那些道理，他都懂，他也很爱她们，但是他能够这样绝情吗？他丢得起这个人吗？他想起了我大妗子，她在的时候，她们绝不敢这样做，现在她刚走，她们不顾他的伤心，就开始逼宫了，她们眼里还有这个爸爸吗？我大舅悲愤异常，又说不出话，他从笔记本上扯下了一张纸，在上面写到："我还没有死，等我死了以后，再说。"

大红她们见我大舅这样的态度，也不敢过分逼他，但是她们觉得也不能再等了，夜长梦多，谁知道以后会发生什么？当断则断，我大舅不表态，她们就自己出面解决了。在我们乡下，出殡的时候，在抬起棺材走出家门前有一个习俗，就是由一个人摔碎一个瓦盆，俗称"摔老盆子"，按旧时的说法，这个盆是死者的锅，是要带到阴间去用的。这个仪式很重要，"摔老盆子"的人，一般是这个家庭的长子长孙，是合法而最重要的继承人。在我大妗子的葬礼上，"摔老盆子"的人竟然不是坤哥，而是大红，这让我们乡下的亲戚很是惊讶，因为这个"老盆子"按习俗不应该由女儿来摔，而是应当由儿子哪怕是养子来摔的，一时间他们议论纷纷，大为不解。而大红她们也通过这样的方式，向亲友们宣告了：坤哥不是我大舅家的合法继承人，也就是说，她们不认这个儿子了！

坤哥自然是又羞又怒，他跪在我大妗子的遗像前面面痛哭流涕，可是又有什么用呢？在亲友中间，很少有人同情他，大红她们人又多，他哪里拗得过她们？在大红摔了"老盆子"之后，他愤恨地脱下白色的丧服，狠狠地摔在地上，没有参加后面的葬礼，就跑了出去。他也在用行动告诉她们：既然你们不认我，我也不认这个家了！——果然，从此以后，坤哥就再也没有踏进过这个家门，这个曾经是他的家的门。

12

我大妗子去世之后，我大舅的生活过得愈发艰难了。我大妗子在的时候，家里的事情不用他管，她还照顾着他的一切，吃，穿，住，按时吃药，按时锻炼，我大舅那时每天只是练字，浇花，每天早晚两次到街上散步，偶尔和串门的人聊聊天，过得很悠闲，很有规律。他的病也在恢复之中，除了说话不利落之外，别的没有什么后遗症，生活基本能够自理。但是我大妗子去世之后，这一切都成了问题，就说吃饭吧，我大舅一辈子没有做过饭，小时候他娘给他做，在学校里吃食堂，结了婚就是我大妗子给他做，他一个大男人，哪里会做饭？现在呢，现在就剩他一个人了，他怎么办？不只是吃饭，还有穿衣服，是穿得厚一点还是薄一点，是穿得新一点还是普通一点？以前，这些都是我大妗子帮他决定，现在没有了她，他连穿衣服，都不知道怎么穿了，——类似这样的问题，还有很多。

家里也没有人照顾他，只有他一个人在家，谁又能放心呢？本来坤哥的媳妇带着孩子，是住在我大舅家的，但是在出了摔老盆子事件之后，她也带着孩子回娘家去住了，家里就只剩我大舅一个人了。坤哥是不会再回来了，三芹呢，在外地，也指望不上，能指望上的，就只有大红和二青了。可是大红和二青也都很忙，她们有工作，有孩子，还有婆家的老人也得照顾，能花到我大舅身上的时间就很少了，偶尔过来看看还可以，但要说天天过来给他做饭，伺候他穿衣服，就实在忙不过来了。有一段时间，大红和二青轮流着过来照看我大舅，但是她们很快就吃不消了，坚持不下去了。请个保姆吧？她们商量着说，可是请保姆呢，花的钱不少，一个外人也不知冷知热的，能不能照顾好也是个问题，她们试着请过两个，可是也都不满意，一个把家里的好东西都做着自己吃了，另一个偷偷地把家里的东西往外拿，这样的保姆谁敢请？于是，把她们也辞掉了。大红和二青一筹莫展，我大舅呢，也只能凑合着过日子。

这个时候，我大舅萌生了再娶一个老伴的想法。对于他这样退休的老干部来说，或许这也是很平常的，他们不愁生活，但是老伴去世了，儿女也照顾不过来，再娶一个老伴，两个人互相照顾，在情感与生活上都是一个慰藉，在我大舅身边的朋友中，有不少这样的情况，他们说来说去，也把我大舅说动心了。我大舅刚提出这个想法的时候，大红和二青都很吃惊，也很生气，她们说，"我妈刚走没多久，你这样做，对得起她吗？"又说，"爸你这么大年纪了，怎么还想这样的事？"

这让我大舅很羞愧。可是呢，她们生气归生气，现实的问题仍然无法解决，你不能让一个老人整天没人照顾吧，你不能让他吃不饱、穿不暖吧？既然你们照顾不过来，又有什么好说的呢？拖了很长时间，她们尽管心里别扭，最后还是同意了我大舅的想法。可是娶后老伴，就跟请保姆一样，也会遇到问题，有的偷懒耍滑，有的偷钱偷物，还有的中老年妇女，专门以此为职业骗取老干部的钱财。所以那个时候，我大舅换了好几个"后老伴"，有一个甚至还跟我大舅商量，要把她原来的儿子确立为我大舅的继承人，被大红和二青毫不留情地赶走了。

以前我大舅很少到我家里来，可是我大妗子去世之后，他经常骑着自行车或三轮车，走四五里路，到我家里来，跟我娘说半天话，或许他觉得，他们这一辈人能在一起说说话的，也就只有他这个"姐姐"了吧。再说，骑车走四五里路，也正是适合他的锻炼方式。他来了，也不吃饭，跟我娘说说话，就又骑车走了。有时他也会带他的"后老伴"一起来，他骑着三轮车，她坐在后面的车斗里，说说笑笑的。

我回老家，去看望我大舅，也遇到过一个他的"后老伴"。那天我进了院子，我大舅正在浇花，他领我往堂屋里走，一个妇女掀开门帘，从屋里迎了出来，热情地招呼我，我大舅说话不利索，胡胡噜噜地向我介绍，"这是你妗子"，又指着我介绍说，"这是外甥，在北京呢。"坐在沙发上，看着熟悉的房间，我怎么也无法把这个农村妇女模样的人跟"我大妗子"联系在一起，尽管她也很亲热，不停地嘘寒问暖，我的心里却很别扭，充满了物是人非的沧桑之感。回家跟我娘说起，我娘也很感慨，说，"你大舅家以前多好，没想到老了老了，成了这个样子"，又说，"要是小坤在家，也不会弄成现在这样。"

那时候，我们已经很少听到坤哥的消息了，只有去张坪，才能从其他表哥那里听到一些关于他的事，因为他们见到我，总是会想起坤哥，便不由自主地谈起来。而坤哥呢，跟他的姐姐们早就断绝了关系，但是偶尔还会和张坪老家的人有一些联系。他们谈起坤哥来，要么是调笑的口吻，要么就是摇头叹息，总之是不太满意，或者"还是老脾气"。按照他们说的，坤哥在离开县城之后，并没有走太远，而是在我们地区所在的城市里，一个生产三轮车的公司里面做销售代理，"这倒是一个适合他的工作，他能说啊，能把黑的说成白的，死的说成活的，最开始那一段时间，他做得确实不错，他做了西北五省的总代理，跑新疆，跑青海宁夏，打开了销路，也赚了不少钱，一回来，皮衣皮裤锃亮，出手很大方，给孩子的压岁钱都是好几百。……可是好景不长，他做什么也不好好做，给人家发的货以次充好，数量不够，还拆借资金，不知怎么一来，让人家告上了法庭，说他是'诈骗'，这下他才急了，官司打了半年，我们也到处给他找人，可法院判下来，还是认定了他是'诈骗'，判了五年，就关在我们邻县的监狱里……"

坤哥被判了刑，一年之后，他的媳妇跟他离了婚，带着孩子另嫁了他人。他在监狱的时候，我大舅没有去探望过他，或许他已走不了那么远的路了，他的姐姐们也没有去探望过他，她们的眼里可能早就没有这个弟弟了，只有张坪的哥哥们，在农闲的时候去探望过他几次，但是路途那么远，他们去得也很少，而且越到后来越少了。五年之后，坤哥出了狱，但是他再也没有回到家里来，没有回我大舅家，也没有回张坪老家，谁也不知道他去了哪里，一直到现在，再也没有他的任何音讯。我想坤哥再也不愿意回来，一定是对这个家和这个世界彻底失望了，他的媳妇和女儿离开了他，他的姐姐和爸爸也不再认他，他哪里还有家？他回来，又到哪里去呢？而且，他是那么骄傲的一个人，坐了监狱，怎么还有脸面见人呢？可以想象坤哥回来后，在亲友间会有怎么样的反应，我的坤哥，他怎么会让别人看不起呢，怎么会让别人羞辱呢？这样一想，我也明白坤哥为什么不回来了，但是我希望，在他乡，在异地，无论在什么地方，坤哥，他能过得更好一些。

那一年秋天，我从外地回到了家里，跟我娘坐在一起说话。我习惯性地问起了家里亲戚们的情况，当问到我大舅的时候，我娘告诉我，"你大舅，他老了。"

　　这个时候，我的大舅，终于也不再找后老伴了，是大红她们终止了他这样"荒唐的做法"，还是他自己终于明白了，在这个世界上，他再也无法找到一个像我大妗子那样心疼他的人了？我不知道，但是这一切，忽然就停止了。大红她们从张坪老家，请来了过继给我二舅的三表哥，让他在这里住着，做做饭，照顾我大舅的饮食起居。这个三表哥，他自己在城里做点零工，他的闺女在城里读中学，也住到了这里，彼此都很方便。只是我大舅，跟三表哥和他的女儿不熟，不亲，也没什么话，平常里吃过饭，三个人也就各忙各的了，这个鲜花盛开的院子，就显得很大，很荒，很空旷。

　　那一年秋天，我从外地回到了家里，跟我娘坐在一起说话。我习惯性地问起了家里亲戚们的情况，当问到我大舅的时候，我娘告诉我，"你大舅，他老了。"她说得很平静，但我心中突然一懔，忙问我娘是什么时候，我娘跟我说起了我大舅去世前后的一些情况，原来我大舅突发心脏病的时候，三表哥不在身边，他的闺女也上学去了，等到中午大红去看他的时候，才发现他已经不省人事了，连忙送到医院里，也没有抢救过来。他的丧事，办得也很普通，大红、二青和三芹还跑到他原来的单位，想要待遇，要规格，但那里主事的都是年轻人，都不熟悉他了，争执吵闹了一番，也没有结果，只好不了了之。我娘说完，十分感慨地说，"你大舅年轻的时候多风光啊，没想到，结果会是这样。"我听了，愣在那里，不知道该说什么好。

　　我想起了我最后一次见到我大舅时的情景，那是前一年的春节，我回来后，到城里去看他，他见到我很高兴，问我工作的情况，问我娘的身体好不好？我一一回答了，坐在沙发上，看他墙上新写的书法条幅。这时我不知怎么想起来，想要一幅他写的字，我说了，我大舅高兴得不得了，他把我带到了他的书房，现场给我写。那里，一面很大的桌子上，铺着黄色的毡布，旁边摆着笔墨纸砚，平常他就是在这里练字的。他把墨汁倒在砚台里，又铺开一整张宣纸，回头问我，"写点什么？"我一时想不起来写什么合适，就对他说，"您看着写吧。"我大舅沉吟了一会儿，说，"你是念书做学问的，我再鼓励你一下吧。"他拈起一枝大号的毛笔，饱蘸了墨汁，伏在桌上开始写，我的眼睛随着他的笔锋转动，只见那是斗大的四个字："学无止境"，正楷，潇洒而漂亮。写完后，他又题款，又找出印章，认真地盖上。这幅字我一直带在身边，而这一次，也是我最后一次见到我的大舅了。

这一次回家，有几个中学同学说要聚聚，我到城里去找他们，来到了我们的中学附近。这里离我大舅家很近，我突然很想到那里再去看看，我大舅去世了，不知那满院的花草还在不在，不知这处院落归了谁？我骑着自行车，路过校门，继续向西骑，走到了我大舅家的那片家属院，才发现这儿一切都变了。或许是这里的土地要开发，这一片院落都被拆除了，我去的时候，满地狼藉，到处都是断壁残垣，已经分不清谁家是谁家了。在一片瓦砾堆中，我看到了一处两层的建筑突兀地挺立着，那是那座早就被废弃的公共食堂，它的门和窗都不见了，露出黑洞洞的口子，楼顶上长满了荒草，在残阳的余晖中，随风轻摆着。我走过去，沿着荒废了的楼梯，登上楼顶，四处一望，只能看到瓦砾遍地，天地一片苍茫。我一时不知置身何处，难道我大舅家已经消失了吗？那些童年的梦，那些恩怨情仇，那些欢笑泪水，如今都不见了，都没有了，永远地消逝了，留下的只有这夕阳，这微风，还有一个终将和它们一起消失的我。

那天我在楼顶伫立了很久。走下来，我凭着记忆中的方位，艰难地寻找着我大舅的家。在一片断壁残垣中，我终于确认出了我大舅家的大门，厨房，堂屋，还有花园。花园里，已是一片荒芜，什么都没有了，葡萄藤，竹子，花椒树，那些花，那些草，那些鱼，都不见了，我在那里徘徊着，想要寻找到一点熟悉的东西，但只有一次次失望。

不知道过了多久，我终于找到了，在被伐掉的一棵花椒树下，我看到，一条新枝抽了出来，它的叶子那么柔，那么嫩，在风中轻轻晃动着，似乎也在轻轻晃动着我的心。——是的，我们的生命尽管充满了荒凉与虚无，但仍在继续，仍然有新的希望，而在历经世事沧桑之后，我们要珍藏起内心的梦想和所有的悲喜，去继续生活，永远生生不息。

2010 年 4 月 6 日—20 日　牡丹园

逃　跑

陈集益

在地铁上，人好比运往屠宰场的猪，身子挨着身子，表情木然。在公交车上，猪被杀死了，车厢内充斥着屠夫翻卷猪肠子的气味。

马松住郊区，在城里上班，每天往返途中都要闻猪肠子的气味。他有时觉得习惯了，有时还会感到恶心。马松的梦想，就是等将来还清房贷，带着帐篷、睡袋，离开噪杂的都市，到祖国各地旅游。他对"驴友"的生活心仪已久。无奈妻子江嫣是个悍妇，他的生活全由她操控着，什么事都要管。

江嫣说，背包旅游？你疯了，你有本事，先把房贷还掉吧！马松说，你为什么老跟我抬杠？我是说，等以后还清了房贷……江嫣说，等还清了房贷，你就不能为孩子想一想？孩子要吃要穿，还要受教育，每一样都需要钱，你以为现在没有孩子，将来也没有吗？

马松就像热恋中的人儿似的，恨不得一进屋就与妻子拥抱……可是他开门进去，看见的是妻子一张怒气冲冲的脸。

马松想起妻子的话，觉得妻子比公交车上的女售票员凶悍多了。他后悔当初不该找江嫣谈恋爱，自从跟她谈了恋爱，就失去自由了。现在，他已经跟江嫣结婚三年了。三年来，江嫣只有在床上的时候听他的。在床上，江嫣变成了温顺的小羔羊。今天正是周末，是江嫣做小羔羊的日子。

马松早就盼着这一天了。当他从拥挤的公交车上下来，心里想，今晚要发生一点浪漫的事情呢。马松为此拐到超市，买了饮料、零食，还在超市门口买了一朵玫瑰花。马松就像热恋中的人儿似的，恨不得一进屋就与妻子拥抱……可是他开门进去，看见的是妻子一张怒气冲冲的脸。

马松，你怎么才回来？我给你打电话，没听见吗？！

马松怯怯地说，手机没电了。再说，时间还早嘛。你看，这是我送给你的周末礼物，一朵玫瑰代表一颗赤诚的心。

江嫣说，马松，你别嬉皮笑脸的！

马松低着头，说，江嫣，今晚，我们该过节了吧！

江嫣说，我没心思跟你开玩笑！我爸妈打电话，他们要来北京了！

什么？！马松惊愕得变了声，他们来，住哪儿？

我怎么知道？江嫣严厉又无助地看着他，说，都是你出的馊主意，现在小卧房和书房都租出去了，你给我想办法去！

马松有什么办法？因为交不起月供，他于一年前怂恿妻子把三间房中的两间租出去了。也难怪，房子空着也是空着，还不如租出去，缓解一下还贷的压力。马松从没想过，有一天他的岳父母要来北京住。

你爸妈，什么时候来？

就这几天。

他们来北京干什么的？

可以说，马松和江嫣的矛盾，全从买房开始的。你也知道，马松出生农村，为改变这个身份，他奋斗了许多年。

而后，有一天，他们谈到了结婚。好像不结婚就活不下去似的。

看病的。

马松的心"咯噔"一下……美妙的、唯一可以征服妻子的夜晚，马松没有了征服的欲望。

可以说，马松和江嫣的矛盾，全从买房开始的。你也知道，马松出生农村，为改变这个身份，他奋斗了许多年。后来，他虽然大学毕业了，但照样没有什么前途可言。有一段时间，他到处找工作，处处碰壁，最后总算在一家科普出版社找到了一份文字编辑的工作。这个工作是枯燥乏味的，而且工资也低得可怜。

江嫣认识马松的时候，马松二十九岁了，仍然是个穷光蛋。他住在一间半明半暗的地下室里。由于性格内向，从事的工作呆板，加上住的地方不见阳光，江嫣经朋友介绍第一次与他见面的时候，以为眼前这个面色苍白的"小伙子"是一个"诗人"。

江嫣年轻的时候是写过诗的，尤其崇拜汪国真，把汪国真的诗抄在洁白的纸上，贴满卧室。后来，那些洁白的纸发黄了，脏了，上面叮满了苍蝇屎，江嫣也长大成人离开了家乡。从此，她变得世俗甚至粗俗了。可是，见到马松的那个瞬间，江嫣还是被马松身上那种貌似"诗人"的气质迷住了。仿佛有一种久违的情愫从心底泛了上来。

他们就这样恋爱了。

他们在地下室内做爱，就像两只吱吱叫的鼹鼠。

而后，有一天，他们谈到了结婚。好像不结婚就活不下去似的。可是，江嫣突然哭了。江嫣说，我嫁给你可以，但你想过没有，我们连一间新房都没有……我怎么嫁给你啊……

马松的脸红了，嗫嚅半天，说，江嫣，你要是嫌这里暗，我们就搬到地上去住，虽然房租贵一些……其实，我早想过，我们可以在好一点的小区租一室一厅的房子住。

江嫣说，我问你马松，你就真没想过自己买房住吗？

买房？！马松后退两步，大声叫唤起来，买房哪来的钱？！……

我们可以贷款买嘛，每个月付按揭就行了，相当于每个月自己给自己交房租……等贷款还清了，房子就永远属于我们自己的了……

差一点忘了说，江嫣是在某个文化公司做出纳的。江嫣给马松算了一笔账，结果表明，贷款买房的确比花钱租房划算。江嫣说，我去好多地方看过了，我们这种情况在城里买房是不现实的，只能买在郊区……首付款 12 万就够了。你拿 6 万，我也拿 6 万，你认为怎么样？

马松不敢看江嫣的脸，因为那上面有一双盯着他的眼睛。马松想，我该怎么跟她说呢，我没有那么多存款，我把每个月工资 1/3 用来生活，1/3 寄给年迈的父母，还有 1/3 用来恋爱了。这些年，我只存了 1万多块钱……

马松最终没有跟江嫣说出实话。他偷偷地向同事、朋友去借，一共借到了 2 万。马松想再借一些，就再也借不到了。这时候，江嫣的钱已经准备好了，房子也看好了，就等着马松掏出钱来。见马松躲躲闪闪的，江嫣说话了。

房子你买还是不买啊？马松？

再等几天，我只、只有 3 万……

我问你，你家里给钱了吗？

家里……没有。

我妈说，我们买房，你家里必须拿出 10 万块钱来。

为什么？！

我妈说了，要是你想娶我，你家必须拿出 10 万块钱。

马松越听越不是滋味，说，你又不是不知道，我没钱，家里也穷，不可能拿出那么多钱来，你为什么要说这些话？要我去抢银行啊？

江嫣说，我嫁给你，难道你父母不需要给儿子儿媳准备一套新房可是，就算马松不吃不喝不睡，累死，凭他的收入想攒够剩余的 3 万块钱，也得攒上一年甚至两年的时间。

吗？再说了，我只让他们准备 10 万块钱，不像有些女人，让男的买别墅……

马松说，你给我闭嘴！这是你妈的意思还是你的意思？如果是你的意思，我敬告你，我一分钱都没有！

江嫣说，马松，没想到你是这样一个人！你还有没有责任心？我还没有嫁给你，你就这样子……

那次争吵后，江嫣一个星期不理睬马松。她对他再没有以前那么温柔了。马松呢，被江嫣看中的那套房子追赶着，感到肩上的担子越来越重。

马松除了做好本职工作，还接下出版社许多文稿编纂、书稿校对之类的活，这些活是额外计酬的。马松在办公桌前一坐就是一天，眼睛肿起来了，腰也站不直，满脑子都是文稿中的错别字。有一次，马松在地铁上看见一个姑娘的体恤衫上印着一行奇奇怪怪的英文字，一读，读不通，他就盯着这行字母琢磨开了。直到那姑娘骂了他一声"流氓"，他才回过神来：原来他盯着的地方，那是人家的乳房。

可是，就算马松不吃不喝不睡，累死，凭他的收入想攒够剩余的 3 万块钱，也得攒上一年甚至两年的时间。马松因此失眠焦虑，人瘦了一圈。这时候，是马松的父母帮了他的忙。也不知道马松要买房的消息，是怎么传到他们耳中去的（马松一直不敢跟父母提这件事）。母亲打电话来，告诉他，她挨家挨户向村里人借了 2 万块钱，再加上马松平时寄回去的钱她都存着，有 1 万多，这样，刚好凑够了马松急缺的 3 万块钱……

总而言之，三年前，马松也成了在京城拥有一套房子的人。然后，他和江嫣很快就住进新房里去了。速度之快绝无仅有，上午拿到钥匙，下午就住进去了，中间只差回地下室提取行李的时间。

　　江嫣说，你听着，马松，我们没有钱，能省一分是一分，特别是
装修，都得自己买材料，计算好用量，而且，我们不可能一次性装完，
只能是：第一个月工资请水泥匠，铺地砖，做卫生间；第二个月叫木
匠，做门框、窗框；第三个月买木地板，铺卧室；第四个月，买家
具……

　　上文已经提到，江嫣是做出纳的，她以一个出纳员的严谨，有条
不紊地将新家断断续续装修了半年。这半年，不说马松遭了多少罪，
光看看江嫣变暗的脸庞，满嘴的热疮，一双龟裂的手，你就知道她跑
了多少建材市场，受了多少苦。江嫣不但要跟建材老板为一枚铁钉讨
价还价，还要把买好的装修材料雇人力三轮车运回家，还要监督装修
小工干活，不厌其烦地批评他们偷懒的地方。

　　江嫣说，卫生间墙壁上内陷的置物空间怎么没挖；瓷砖阳角要磨
45度角拼接才漂亮；铝塑管安装封水泥的时候要按照施工标准给热
水管预留膨胀空间；地面防水剂不是直接泼在地面上的，那能够均匀
吗？房橱柜内部多加几层隔板，没错。江嫣说着说着，忘记了疲倦。

　　原来，江嫣对装修的每一道工序都是请教过许多人的，她简直什
么都懂。等到一切装修结束，打扫干净，江嫣在阳台挂她手工缝制的
窗帘，这时候，她才感到疲惫不堪，从凳子上一头栽下来。幸好她栽
下来时，马松就在身边。马松将她扶到沙发上，害怕得直想哭。这时
江嫣又醒了，想的竟然还是窗帘，问，马松，窗帘，挂起来，你觉得，
好看吗？

　　马松抬头望见米黄色的窗帘随风飘荡，上面缝满了红色的 ♥ 形，
真够俗的，但是马松被感动了，第一次感到了家的温暖。江嫣，窗帘
很好看，真的，我们的新房很好看。马松对妻子说。

　　出租新房给别人住，是马松先提出来的。没有什么原因，仅仅因

到了冬天是最要命的，马松夫妇舍不得点暖气（他们居住的小区是用自家的天然气壁挂炉采暖的），屋里冷得要命，一进家，他们不但不脱下外套，还要用一盏卤素取暖器取暖。

为咄咄逼人的月供让他们越来越感到吃力。那是一种无形而巨大的压力，使人感到惶惶不安。

自从住进新房，马松夫妇不敢娱乐、旅游，担心生病、失业，整日算计着怎么花钱，已经到了人所不能承受的地步：他们取消了早餐，取消了吃零食，加强了废水的再利用（洗衣服、洗澡的水用来冲厕所，洗菜的水用来浇花）。如果是小便，必须三次以上才冲一次水。废纸、废品就不用说了，必须收集起来一块卖。有时候在路上喝了一瓶矿泉水，瓶子也要带回家。不是说一个瓶子值很多钱，而是养成了一种习惯，随时都要想着节约、攒钱，还贷款。

到了冬天是最要命的，马松夫妇舍不得点暖气（他们居住的小区是用自家的天然气壁挂炉采暖的），屋里冷得要命，一进家，他们不但不脱下外套，还要用一盏卤素取暖器取暖。晚上，他们穿着毛衣、盖着三条被子睡觉，即便这样，半夜还要冻醒几次。好在他们还年轻，既然睡不着，干脆就聊起天、调起情来。于是，他们在脱光衣服之后反而热得要命，简直热得要流汗了。但，就在马松夫妇于三条棉被之下赤膊与强大的寒冷作战的时候，却有一样东西在悄悄地逼近他们，那是潜伏在马松身上另一种强烈的欲望——

马松在完全无意识的情况下，将江嫣的胳膊咬出血来了！简直像狼一样！江嫣疼得叫唤起来，放开我，放开我！你想干什么？马松也不知道自己这是怎么啦。只是，感觉出了汗的江嫣闻起来很香，他就控制不住地想咬她。这是没错的：对于马松来说，不论江嫣规定他每天只准花十块钱，还是小便三次以上才能冲一次……这一切，他都是能够忍受的。上厕所不冲，最多有点尿臭。两个月不理发，干脆就留成了长发。朋友不见，倒是省心了。可是人不吃肉，是不行的。在马松的印象中，他在自己家的餐桌上再没有吃到过肉了。

马松整天馋得要命。以前马松走到哪儿，看见的都是错别字，现

等到马松狼吞虎咽地吃到第二盘肉的时候，江嫣
终于说，老公，我答应你，答应你把房子租出去。

在马松走到哪儿，只看见吃的。以前马松有肉吃的时候，他一点也不觉得肉有多么好吃。肉，不就是动物身上一块软组织么？现在他才知道，他这辈子最渴望的事情就是吃肉，喝酒，最愿意听到的话就是有人过生日，那简直比自己过生日还高兴。可是你要是结婚的话，最好不要去叫马松，他不会去的，因为他没有钱给红包。

一次，马松和江嫣在车站等车回家，路旁有好几个烤热狗卖的，那热狗的香气如同千万根寻找磁铁的针，对着马松的鼻子狠命地钻进去，马松的鼻子忍不住像管弦乐器那样抽动了几下，他感到那样陶醉，几乎要发出快乐的呻吟，以至于回郊区的公交车在站牌下停下，江嫣跳上了公交车，回过头喊他走，他也没有听到。江嫣只好从公交车上跳下来了。江嫣很愤怒，你他妈的张着嘴、抽着鼻子，站在这里发神经啊！到这时，马松才回过神来。他四处望望，有些不敢相信他怎么会站在大街上，赶忙用袖子擦掉了流到脖子上的哈喇子。

他说，江嫣我、我，刚才好像闻到了你身上的气味，我的心跳悄然加速⋯⋯

哼！你别他妈吞吞吐吐、拐弯抹角的，想吃肉，你就直说嘛⋯⋯

那天坐车回家后，江嫣出于怜悯之心，为马松拐到超市卖了几斤肉解馋。马松一看见那肉，呼吸急促起来，咳嗽了很长时间。而后，他围上围裙，把几斤肉全切了，做了三大盘红烧肉。虽然江嫣看见马松把姜切得那样大块，很想批评他"你还不如把整块姜扔进去算了""姜老贵的"，然而看见马松吃得那样不雅，那样忘我，江嫣的眼眶酸酸的。

等到马松狼吞虎咽地吃到第二盘肉的时候，江嫣终于说，老公，我答应你，答应你把房子租出去。

马松和江嫣的房子，三室一厅，115平米。当初之所以买这么大

面积，是江嫣一人决定的。她认为这辈子就买一次房子，一次性到位，将来不必再买更大的。还有一个原因，那就是她要为自己、为父母争一口气。她的同学、朋友、亲戚中的一部分已经买了这样大的房子，她不能输给人家。她计划着，等到将来生了孩子，她一定把父母接到北京来住，一是孝顺父母，二是让他们带孩子，可以省下雇保姆的钱，所以三室是必须的。

从种种生活细节可以看出，江嫣想问题总是想得很远，想得很周密。比如说房客也是江嫣一手挑选出来的。她坚决不允许那些没有固定收入、没有固定单位的人住到家里来。她说，如果让那样的人住进来就麻烦了，房租交不清，还偷你家东西。基于这个原因，他们的小卧房租给了一个公司职员，是个女的，年龄在三十五六岁左右，人长得高高大大的，穿着整齐，略施脂粉，打扮成一个时尚白领的样子。据她说是在一个广告公司做经理的。

还有一间书房租给了一个所谓的"律师"。他姓雷，四十来岁，是北京本地人，他胖胖乎乎的，理寸头，脖子很粗很短，头很大很肉，后脑勺扁平扁平的，满脸青春疙瘩，毛孔里溢出油脂。他的特点是爱咋呼，看见马松夫妇日子过得如此节约。如是说：要是我，就是有再多钱也不会买房的，等二十年后债还清了，也没几年好活头了！人生苦短，不如趁年轻，多跑几个地方，多玩几个姐，好好享受单身生活……

马松在两个没有共同语言的房客面前，几近齐啬、委曲求全地生活，感觉很没面子。他们会怎样看待我啊？房客的一举一动牵扯着马松的神经，总感觉有两双眼睛盯着自己。马松找了一个理由，江嫣，我们趁早换两个房客吧，他们两个看上去都是很难相处的那种人，以后会惹麻烦的。江嫣看穿了他的心思，说，又不是找对象，你管他们的性格干什么，只要他们不欠房租就行了。

现在，问题就出在这儿：他们交了一年房租，现在又叫他们搬走，就得还给他们预交的钱……还有，这段时间，江嫣为一些琐事与房客翻过好几次脸（这些琐事无非是对方洗澡时间长了，偶尔带朋友来住，出门忘了关灯等等），关系已经僵化，而今当房东需要房客做出让步，又如何与他们达成谅解？……马松辗转反侧。

江嫣，睡了吗？马松问。

废话！你说我睡得着吗？！

马松斗争了一会儿，终于说，平日里你跟房客关系就不好，不如趁这次叫他们搬走得了。等你爸妈走了，咱再租给大学生住吧。

江嫣说，你说得轻巧，我拿什么去还他们预交的房租？钱上哪儿去借？

我是说，存折里真没有钱了？

哼！你以为我存私房钱了是不是？！没想到江嫣霍地坐起来，发火了。如果有钱，我还要等你回来跟你商量，我早就叫他们走了！

那、钱呢？

我在上个月统共交了 3 万房款，除了他们的房租还有我们平时攒的，你没发现这个月的月供已经降下来了？那是银行将按揭重新换算过了……

马松无语。江嫣却接着说，现在，我们只有两个办法，一是你现在就坐到电话机前去借钱，借了钱叫那两个人走；二是你明天去跟他们说，让他们先出去借住几天，等我父母一走，再叫他们回来……

马松听到妻子这样说，感到很烦躁。很想说，放你的屁！我向同事、朋友借的钱还没有还，怎么再开口去借？另外你跟两个访客搞得跟仇敌一样，叫我怎么去说出去借住几天？——可是，他憋红了脸，不敢说。

马松失眠了。第二天，马松硬着头皮去敲房客的门，希望他们能

马松失眠了。第二天，马松硬着头皮去敲房客的门，希望他们能再交几个月房租，或者住到外面几天，或者先搬出去，欠他们的钱等几个月后来拿。

当新一个工作日到来的时候，马松坐在出版社破旧的桌子前，盯着书稿，他心如乱麻。他想象着岳父母明后天来京后的后果：1，岳父母很是生气，气得连夜要回老家；2，岳父母气得病情加重了，送去医院抢救；3，抢救无效，妻子哭得昏过去，要与他离婚；

再交几个月房租，或者住到外面几天，或者先搬出去，欠他们的钱等几个月后来拿。反正怎么着都行。结果是自讨没趣——我们是签了租赁合同的！你们没有钱，就不要买房子嘛，买了房子又要自己住，就不要出租嘛。女经理显得理直气壮。

马松垂头丧气地回到自己房间，说，江嫣，实在不行，我们的房间留给你父母住，我们睡客厅的沙发，如此应付一下吧！

江嫣说，你疯了！沙发怎么能睡两个人？再说了，我一个女人家，怎么方便睡在客厅里？

马松说，要不，你跟你妈睡房间，我跟你爸睡客厅，咱分开几天。

江嫣说，马松！你别来刺激我好不好？！如果你当着我爸妈说这样的话，他们会从楼上跳下去的！

马松知道妻子的意思，是不想让父母看见女儿、女婿过着如此窘迫的生活，可是，他忍不住还想劝妻子：江嫣，我还有一个好办法。

你说吧！

你爸妈不是来北京看病的吗？我们可以先在医院提早挂号，等他们来北京，直接把他们接到医院去住不就得了？等他们出院的时候，我肯定把两个房客赶走了。

江嫣瞪大了眼睛，又要发火了。马松，我警告你！我爸妈明后天就要来北京了！怎么安排他们住宿，我现在全权交给了你！反正，你把他们直接拉到医院去也行，叫他们睡沙发也行，甚至你把他们赶到大街上去过夜，我也不会为你感到悲哀的！

马松低着头，被江嫣那一副悲愤的样子吓坏了。

当新一个工作日到来的时候，马松坐在出版社破旧的桌子前，盯着书稿，他心如乱麻。他想象着岳父母明后天来京后的后果：1，岳父母很是生气，气得连夜要回老家；2，岳父母气得病情加重了，送去医院抢救；3，抢救无效，妻子哭得昏过去，要与他离婚；4，离了婚他自由了；5，他又结婚了，不，他永远不再结婚，也不再买房子；6，他岳父母没有死，又活过来了；7，岳父母根本就没有来，因为病好了，不来北京了……

马松有大半天时间，完全沉浸在信马由缰的胡思乱想中。他一点也不知道，他这么想的时候，又是摇头，又是咂嘴，又是皱眉头的。他的古怪的动作引起了他的同事的注意。他的同事，也就是坐在对面桌子上的王乐，这时正在校对稿件，他被马松发出的怪声音弄得很心烦意乱的。他终于说，马松，上班时间你别发出吃话梅的声音，好不好？

马松这才省悟过来，目光重新回到了书稿上。这是一本关于地球毁灭的书稿，马松强迫自己默读了以下一段：为了预防核战争、小行星撞击或瘟疫流行等可能给地球带来的毁灭性灾难，欧洲宇航局的科学家们开会讨论一个终极设想——到月球上建立专门的"月球方舟"，为地球物种的 DNA 样本和人类文明建立"备份"……

唉，地球毁灭了才好呢！马松读着读着，忍不住叹了一口气，又想到了岳父母即将来京看病的事情。他想象着，他们来到北京后，看到女儿"受着这样的苦"，后果有可能更严重……他实在无法集中精力。于是干脆放下书稿，跟他的同事开诚布公地交谈起来。

他的同事王乐说，马松，你不必这样紧张，他们来，说不定是好事呢！

怎么可能是好事？

你就不会这样想，你的岳父母说不定根本就不是来看病的，这只是一个由头，他们是来北京给你们还房贷的，也说不定呢。

不可能。

你应该知道，咱社里的洋葱头，也就是楼上《宇宙奥秘》编辑部主任，他结婚就是岳父母给买的房。当时，他岳父母很反对女儿嫁给他，拿枪动刀的，可是真嫁了，生米煮成熟饭了，又拿出钱给他们买了一套别墅。既然别人有这个运气，为什么你就不会碰上呢？……

同事提到的洋葱头，马松也认识的，因为出版社并不大，平时大家常坐在一起开会，或者吃饭。在他的印象中，洋葱头是一个"万金油"，整天笑眯眯的，逢人都能滔滔不绝地侃上大半天。有一次，他跟马松透露，他花三年时间研究了世界上50位亿万富翁的发家史，最后得出了一套一夜暴富的理论。他准备写一本《一夜致富》之类的书。马松听了这话心里痒痒的，因为太需要钱了。马松就等着看他这本书了。但是两年之后也没见洋葱头写成这本书，马松对他就有了小小的看法。有一次洋葱头旧事重提。马松不耐烦地说，得，你自己实践过这套理论吗？你自己为什么不用这套理论发笔横财呢？

洋葱头站起来，退了两步，仿佛遇见了一个手拿匕首的人，他瞪着马松：你这是什么意思，你是要让瓦特去当火车司机吗？要让邓稼先抱着原子弹上战场吗？让袁隆平去当农民吗？你有没有想过，你说的话已经伤害了我！伤害了一个天才财经学家！总有一天，中国会因为我的理论，成为世界上亿万富翁最多的国家！

马松自那以后，就很少与洋葱头交往。

不过，整个下午，马松还是被王乐说的洋葱头"娶妻买别墅"的故事吸引住了——他想，洋葱头虽然没有写成一本人人适用的一夜致富之书，但是，他自己的确是通过"婚姻"这条捷径"一夜致富"的——马松很有些佩服于他——如果当时自己谦虚一些，虚心地向他求教，说不定他也会在我贫困交集的还款路上，支上一招的。马松想到这儿，很有些后悔。因为后悔，加上焦虑，嘴角又发出了他的同事不愿听见的怪声音。

王乐说，拜托，马松！你再这样唧唧喳喳跟人亲嘴似的，我可要向上级报告了！

马松收拾收拾东西，提前下班了。

马松回到家，是这样一番景象：妻子江嫣正跟那个女经理牟红吵架。马松打开门的时候，江嫣正和牟红扭打在一起，骂人的话简直比黄色声讯台还要下流。马松在农村的时候，是经常看妇女吵架的，他很喜欢看她们你扯我的头发、我扯着你的头发的样子。但是今天他无心观战，冲上去拉开了两个张牙舞爪的女人。都给我住手！都松开手！脑子进猪粪了怎么的……

女经理牟红一甩胳膊，溜进房，房门"嘭"的一声关上了。江嫣则扑到马松肩上，哭得呜呜的。江嫣说，马松，我爸妈就要坐上火车了。他们不愿搬走，该怎么办呀？

马松推开江嫣，面无表情地进了房。

江嫣说，马松，你为什么不说话？

马松说，你爸妈生病还坐火车啊？就不会坐飞机来啊？

江嫣说，你这是什么意思？你寄钱买飞机票啊？

马松说，让我寄钱买飞机票？做梦！

神经病！江嫣的眼泪又涌了出来。

马松最终决定，再次向他的同事、朋友去借钱。如果能借到钱，事情就会出现各种转机。马松从公文包里掏出电话本，一个一个地翻找，结果，他几次拿起电话都放下了。他不知道如何向人家开口。

江嫣早已不哭了，这时说，你怎么啦？你打呀！

马松说，我会打的，不要你管！

这时，马松又把他认识的几个人像牛市上的牛一样从头到尾估价了一番，经过多轮筛选，最后只剩下两个人具备借钱给他的条件，一个是同乡黄大师，一个是单位同事洋葱头。

逃　跑

黄大师当年创业的时候，向马松借过钱，马松只有两千块钱，都掏给了他。黄大师第一笔生意亏掉了，绝望得要自杀。不料"非典"来到了北京，黄大师靠倒卖口罩和消毒水发了财。马松买房的时候，黄大师说，你借什么呀，我给你三千块钱，不用还了。马松拿着三千块钱，不知道是该感激还是抱怨，因为他原本计划向他借1万块钱的。既然上次没有借，这一次总会借的吧，不曾想黄大师拒绝了他。

黄大师说，又借钱？你怎么啦？怎么回事？跌断腿了？马松吞吞吐吐地向他陈述了岳父母要来北京，腾不出房间给他们住。黄大师说，我当时就劝你嘛，买房要慎重，你不听，像你这样的收入水平，把一生献给了房，你拿什么奉献给爱人、孩子和爹娘？所以，早有房产大鳄赤裸裸地宣称：我就是为富人建房，而不是为普罗大众建房……黄大师还要往下说，马松将电话挂上了。

马松在心里骂，忘恩负义的东西，真是越有钱心越冷酷！因此，在给"致富能手"洋葱头打电话的时候，马松的态度强硬多了。马松开门见山地说，洋葱头，是我，图书编辑二室的马松，我有事找你，你能借我5千块钱吗？……有急用……什么，你休假了？在海南岛？那你的房子空着喽？……什么？门进不去，你说什么？我没有喝酒，我很清醒！……他这么吼着的时候，对方已经把电话挂掉了。

马松很沮丧。他脚也不洗，就上了床。他睡了，很长时间睡不着。他感到脑子十二分清醒。他心想，像黄大师和洋葱头这样的人，钱来路都不正，我就不该对他们恭恭敬敬的。真的，我为什么不去把洋葱头的房子撬开，暂时应付一下即将到来的岳父母呢？马松的脑子里一旦冒出这个念头，就再也躺不住了。他说：

江嫣！我有办法啦！

啊？你吓了我一跳。

我要去撬开我同事洋葱头的房子。

马松很喜欢洋葱头的家，在里面安安静静地待了一会儿，才给洋葱头发了一条短信：洋葱头兄，对不起，昨天我没跟你说清想借你房子住，情况十万火急，今天我已把你房屋打开，我会保管好你家的所有财产，只借住一星期，磕头致谢，感激不尽。马松。

你胡说什么！你要去做贼啊。

怎么会呢？我又不偷东西！

如果他报警呢！

报警也没有用，就说经过他同意的。

第二天，马松一早赶到出版社，向同事们拐弯抹角地问清了洋葱头的住址、休假结束的时间，然后就找了开锁公司打开了洋葱头家的防盗门。

洋葱头的房子，虽不是同事王乐说的是别墅，但是面积很大，是高低错位结构，豪华装修。因为是在板楼东头的第一层，屋后拥有一个配套的小花园。洋葱头在小花园里种了许多花草，一派生机盎然的景象。马松很喜欢洋葱头的家，在里面安安静静地待了一会儿，才给洋葱头发了一条短信：洋葱头兄，对不起，昨天我没跟你说清想借你房子住，情况十万火急，今天我已把你房屋打开，我会保管好你家的所有财产，只借住一星期，磕头致谢，感激不尽。马松。

短信发出后，洋葱头家的电话响了。马松拿起来，听到的是洋葱头的咒骂。疯子！王八蛋！你怎么真待在我家里？！你这该死的，别人要开飞机去撞双子星而你只要跳伞就有同样的威力，我十八辈子都没干好事才会认识你，我这就打110抓你蹲班房！叫你后悔一辈子！……

马松一直不说话，任洋葱头在电话那头像条疯狗咆哮不休，等到洋葱头嗓子开始沙哑了，他才开始向他道歉、哀求、诉说苦衷。尽管他每说一句都要被洋葱头的咒骂打断，无奈洋葱头人在外地，只能干着急。如此一通发泄之后，洋葱头终于找不到更多脏话来骂了。他最后说，马松，你这个土包子，狗杂种，骗子无赖，会发出臭味的垃圾人，我真想揍你！如果我下个星期回来，发现你动过我的东西，我饶不了你！我把你的眼睛挖出来……

逃 跑

　　马松差不多是跪在地上，因为他开始感到害怕了，连连保证，只住三、五天，绝不会破坏任何东西，除了呼吸屋里的一点点空气，什么都不会少去。并且，为了博得洋葱头高兴，马松还说，到时我还会给你租金的，你爱收多少是多少！我愿意给你做牛做马……保证完，马松躺在干干净净的地板上，嘿嘿嘿地傻笑了几声。然后，他瞅见了挂在客厅墙壁上的洋葱头夫妇的婚纱照，他妻子的样子又胖又黑，一个巨型鼻子就像一个酱油瓶挂在墙上，似乎在说，嘿，你看看我这个鼻子，还有鼻子下面的一张嘴！马松跳起来，几乎被这个比江嫣更凶悍的女人的样子吓坏了。

　　娘啊，她要是骂起人来，就连这座房子也会颤抖不已的吗？马松将洋葱头和他妻子的婚纱照从墙上取下来，塞在一个暗无天日的地方，这才离开。

　　马松没有想到，江嫣的父母也是很穷酸、很土的人。马松一直以为，他们既然是城里人，就应该很洋气、很阔气的。而且，在江嫣的描述中，他们一度反对江嫣嫁给一个"农民的儿子"，对马松的出身嗤之以鼻。因此，马松一直以为他们是很富贵的上等公民，不敢去江嫣家见他们。

　　在马松的想象中，他们不应该是这个样子的：马松的岳丈大人，人精瘦精瘦的，穿着一件很旧的夹克，系着一条很皱巴的领带，一条裤子，因裤腿过长卷了起来，就跟被人咬了一口的葱卷似的。马松的岳母，则像一本外国小说中的俄罗斯厨娘，她出现在火车车厢出口的时候，把整个通道都堵上了，她的腰起码有两个汽油桶那么粗，脸通红通红的。她在挤来挤去的人堆里骂骂咧咧的，声音听上去就像文革时期的高音喇叭一样刺耳。很显然，江嫣的体貌特征更像父亲，可是她身上那股凶蛮劲儿是从母亲那儿遗传来的。

马松心想，早知道他们是如此普通的平常人，何必去撬开别人家的房门迎接他们呢！马松一声不吭地拎了大包小包独自往前走。江嫣的父母呢，刚才只顾跟女儿讲话了，以为马松是给他们拉行李挣小费的，很不放心地盯着被他拎走的行李，到了火车站广场，终于问，江嫣，我们的女婿呢？

在他们的想象中，他们大老远从南方跑到北京来，他们的女婿应该开着小轿车等在火车站广场上的，可是，广场上只有几辆闪着红灯的警车。

介绍后，江嫣的父母对眼前汗流浃背、矮小瘦弱的女婿失望极了。他们当着马松的面问女儿，小马怎么这么瘦，脸色这么难看？是不是有病？江嫣说，马松没有病，身体好好的，你看他把这么多行李拎出来，连气都没有喘。两位老人又盯着马松看了一会儿，说，小马啊，你以后应该加强锻炼，一是要身体好，二是要多赚钱……

马松感到芒刺在背的难堪，他背着行李去叫出租车，江嫣追上来，说，你钱多的没地方去花呀？我们坐地铁！

在地铁上，两位老人继续盯着马松看，他们看见马松根本不是他们想象中的样子，如同吃了不和胃口的菜一般难受。毕竟，他们只有一个女儿，并且他们一直盼着女儿将来嫁给一个有钱人，盼着女儿赡养他们。三年前，当他们听说女儿要在北京买房子，高兴得四处炫耀，就盼着来北京了，无奈女儿一直不张口。近来，江嫣父亲的心脏常常出现扑通扑通的乱跳，他们就赶紧以治病为由来北京了。现在，江嫣父亲看着不合心意的女婿，感觉他的心脏又出现了不规律的乱跳。

要是这个女婿对我们不好，就叫江嫣重新找一个算了。在地铁到站的时候，老头子贴着老伴的耳朵，轻轻地说。

可是，这种不愉快的想法，很快就被一种惊奇、喜悦的情绪取代了。取代的原因不是江嫣也不是马松的功劳，而是洋葱头的房子。马马松听岳母这样说，刚刚放下的心又被揪紧了。
如果她真要跟我们生活在一起，那么，我离下地狱也
不会很远了。

松的岳父母对洋葱头的房子满意极了。他们在洋葱头的房子里走来走去，这里摸摸，那里瞧瞧。

岳父说，这房子真不错，房间客厅错落有致，尤其是花园，多大啊。在老家，我们可没有这么大的房子，我喜爱种花，总是没有面积，狭窄的阳台被我搭成三层，上面种吊兰，中间种绿萝，下面种山茶花……

岳母也说，这房子不错，你看厨房卫生间敞亮，家具一应俱全，都老贵呢！等我明天再把花园整修一下，还可以在花园里种菜呢！种韭菜，嗻，还可以种胡萝卜……

岳父说，种菜可不行，我得多种花，房屋面积这么大，你待在屋里看电视就行了。

岳母说，你别胡说八道！种花能当饭吃啊？

岳父说，你总这样找别扭，一个农民！

岳母说，呸，你才农民呢！

岳父说，我就是农民也比你素质高。

岳母说，你、你吵吵个屁，敢反了不成？

岳母说着，就要冲上去揍丈夫，江嫣和马松赶紧去圆场，可是，火爆脾气的岳母已经冲到了花园里，把两棵月季花连根拨掉了。最后，她总算在女儿的劝说下冷静下来。委屈道，你爸如果还这样气我，我就跟他离婚。我以后跟你和小马过！让他一个人住那破房子……让他想我想得哭鼻子……

马松听岳母这样说，刚刚放下的心又被揪紧了。如果她真要跟我们生活在一起，那么，我离下地狱也不会很远了。

不料，马松当晚就下了地狱。马松梦见自己身处一座巨大的宫殿当中，正中坐着阎王爷，下面站着四大判官，一个个身高丈二，威风

凛凛。马松不知道违反了阴间什么纪律，被黑无常捉拿，黑无常举着一根赶牛的竹枝，抽他。

你为什么要说谎话？！黑无常问他。

我没有说谎话。马松答。

那你孝顺老人吗？

我……孝顺的……

你还狡辩！

黑无常扔了竹枝，叫小鬼抬上来一套音响，他要用最新的刑具惩罚他。所谓的惩罚就是播放阳间男女结婚的曲子，很喜庆的那种，可是在阴间播放出来，大家都受不了，马松也是，感觉惊恐万分，魂飞魄散……江嫣把马松摇醒了。马松冷汗淋漓。

我不该撒谎，马松说，我不该说洋葱头的房子，是用我的版税买的。

你什么时候说这话了？

在你做饭的时候，你爸妈问我，买这套房子花了多少钱。我只想让他们高兴，信口说了一百万。他们说你和江嫣哪来的钱？我说，我家里给了 5 万，还有我刚好出了一本书，拿了 60 万版税。

他们信以为真？

不，好像不相信。我就说，我花了三年时间研究了 50 位亿万富翁的发家史，最后得出了一套一夜暴富的理论，我的书《我动了你的奶酪》就是根据这套理论写得。你爸问我，既然如此，为什么你自己不变成亿万富翁呢？我说，我的理论只是理论，实施起来其实很难的。

我爸怎么说？

你爸就很佩服我，你妈也是，他们目不转睛地看着我，对我肃然起敬了，以为我真是前途无量的人。我现在感到很后怕。江嫣，我这辈子都没有撒过谎。

　　江嫣说，就这点事，没什么，你也别多想，明天还要带他们去登长城呢，睡吧……

　　马松闭上了眼睛，又马上睁开了。他突然想起，口袋里只剩几百块钱了，还要花好几天呢，这个月的月供也没交……我的天哪，真是倒霉透了……马松的全部思想都集中在一件事情上，那就是明天怎么省钱。光这件事就够伤脑筋的。以至于第二天早上，岳母看到他满脸疲倦，心疼地说，小马，你昨天又熬夜写书了吗？你看，眼睛都熬红了。马松笑笑。

　　岳母继续说，像你这样用脑的人，吃饭一定要多吃。我煮了粥和鸡蛋，本来想为你蒸包子的。打开冰箱一看，冰箱里没有肉，就蒸了馒头。马松推说冰箱坏了。这时，他的岳父穿着洋葱头的衣服从房间里走了出来。马松尖叫一声，差一点把碗中的热粥泼在身上。

　　岳父说，怎么样？还合体吗？衣服在火车上穿脏了，没的换，就先穿你的了。如果不合身，再去换一套。马松这才反应过来，忙说，爸，真没想到，你穿我的衣服帅呆了！我穿还没有这样合身呢！岳父不好意思地说，是嘛？我不是吹牛，年轻的时候，追求我的人很多的，我演过样板戏，还会跳交谊舞……

　　岳母说，哼，别臭美了！赶快吃，我们还要去登长城呢。

　　上帝保佑，登长城没有花很多钱。首先，他们没有去八达岭，去的是一个叫大栅子的地方，登的是一段"野长城"。"野长城"是不收门票的。其次，他们走的时候，从超市买了一些吃的，没有在外面吃饭。这两项就省下了不少钱。

　　不过，当他们看过长城，于下午往回走的时候，意外的事情发生了。也许是"野长城"不好走，体能消耗大，也许是中午饭没有吃饱，在走下最后一段残破的墙垛时，岳父一脚踏空，摔了一跤，躺在地上好一会儿站不起来。马松！快来背我爸呀！江嫣朝他喊。

我的天哪，他不会摔成瘫痪吧。马松在江嫣带哭的呼喊中，吓得两腿发软，也快站不起来了。他看见岳父痛苦地张着嘴，手摁在心脏上。从他的表情判断出，他很痛苦。马松要扶他起来，他一扬手，断断续续地说，我的心，就像，要蹦出来了……很难受……扑通扑通的。岳母说，你以为就你的心脏在跳啊！你不要这样吓我，我也会得心脏病的……

这时候，周围已经站了一些人。有人演示老头子从墙垛上摔下来的情形，有人告诉马松山脚下有医务室，赶快背那儿去看一下。岳父却死死护着自己的胸口。我有心脏病！不能压它的！我的心一压就会不跳了！他固执地躺在地上，感觉心脏跳得比任何一次都要可怕，像断了腿的青蛙在挣扎。后来人就散去了。岳父也不哎哟哎哟叫唤了，马松搀扶他站起来，发现什么外伤都没有，单是洋葱头的衣服被他弄脏了。虚惊一场。

最终，马松一行四人安全地到达山脚的停车场，乘大巴回到了北京城。此时，北京城内华灯初上，车流汇聚成一条明晃晃的河，五光十色的霓虹灯目不暇接。岳父岳母如同刘姥姥进大观园，晕头转向的。可是，作为久住北京的马松而言，眼前的一切熟视无睹，似乎与他无关。他在考虑一件很紧要的事儿。这件事儿让他难以做出抉择，只好去请教妻子。

江嫣，马松扯了一下江嫣的衣角，贴着她的耳朵悄悄地说，该吃晚饭了呢。

哦？！江嫣看了马松一眼，又看了父母一眼，难以形容她当时的脸迅速变了颜色。这、这一带有快餐店吗？

快餐店合适吗？！

那就回去做好吃的吧！

马松一辈子都忘不了，他的岳母于不经意间看见
"全聚德"烤鸭店，由衷发出的那一声感叹，那样兴
奋，那样快活。

　　马松心里有数了，再也不敢耽搁，带着岳父母往地铁口快步疾走。简直快要跑着走了。上文已经说过，马松岳母是很肥胖的，又在野长城上爬了一天，这会儿就再也走不快了，累得气喘嘘嘘的。她有些不明白女婿这会儿为何走得那么快，很想叫他停下来歇一歇，后来实在走不动了，干脆坐在了路边的石基上。马松出于尊老爱幼的精神，在一个十字路口站下来等他们。

　　这时候，意外的事情再次发生了：只见他的岳母就像被虫子蜇了似的，突然从石基上站起来，叫道：唉，唉，老头子！那对面的，不就是北京最有名的"全聚德"烤鸭店吗？！马松一辈子都忘不了，他的岳母于不经意间看见"全聚德"烤鸭店，由衷发出的那一声感叹，那样兴奋，那样快活。他的岳父也好像风雨之后见彩虹似的，眼里一下子冒出光来，嚷道，是的，是的，那就是"全聚德"，百年老店……

　　此刻，马松的脸一阵发烫，其精心设计的省钱方案瞬间崩塌了。他知道，作为女婿，岳父母想去品尝"全聚德"烤鸭，是绝不能拒绝的，就是砸锅卖铁也要满足他们的要求。可是，他又害怕店大欺客、花钱太多，于是，他乘岳父母与自己还有距离，赶紧捂住嘴咳嗽起来。他咳嗽得这样厉害，就跟比赛谁的声音更响，连站在一旁拿一面小红旗的交通协管员都注意到了他。交通协管员喊道：绿灯亮了，别磨蹭，快走！快走！

　　马松如同接到一道密令，就跟一只逃命的耗子蹿到了对面的街上。不料对面，正是那家"全聚德"烤鸭店。那一刻，弄错方向的马松恨不得把那个帮了倒帮的交通协管员揍一顿。但是他竭力克制自己，因为他不想让岳父母知道自己的尴尬。最后，当然啦，他们真去吃烤鸭了。不过，在马松百般算计和巧妙遮挡之下，四个人只点了一只烤鸭、两个凉菜和一热菜，没有花很多钱。但是这两件事，却时刻警示他们：以后和岳父母出门，一定要小心防备，否则，钱会花掉很多的。

江嫣几次劝说，与父母斗智斗勇，他们两个却商量好了似的，直往那些高级商场里钻。几个回合下来，江嫣终于支撑不住了，躲在一边给马松发短信。

事情却没有往好的方向发展。

尽管游完"野长城"，大家很疲惫，按理说第二天不可能出门了。可是，第二天岳父母提出来要去看天安门。看天安门是不收钱的，马松也就不便干预。他对江嫣说，看天安门虽不收钱，但是你千万记住了，不要去故宫，他们一定要去，就带他们沿护城河绕一圈，去爬景山。爬景山也不收钱，从景山顶往下看，整个故宫看得清清楚楚的。当然，游北海公园也行，北海公园门票好像不贵吧。

江嫣说，你的意思不就是少花钱吗？知道了！他们就出发了。他们到了天安门，马松的话江嫣却忘了，她带领父母悠哉乐哉地从毛主席画像底下穿过去，不一会儿就来到了故宫门口，当江嫣意识到危险时，已经太晚了。她的父母执意要进去看一看。听说里面有老多老多古董，还保留着溥仪的床铺、婉容的马桶呢。父亲比划着。江嫣不得不给他们各买了一张老年票，自己则在外面等着。她的父母看到女儿不陪着玩，也就不想进去了。父亲说，封建王朝的糟粕，看与不看都没有什么意思。

他们就去退票。遭到了拒绝。后来两张票倒卖给了一个外地人。

江嫣说，既然你们不愿参观故宫，那么我们就去爬景山吧。

父亲说，景山太矮了，景山是人造的山。我们不妨去王府井玩吧。王府井我在电视里常看的，连老外也去的。

江嫣心想，到王府井玩是不需要门票的，那么，为什么不去那里逛逛呢？终于，这一逛，逛出了事情。异想天开的岳父母竟然要在王府井购物！这在江嫣看来，简直是斜刺里冲出来的灾难。王府井的东西太昂贵，她自己在北京多年都没有在此地买过东西。江嫣几次劝说，与父母斗智斗勇，他们两个却商量好了似的，直往那些高级商场里钻。几个回合下来，江嫣终于支撑不住了，躲在一边给马松发短信。

我爸妈要在王府井买"纪念品"，你说怎么办？

马松收到短信，差一点吐血。你没有带他们爬景山啊？爬累了就不买了。

没有。

是他们自己掏钱买吗？

不是。

看中了什么商品？

想买一块手表，一条项链。

马松直冒冷汗，火速回信：现在，唯一的办法就是装肚子疼，四处找厕所，知道了？

过了一会儿，江嫣的短信来了。你的方法很有效，我们现在已经决定去地坛了，好险！

马松答：要是他们再提出购物要求，你就推说哪一天专门带他们去，要委婉，学聪明。

江嫣答：知道知道了！

马松答：知道就好！

可是，过了一会儿，江嫣又来短信了。马松，我们没有找到去地坛的公交车，现在去动物园玩！

马松提醒：去动物园票价 1 人 25，3 人 75，不如去后海逛逛。

江嫣答：总比王府井购物强。

马松"噗嗤"一声笑了。回：75 就 75 吧，我不管！不要跟我联系了，我要工作。觉得意犹未尽，又补了一句：希望花了钱，在动物园里多待一会儿，跟动物多接触，做到票有所值。

江嫣回了一条：马松，这不是办法。工资没发的话，还是去借点钱吧。

江嫣的话，把马松惹恼了。马松很想回一句比较难听的话，诸如

"都是你家爹娘带来的麻烦""他们也不为我们想想"之类的，最终没有回，怕江嫣跟他吵架。后来，又响了几次短信，他都没有打开看。心想，我管你是看动物还是去看月球呢！反正，我口袋里没钱！

一直到下班，马松都处在抱怨与烦躁之中。加上他向财务室去支钱也没有支到，心里更是郁闷。因为郁闷，他突然很想喝酒。而冥冥之中，仿佛这一天他就应该喝酒似的。临到出门，马松的手机响了。

喂，马松吗？你猜我是谁？对方捏着鼻子跟他藏了半天猫猫。马松心烦得要命，你是谁直接说出来嘛，我的手机费很宝贵，浪费不起。

我是李棍呀，你不会连我都忘了吧？

啊，是你呀，李棍！马松嘴上乐呵呵的，心里却直叫苦，他怎么跑到北京来了？

我在北京逛了两天了，你现在哪儿？喂，我跟你说，我想找你聊聊。

考虑到口袋里钱已不多，请客是万万不能的。马松说，你不要过来了，我去你住的宾馆看你。你是公费出差吗？哦，不是呀。这样吧，我现在还有一点事，要赶稿，等晚饭后，我们找一个地方，见一面，怎么样？

那一刻，马松的脑子高速运转着，他约对方晚8：30在西单图书大厦会面。马松心想，你要是饿，就啃那里的书当粮食吧。对方却比马松更聪明，把马松一下子逼到了绝路上。他说，马松，不必等啊，这么多年没见了，我太想见你了，我现在就往你出版社赶，请问地址是。

马松惊了一身冷汗，说，好，好，你过来吧。马松知道，这个家伙一定饿得快疯了。

此次会面，叫马松花掉了三百多块钱。从理论上讲，马松是不该

我的天哪……马松感觉有一股阴风从他灼热的胸膛吹
过，接完电话他立刻清醒了。他看见在桌子上，放着水果、
花生、开心果，还有啤酒瓶，大概有十来只，就像一个排
的士兵，马松站起来，只想逃跑。

也不会花那么多钱的，就算请老同学在小酒馆吃饭、喝酒，总能控制在一百块钱以内的。问题是，马松已经好几个月没吃过肉、喝过酒了（虽然陪岳父母进了"全聚德"，他却连一块鸭肉都没有吃），所以菜还没有上齐，他自己先醉了。一醉之后，就把房贷呀，月供呀，每天的开销呀，岳父母呀，全抛到九霄云外去了。

马松隐隐约约听见老同学说什么这里玩过了，那里玩过了，就是三里屯、什刹海、酒吧街，想去那里开眼界。马松一拍桌子，说，走，我带你去！他们到了酒吧街，又喝了一些酒，然后，也不知道是几点了，马松的手机响了。

该死的，死到哪儿去了？怎么还没有回家？

你，谁啊？！

你别管我是谁！我问你下午为什么不回短信？

哦，我明白了，你是江嫣。

你快回来吧！马松！我爸被老虎咬了！你那儿怎么吵吵嚷嚷的，可记住别乱花钱啊。

你刚才说什么？老虎？

我们也刚从动物园回到家呢，我爸真被老虎咬了！

我的天哪……马松感觉有一股阴风从他灼热的胸膛吹过，接完电话他立刻清醒了。他看见在桌子上，放着水果、花生、开心果，还有啤酒瓶，大概有十来只，就像一个排的士兵，马松站起来，只想逃跑。可是，他的老同学一把抓住了他。

请你听我把话讲完嘛！

讲什么，你喝醉了！

马松的同学李棍露出两颗暴牙，继续说，我没有醉，我只是很痛苦，你知道什么是真正的痛苦吗？这七年里，我与她经过好多磨难才可以在一起的，想不到她竟然背着我与别人在一起，幸好我本身是做

147

> 我爸见馆里没有什么人，就想试试笼子里的老虎是不
> 是很凶，他把一只手伸进去，向老虎挑衅说，你来呀来
> 呀，你这吃了激素的肥猫，公家养你很惬意吧！

侦查工作的，警惕性比较大！我真想杀了她啊！我吃不下，睡不着，我是生不如死啊……

接着，这个自称没醉的家伙就像摊泥一样倒在地上，呜呜地哭个不停。原来，李棍跑到北京来不是出差的，而是他的结发之妻被人睡了他很痛苦，出来散散心的。马松非常懊恼，你老婆跟人睡觉，睡了就睡了吧，又有什么损失？可是我的钱，却是从牙缝里省下来的啊！

马松自认倒霉买了单，本想丢下躺在地上的李棍不管的，可是，忆起读书时的情同手足，又狠不下心，最后将他拉到了自己的那个家，让他睡在沙发上——他特意叮嘱雷房客说，胖子，这人是我的中学同学，精神受刺激了，还好没有疯，你不要给他钥匙，他酒醒后自己就会走掉了。如果不走掉，你也不要赶他走……

马松叮嘱完，再从自己的那个家回到洋葱头的家，已经凌晨了。他发现洋葱头家里的灯没有关，悄悄地走进去，心里很害怕。这害怕来自两个方面，一是害怕洋葱头和他妻子已经回来了。二是害怕岳父被老虎咬了，伤口恶化，死了。好在他推门进去，洋葱头没有回来，岳父母也早睡了。只有江嫣一个人坐在客厅里，两眼红红的。

马松轻手轻脚地走过去，问，江嫣，老虎真咬你爸啦？

江嫣说，我不想理你。

怎么啦？！

都是你！让我们在动物园多待一会儿，还让我们跟动物多接触，本来早想回家了，因为听了你的话，我又带爸妈第二次去猛兽馆看老虎，老虎被人看了一天累了，趴在地上，我爸见馆里没有什么人，就想试试笼子里的老虎是不是很凶，他把一只手伸进去，向老虎挑衅说，你来呀来呀，你这吃了激素的肥猫，公家养你很惬意吧！结果那老虎大概听懂了，跳起来，差一点把我爸的手咬掉了。

结果呢？

结果还好，饲养员赶来了，只被老虎咬掉了一块皮。但是，我爸经过这样一吓，心脏绞痛了很长时间。他刚睡了。

马松心想，今天真是什么倒霉事都发生在我家了。

由于游动物园出了事，马松的岳父母终于在家里待着了。岳父的一只手用纱布捆绑着，纱布上渗出了血迹。岳父的脸色蜡黄蜡黄的，仿佛元气大伤。岳母呢，还是老样子，她已经拨掉了小花园里一部分她认为"没用"的花草，种上了她认为"有用"的韭菜、大葱等。她对自己的劳动成果非常满意，答应女儿过几天割韭菜包饺子。还说，以后蔬菜不用上菜市场去买了。

马松对岳母狂妄的改造花园的行为不得不默认了。反正，人已经在别人家住着了，横竖都得挨骂。俺是死猪不怕开水烫，到时用棉花球把耳朵堵上。可是，马松总觉得还有一件事没有去做。后来才想起来，岳父母是来北京看病的。怎么，他们从来没有提起看病，也没有看出有什么病啊？马松这才警觉起来，莫非他们是来北京长住的吧？马松一想到这种可能性，整个人像泡烂的油条一样发软。

晚上，马松和江嫣睡在洋葱头的床上。马松问江嫣，你父母不是来北京看病的吗？病呢？

江嫣说，我也不知道。

马松说，可不可以问问？

江嫣说，怎么问呀？他们上医院的话，谁出医药费呀？

也是，马松说，就怕洋葱头马上就要回来了。

江嫣说，我才不管回来不回来呢！全都是你出的馊主意！我烦着呢！

马松说，早知道他们没有急病，还不如叫他们晚来几个月呢，那样子就不会这样狼狈。

江嫣说，现在说什么都没用了，我爸妈整天都在夸你能干，盼着你写书挣更多钱，现在就算你把自己的房子腾出来，我也想象不出他们愿不愿意搬回去！

马松两眼盯着天花板，痛苦极了。他万万没想到，自己辛苦挣钱，省吃俭用，已经够苦了，把房子租出去，本来是想减轻一份压力，结果却陷入了这一场没完没了的苦恼之中。

不过，他终于想出了一个方法。他对江嫣说，我有办法了，道理很简单：等我明后天赶走两个房客搬回去住时，你就跟你爸妈说我们买有两套房子！而且，那套房子还是专门为他们买的呢！保准他们高高兴兴的！

江嫣说，既然你有本事把他俩赶出去，为什么要等到现在才去做呢？

马松说，人都是被逼出来的嘛。

马松一整夜都充满了报复和血腥、暴力的想法。

可是第二天，他回到自己的房子，连他自己也没有想到，事情会进行得这样顺利（那些血腥、暴力的方法都没有派上用场）。他敲开胖子雷房客的门，刚跟他说明来意，胖子就同意在 3 天后搬出去。马松有些不敢相信这是真的。他都不知道如何来感谢好了。听我说，我的朋友，我这段时间遇到的困难是你难以想象的，你愿意搬出去，真的是救了我！

胖子说，感谢就不用了，要说感谢，还要感谢你呢。你不知道，你不在的这几天，这屋里发生了翻天覆地的变化。第一件事，就是我要和牟红结婚了，我们需要租一套独立的公寓……

马松打断了他，你说什么，你和牟红结婚？你不是说要单身一辈子的吗？……

胖子说，我说单身也就说说而已，不结婚，情欲怎么解决啊。要不是平日里你和你老婆跟间谍似的监视我，我早下手了！再说，第二件事，就是你那个同学……我还要感谢你那个同学……

我那个同学还没有走吗？马松再次打断了他。

胖子说，他如果早走了，就没有我的好事了。就这么跟你说吧！当初我来你这里租房，我就看中了牟红，她虽然长得不漂亮，但是很有味道，熟透了还带酸的味道，就跟六月天的西红柿似的。你不知道我一直在向她献殷勤，可她冷若冰霜，不给我任何可乘之机。直到你们走后，特别是你把那同学带来了，我才有了靠近她的机会，因为你那同学一喝醉酒就在客厅里发酒疯，牟红怕得要命……

这么说，你们两个都愿意搬走喽？

是的，我们过几天就搬。等我们结婚的那天，我还想请小老弟喝喜酒呢。

不，不！听到"喝喜酒"，马松吓得连连摆手，喝喜酒就不用了，你只要送我一包喜糖就够了。只是，这次大概要欠你们预交的房租……

胖子说，房租没事的，你们也不容易。

马松眼眶一热，两眼湿湿的，他握着胖子的手，胖子的手温热温热的，他很想说点什么，可是，他什么都说不出来。

嗯，还有什么可说的呢？

马松下了楼，他是奔跑着离开自己的小区的，他一直跑呀跑呀，跑到公交车站的时候，车刚好来了，一秒钟都没有等，他就跳了上去，也不知怎么的，车上还有一个空座位，好像就等着他坐上去似的，他一屁股坐了上去，感觉人一下子找到了依托，坐在座位上真是舒坦极了。

马松下了公交车，又跑着回到洋葱头家，岳父母问他，你怎么不去上班又回来了？马松没心思跟他们啰嗦，理直气壮地说了自己拥有两套房子的事，告诉他们，早上出门，我把那套房子的房客赶走了，想接你们过去住……

他的岳父母一点都不怀疑马松是在说谎，仿佛自己的女婿本就该拥有两套房子才般配似的。不过，他们对马松把房客赶走这件事，表示了不理解。他们认为，房子空着是一种浪费，如果把每个月收取的房租交给他们，够他们一个月的生活呢。为什么要把房客赶走呢？

马松早就猜到他们要这样问，直截了当地向岳父母陈述了他的理由：我买那套房子，当初就是为你们准备的，想让你们在北京多住一段时间，是江嫣的心愿，也是我的心愿。可是，马松的岳父母一点都不明白马松说这番话的真正用意。他们还以为，马松的意思是怕他们在这边住的不舒心，所以想让他们住到那边去。所以他们说，既然你写书需要安静，你们住那边，我们住这边，也很好的。

马松知道，有一些话自己是不能跟岳父母直接说的，说了就要伤感情，所以他去上班了。在路上，他打了两个电话，一个是打给江嫣的，向她汇报了房客要搬走和岳父母不想搬走的情况。江嫣说，既然房客愿意搬走什么都好办了，晚上我会跟父母做思想工作的。江嫣叫马松放心。马松的第二个电话是打给同学李棍的，李棍的手机没有打通。马松想，他大概已经离开北京回家乡了吧。这个事就暂且不去想他。

到了出版社，马松开始工作。这时，李棍的电话回过来了。

李棍说，马松，听我说，昨天我在网吧用QQ和老婆聊了一夜，我现在跟我老婆和好了，QQ真是好东西，嘴上说不出的话在那上面全说了。不过我带绿帽子的事你千万不要跟任何人讲。我现在火车售票处，买到车票就回家了。

马松有点不耐烦，说，好，好的，你回到家，代我问嫂子好。

老同学说，一定的，这次来北京散心很感谢你，那晚上没有你听我倾诉，我可能已经卧轨了。

马松说，每个人有每个人的苦衷，咱再联系吧。

马松挂了电话。

马松挂了电话，屋里静悄悄的。

人都上哪儿去了？马松借上厕所之际，溜到隔壁编辑室坐了坐，他发现人们看他的眼神怪怪的。回到自己的办公桌前，他发现同事王乐已经坐着喝茶。王乐看他的眼神也怪怪的。马松隐隐约约猜到了原因。他想，大概我把洋葱头的房子撬开一事，整个出版社都知道了。那又怎样呢？我也是没有办法的办法。如果洋葱头要赔偿，那就付给他房租好了。

可是，事情没有这样简单。在接近中午的时间，马松被社长叫走了，社长询问了这个事的来龙去脉，批评倒是没有批评他，只是说，你有困难，早跟组织汇报嘛，组织会想办法解决的——马松心想，真是说的比唱的还好听——你这样做，是犯法的，而且，叫同事怎么看你？我听说，你撬开洋葱头的房子不但不道歉，还把他骂得狗血喷头？你在我印象中可不是这样的。

马松脸涨得通红，他没命地解释自己没有骂过洋葱头。社长说，这大概是我记错了，有可能是你的家属骂他。我也是一早听洋葱头向我反映这个事才知道的。洋葱头说他原本原谅你了的，但是他今天打电话回家，可能被你家属骂了，骂得很难听。你还是给他打个电话，解释一下。马松想象得出来，如果接电话的恰恰是他岳母，就算与洋葱头相隔千里，她也会把洋葱头骂得背过气去，自己想抽自己。因为她骂得更专业。

马松从社长那儿出来，躲在楼顶给洋葱头打电话，谢天谢地，洋葱头没有像上次那样对他又喊又叫的，只是说，马松，碰上你这个扫

马松，碰上你这个扫把星，是我不小心踩了一泡
狗屎，是我本命年的一个坎，如果我要移民火星也是
为了要离开你。

　　我只是穷，软弱，但是诚实。他想。

把星，是我不小心踩了一泡狗屎，是我本命年的一个坎，如果我要移
民火星也是为了要离开你。因为你，我这几天在外面都没有玩好，好
在我明天就要回家了，在回到家之前，你无论如何也要从我屋里消失
掉，尤其你家那个骂我"操蛋"的老妖婆，要是让我老婆知道了她赖
在我们屋里，看见了，会发生死人事件的……

　　马松没想到洋葱头说得这样可怜，他本来还想对着电话装哭的，
以求得洋葱头的同情，这样一来，他反而同情起洋葱头来了。伴君如
伴虎，马松心想，他那个拥有酱油瓶鼻子的妻子，想必对他也是恶声
恶语、重则拳脚相加，跟城管对付小贩似的。马松想到又一个男人的
尊严即将受到蹂躏，就更愧疚于洋葱头了，说，洋葱头，你放心吧，
今天晚上一定从你家里搬走，请你相信我，等你回来的时候，一切如
故，保证你老婆不会因此埋怨你。

　　洋葱头说，但愿这一次你不是在骗我。

　　我，必须在洋葱头抵达北京前，叫胖子搬走，还要把岳父母转移
出豪宅，接到自己那间简陋的房屋住。否则，我无法向社长、洋葱头
和同事们交代。马松在办公室，急得如热锅上的蚂蚁，因为洋葱头留
给他的时间，不多矣。

　　于他而言，他现在最紧要的任务就是把岳父母转移出去，至于胖
子那边，还不是事件的重心。他想，事情到了这个地步，已经没有必
要向岳父母撒谎了。他把房子租出去，这是事实，假如岳父母说他是
骗子，那就骗子好了，叫女儿和他离婚，那就离婚好了！他对岳父母
的感受，以及可能出现的危机，已经无所谓了。我只是穷，软弱，但
是诚实。他想。

　　江嫣却还想坚持，没有撤退到底的意思。她跟马松吵起架来。不
行，你不能这样，马松！你现在不要说实话，不能说就是不能说，我

　　江嫣在电话那头委屈得呜呜哭个不停，马松，我嫁
给你，你说说，我享过一天福吗？你以为我愿意过这样
的生活啊？！我告诉你，我怀过两次孕，我都不敢跟你
说，偷偷地到医院打了，怕你因此埋怨自己，责备自己。

跪下来求你行不行？我不想伤害他们，不想让他们知道我们还不起贷款租房给别人住，不想让他们知道我们很不幸福，不想让他们在亲戚面前抬不起头，马松，你能理解我的苦吗？……

　　马松吼道，我不管！我需要房客的钱，这有什么？我真的受够了！很累很累，我在出版社已经颜面扫地了，我不想再蝇营狗苟地活下去，不想每天醒来首先想到的是贷款，一想到这个，我为自己可怜。昨天，银行又打电话来催缴月供了，你叫我怎么办？

　　江嫣质问道，哼，照你这么说，你过这样的日子都是我造成的喽？还不是因为缺钱？如果你能挣到大钱，我用得着这样吗？如果你早几天把胖子赶走，如果你当初不去撬别人家的房门，如果你不跟我爸妈说买了两套房子，我现在跟他们解释起来也会容易得多！

　　马松说，去你的！嫁么要嫁给我这样的穷人，想过的却是富人的生活！你自己也想一想，我不是从今天开始变穷的，你如果认为我没用，你当初就不要嫁给我！你去找有钱人嫁了吧！

　　江嫣在电话那头委屈得呜呜哭个不停，马松，我嫁给你，你说说，我享过一天福吗？你以为我愿意过这样的生活啊？！我告诉你，我怀过两次孕，我都不敢跟你说，偷偷地到医院打了，怕你因此埋怨自己，责备自己。如果不是因为缺钱，孩子都会走路了啊！

　　马松低着头，心里针扎似的难受。他知道彼此都为这个家付出了所有。

　　马松说，好吧，我再想想办法。

　　马松想得脑子都疼了。

　　马松只想出了两个办法。第一个办法是离家出走，等半个月后回来，收拾残局；第二个办法是犯点罪，让派出所抓起来，等放出来时，想必岳父母已经走了。这两种办法，其实都是为了达到一个目的：那就是逃跑……

　　临到下班，马松仍没有想出一个两全其美的办法。这时他的同事王乐，要回去了。对他说，马松，我看你今天又是摇头，又是咂嘴，又是皱眉头的，是不是又遇到了什么麻烦事？

　　马松说，何止是麻烦事，简直是末日来临了。

　　马松决定放下男人的尊严，让王乐帮忙想想对策。

　　王乐说，区区小事有何为难的，你真是书呆子，所以才会去撬洋葱头家的门。

　　你有什么好办法吗？

　　王乐说，这还不简单吗？你按我这个办法去做，保准你的岳父母再也不想在洋葱头的房子里住下去了。说着，王乐凑在马松的耳朵上，讲了一句悄悄话，讲完之后，他扮了一个鬼脸，先下班了。留下马松一个人在办公室呆呆地坐着。马松有些难以把握王乐说的话，是真心帮忙的，还是捉弄他的。

　　不过，王乐说的这个办法倒是简单易行的，就算失败也不会造成什么损失。马松还是决定试一试。

　　晚十一点了，马松还在喝酒，喝酒的原因并非为了执行王乐跟他说的方法，为自己壮胆的，而是同学李棍买好了火车票，明天就要回家与妻子言归于好了，李棍执意回请他在小酒店吃饭。按理说，这回别人掏钱请客，马松应该喝个烂醉如泥才对，事实上马松喝得很少，吃得也不多。因为忧愁，他丧失了胃口。

　　李棍似乎注意到了马松的变化，说，马松，你我是性情中人，莫逆之交，你有什么心事，或困难需要我帮忙的，请你直说。

　　马松说，我没有什么心思，也没有需要帮忙的。

　　李棍说，你要是当我是你兄弟，只要我能做到，我赴汤蹈火也要帮你。你就不该瞒我！是不是你老婆也有了外遇？

　　马松说，请你不要胡说！我的苦就是老婆被人睡了，也不会这样有口难言的；就算说出来，你也不会理解的。

　　李棍说，怎么会不能理解呢？你说的又不是外国话。

　　就这样，马松在老同学的诱导之下，终于把他遇到的困境全部说了出来，说完之后，他又有些后悔，怕李棍回去之后，在熟人之间散布他在北京的窘迫生活。他低着头，显得很脆弱。

　　李棍说，马松，你呀，真是把简单的事情弄复杂了！你那同事帮你出的主意不就挺好吗？这样吧，我来帮你做这件事。

　　马松说，你愿意帮我当然高兴，只怕耽误了你的行程。

　　李棍说，我要到明天凌晨才上火车呢，这中间正好给你帮忙。

　　于是两人又碰了几次杯，商量了一番，直到小酒店打烊，马松才回到了洋葱头的家。此时，已经子夜一点了，岳父母跟往常一样早睡了，江嫣和衣躺在被窝里，似睡非睡。马松很想跟她说说话，但是又无从说起。他干脆熄了灯，也和衣躺下。大概过了半个小时，马松听见李棍开始行动了，为了消除紧张，他故意发出很响的鼾声。

　　不一会儿，江嫣摇了摇他，马松，你醒醒，你醒醒！马松问她怎么回事？她说，她好像听见窗玻璃被人敲了三下。马松说，这么晚了谁会来敲窗户，除非遇见了鬼？江嫣说，不会是洋葱头回来了吗？马松说，如果是洋葱头，他敲的是门，再说，他要等到明天下午才回来呢。江嫣问，那会是谁敲呢？马松说，会不会是虫子要飞进来？江嫣推推他，你起床去看看不就明白了？

　　马松悄悄地下了床，掀开窗帘看了看，说，什么也没有看到，大概是你做梦吧。江嫣不相信，正要下床看个究竟，这时他们听见岳父母的房间里响起了一声尖叫。这声尖叫响亮无比，就跟猪挨了宰一样。江嫣把马松抱得紧紧的。马松，快去看看！不会是我爸妈那边出事了吧！

　　马松拉起江嫣就往岳父母的房间跑。没想到岳父母吓得已经跑出来了。岳父只穿了一条裤衩，瑟瑟作抖，岳母连衣服都没来得及穿，用一条毛毯裹着身子。那身子就像几个装满土豆的麻袋堆在一起。这样的情况，大家也顾不上什么形象不形象了。四个人战战兢兢地挤在过道里，面如死灰。

岳父说，这半夜三更有人敲玻璃是怎么回事？是不是小偷？

岳母说，不是小偷！我刚才肯定看到了鬼，鬼在窗外一闪而过，他的头又大又丑，咧着嘴，獠牙很长……

江嫣说，妈，你别说了！你越说我越害怕！

岳母说，我说的是真的！我先是听见敲玻璃的声音，接着，玻璃上出现一个黑影，就跟电影里一样的鬼，贴着玻璃想跳进来。我问你们，这屋里是不是死过人？！

江嫣说，妈，这屋子是新买的，没有死过人！

马松也说，这屋子的确新买的，不要说死人，就连耗子都没有死过一只。但是，马松又说，有一个谣传，不知当讲不当讲，据说，这个住宅区以前是一片坟场。我们刚买房的时候，不知道这个情况，直到有一天，我在花园里种花，从地下挖出一具女尸，一身白，连头发都是白的，我才相信谣传是真的！

江嫣已经吓得发颤了，马松，你不要骗人，你什么时候在花园里挖过地了？

马松说，你不知道的事多着呢！我在深夜里，还常听到有女人的哭泣声。你们听，就是这么哭的，噢呜，噢呜……住在这里的居民实在无法忍受种种恐怖的现象，开始陆续迁走。

岳母说，天哪！这么说，这里真是一间鬼屋？！难怪这几天怪事很多：做饭时明明切完的菜放在菜板上，等你往锅里放完油再回头，菜没了。而且我接到一个电话，竟然说这房子是他的！看来，那电话是阴间的鬼打来的，我的天哪，我是跟一个鬼在通电话！……

岳父说，都在胡说什么？什么鬼不鬼的，越说越迷信，依我看，那个电话就是这间屋的房主打的！关于这个事，我正要问小马呢！今天早上你刚走，就有一个长途电话打过来，说你撬开他的门，住进了这个房子，他要找你算账……

马松没想到事情突然扯到洋葱头的电话上去了，一下子被问住了，感到很尴尬。好在无知而傲慢的丈母娘沉浸在鬼的臆想里，再次帮了他的忙。她说，老头子，你还不明白吗？那个鬼就是这屋的主人啊！他的意思是我们人掘掉了他的坟墓，在上面造了屋，可是虽然造了屋，那鬼还认为这是他的地盘……

是啊，是啊，从阴间打来的电话肯定是长途的——马松突然觉得岳母漂亮了许多——赶忙说，我以前也接到一个很恐怖的电话，也说这屋是他的。他还多次蹿到屋里来吓唬我和江嫣。江嫣，你曾经做噩梦，梦见老有什么很沉很重的东西压在胸口上，是不是？那叫"鬼压床"，是那个鬼压在你的身上……

江嫣已经完全被弄糊涂了，大脑空空荡荡的，她睁大着眼睛，冷汗滴答滴答滴从额上掉下。岳父说，我们现在先不要自己吓唬自己。你们都听我的，都不要往那方面想。我想是有人在搞恶作剧，你们两个女的待在屋里，我和小马出去看看。实在不行，我们还可以报警！

马松心想，岳父真是"老奸巨猾"，他一定怀疑是我在搞鬼。否则，他不会这样说的。

马松很为难，担心一出门，他和李棍串通好的计划会被岳父识破。这时，岳父已经找了一根棍子，还有一个手电筒，对马松说，我的这只手伤还未好，棍子你拿着，我帮你照手电。马松被逼无奈，只好拿起棍子，打开通往后花园的门。

屋外黑黑的，不是完全看不见，也不是看得很真切，花园栅栏外

　　　　而更让他没有想到的是（当然马松也没有想到），
　　那个装鬼的李棍并没有走，此刻因为无处躲藏，蹲在
　　通往"女尸"之路的一簇花丛里。

的树影和栅栏内的葡萄架，影影绰绰，仿佛随处都有鬼魅躲藏在暗处似的。岳父将手电照来照去，从洋葱头种的花草里飞出昆虫。

岳父说，小马，刚才大概真有小偷来过了，你看那边的脚印。

马松说，是嘛？也有可能。

岳父说，鬼这东西我从来不信，二十年前在我们的工厂宿舍也传谣有鬼，我不信，去蹲点，结果被我抓住后，是一个小偷，我直接将他押到了派出所。

听了岳父的话，马松叫苦不迭：没想到岳父是个无神论者，但愿装鬼的李棍已经离开才好，这个笨蛋，连装鬼都不会装，没有把岳父吓倒，反而吓得精神了。马松想到这儿，很有些沮丧，因为岳父再不答应搬走，洋葱头就要回家了。情急之下，马松的脑子里突然冒出一个念头：要是李棍已走，不如由我亲自吓他一吓，就像小时候吓同伴那样，两眼上翻，伸出舌头。

马松被这个念头吸引了。说，爸，你看，那具女尸就是从那个角落挖出来的，她一身白，肉没有烂，一张脸也白白的，我一镐子挖下去，一股毒液泄到了我脸上……爸，就在那边，把手电给我，我照给你看。

岳父却没有把手电给他，或许他太想揭穿女婿的把戏了，或许他仅仅被好奇心使然，他大步流星地朝女婿指给他看的那个角落走去，完全没有想到身后的女婿已经起了歹心，就像一个鬼一样跟着他。而更让他没有想到的是（当然马松也没有想到），那个装鬼的李棍并没有走，此刻因为无处躲藏，蹲在通往"女尸"之路的一簇花丛里。

可以说，李棍也没有想到，他刚才趴在窗户玻璃上的表演没有达到应有的效果。他现在很紧张，蹲在花丛里一动不敢动，难受得要命。而马松又偏偏指引他的岳父往他所在的方向走来，眼看马松的岳父照着手电离自己越来越近，李棍前无出路后无退路，狼狈不堪。他不得

不憋足力气，就在马松的岳父将手电照向自己之际，大喊一声，从花丛里跳了起来。

而此时，马松的岳父一心想走到那个埋葬女尸的角落，完全没有注意到小径边的花丛。李棍突然跳起的一瞬，他恍惚看见了如妻子说的那个鬼，他感觉心脏咯噔一声断了一样什么东西，他赶忙欲转身向后逃去，不料撞见因受惊忘了收回表情的马松怔怔地站着（事情发生得如此突然，马松同样吓得不轻），两眼上翻，伸出舌头。岳父一惊之下，心脏发出连续的断裂之声，倒在了地上。岳父喊道，有鬼，有鬼。岳父死过去了。

马松起码有半分钟不知身在何处，再看李棍，他同样不知所措地站着。笨蛋，你快跑啊！马松喊。李棍这才翻身跃过栅栏，摘下了面罩，跑远了。

自然，李棍逃跑的时候，屋里的江嫣和她母亲已经赶出来了，她们终于明白鬼屋闹鬼是怎么回事，气得就差晕过去了。你为什么要这样对待我们啊？你为什么要吓唬我们啊？！岳母捂着脸，哭起来的声音就跟毛驴在嘶叫……

只是马松的岳父昏迷不醒，她们现在还无暇就地审判马松。她们一个跑进屋去打求救电话，一个瘫在岳父身边，悲戚、惊恐地呼喊着丈夫的名字，老江，醒醒啊！醒醒啊！马松岳母的呼喊，夹着颤抖的哭声，在住宅楼间回荡，引起了整个小区的恐慌。小区的保安倾巢出动，一些助人为乐的业主也起了床。

不用说，事情可真变得热闹了。不明真相的和欲知道真相的人，都挤在洋葱头家的花园旁，有的说夜里马松的岳父见鬼了，并且形容鬼的模样；有的说是女婿把老头子打成这样，因为老头子偷了女婿的钱去找妓女，这个岳父真不是东西；有的说老头子是梦游者，如果看到一个人在梦游，千万不要去叫醒他，老头子就是因为在梦游时被叫醒，结果成了这样。五花八门。什么说法都有。最后警察也介入了。

警察的介入并非像某些人期待的那样，是跑来抓鬼，或者维持秩序的，而是因为保安发现住在洋葱头家的这四口人，身份极其可疑，他们赶紧报了警。总之，马松岳父在苏醒之前被送到了医院抢救，而马松则被警察带走了。你也可以想象得到，马松在审讯室接受审讯的心情。他几乎要发疯了。他在审讯室大喊大叫，拒不承认自己是入室抢劫犯，也不承认是他勾结外人装神弄鬼。

你这是什么意思？一个警察用一根手指头指着马松的鼻子。你说话要动脑子，你有房子出租，为什么还要撬开别人的房子？这样做仅仅为了好玩吗？马松脑袋嗡嗡直响，有气无力地说，一点也不好玩。警察就再次暴跳如雷起来，好一个嘴硬的家伙，别装蒜了！给我放老实点儿……

当审讯结束，马松被放出来的时候，他头痛欲裂。一个警察把他带到了一个敞着门的地方，对他说，你可以走了！以后请你识相一点！此时，天已蒙蒙亮。在经过了担惊受怕的一夜，马松又困又乏，猛一走到派出所门口，他才发现自己根本不想回家。他很清楚这新的一天，他将要去面对什么，他打了一个激灵，思想被回家的情景压垮了。

我还可以待在这里吗？我还想回到板凳上睡一会儿。马松问。

不行！给我快滚出去，快滚！那个警察呵斥着，狠狠地推了他一把。

马松就这样来到了街上。他的眼睛虚焦空茫，恍如木偶泥胎一般。我该怎么办呢？马松在街上漫无目的地游走，感到泪水涌出了眼眶。他走着走着，没有目标，没有方向，感觉不是自己走而是有人推着他走似的。终于，马松走累了，瘫在街边绿地的石椅上坐下来。他很困，竟然坐着睡着了，睡着之后大概又做了噩梦，几次大喊大叫起来。街他现在唯一的想法就是躺在床上，睡得像个死人。可是多少烦人的事，再次涌现在脑海：岳父，岳母，江嫣，医药费，洋葱头，出版社，领导，同事，按揭，催款，债务，乡下老父母……它们像胃酸一样不断地泛上来……

边的行人躲得远远的，以为这是一个人垂死的过程。直到马松放在胸口的手机响了，马松才从梦境中摆脱出来，他醒了。

　　电话是李棍打来的，问，马松，我已上了火车，就要走了，你岳父没事吗？啊？可把我吓坏了！

　　马松张着嘴，嘴唇抖动半晌，才说，没事没事，兄弟，我们挺好，放心吧。

　　马松挂了电话，又来到了街上。街上变得更嘈杂了，车来车往。马松走了五分钟，感觉自己越来越滞重，发软的身子如一袋被雨淋湿的面粉。他现在唯一的想法就是躺在床上，睡得像个死人。可是多少烦人的事，再次涌现在脑海：岳父，岳母，江嫣，医药费，洋葱头，出版社，领导，同事，按揭，催款，债务，乡下老父母……它们像胃酸一样不断地泛上来……

　　他最终停下了脚步。他注意到，一个流浪汉正在朝他走来，夸张地哼哼。

　　行行好，先生，我没钱吃早餐。

　　马松摸了摸口袋，口袋里还有一百来块钱。

　　对不起，这钱我不能给你，我要用的。马松说。

　　流浪汉很失望，正要走，马松却摸了摸手机，叫住了他，兄弟，你要上哪儿去？

　　我想上哪儿就上哪儿，四海为家。

　　你，能带我一块儿走吗？

　　不行。我喜欢一个人。

　　那就算了，马松说，你不是一个好相处的人。

　　流浪汉没说话，瞪着一双玻璃珠似的眼睛。

　　马松说，喂，我有一部手机，对我来说已经毫无用处了，送给你，要吗？那个流浪汉说，要。马松就把手机交给了他。他大概还没有拥有过一部手机，所以当宝贝一样拿在手里。

马松说，你得答应我，过一会儿，如果有一个凶巴巴的女人打电话来问起我，你就更凶巴巴地答：我不回家啦！

你是谁呀？！流浪汉问。

马松摆摆手，说，我是谁不重要。

流浪汉点点头，头也不回地走了。马松目送他，直至踪影全无。

我变成一个自由人啦。马松心想。

守法公民

蒋 锋

1

　　我二十二岁那年过得并不好，我可能一生过得都不好。这一年我快要挺不下去了，十二月底我给我继父于勒写信解释，前段时间没回信因为我在忙，用不着内疚，一封封地写信给我，我已经原谅你了。五月份和你分开，回到清华我就开始挂科。我沮丧很长时间，我还不知道今后做什么，有人十五岁就清楚人生理想，有人如我如你，浑噩至死都不去想想到这世界是干嘛来的。你知道我后来怎么释然的吗？我这样跟你说，我对上什么大学无所谓，可你不是，你把你继子上清华当做是你这一辈子的高光时刻。如果我被清华劝退，最受伤的是你，不是我。我好多了，很高兴。

　　我原谅你了，我依然恨你，我原谅不了你。

　　我不会用你的钱，我嫌你脏，钱脏。在暑假我找了一份兼职，朋友说我声音不错，是那种让人信服的中低音，还有丝青春张力。当然你听不到，到死那天你都不会理解，声音到底是一个什么质感的东西。他推荐我录制广告。工作内容是照稿说"某某品牌是您三生三世的毕生选择"。我开玩笑的，人家没那么多病句。公司那边需要普通话过级，我办了个假证书。东北人口音很难改，不过我是在哑巴楼长大的，口音不重。有几个习惯我必须改，讲话时总忍不住打手势，显得张牙舞爪，再就是说话时我不看眼睛，老盯着人家嘴，想你那点读唇术的技巧。这些都是跟你这个聋子学的。一起生活那么久，不管多少年，不管你活着还是死了，你已烙在我人生的每个阴暗角落里。你放心吧。

　　我恋爱了，女孩叫谭欣，在美院读大二。那感觉真好，我每时每刻地都想着她。你若问她哪儿好，我爱她什么，一时还真说不上来，我觉得她就是天使。也许你是对的，我就是急着找一个亲人，那又怎样？我曾以为在这七十亿陌生人的世界里，你是我唯一的家人。我妈不算，精神病人都活在另一个维度。你不是，你只是聋哑，你该成为我父亲的，可我看错了。你的所作所为比陌生人还陌生。我恨你，就算我原谅你，你也只是陌生人。

　　我时常用数字回忆我们俩，我第一次见到她，我第一次和她约会，我第一次对她表白，我第一次和她亲热，我们第一次吵架，我第一次对她说"我爱你"，我们第一次计划未来。我能感觉出我俩每一天都在向对方靠拢，越来越近，直到我们成为夫妻，成为亲人。或者，直到我们分手。

　　是的，我失恋了，到今天都无法平复，这让我更加恨你。如果不是你弃我而去，我不会那么慌张地爱一个人，更不会就这么让某个女孩瞬间把我的心掏了。我真不知道人生往下怎么走，我怕我挺不过这我第一次见到谭欣是在北京的一家餐厅，我们一共是四个人。我朋友见女网友，可能怕尴尬，他俩说好各带一个添头陪聊。那边是谭欣，这边带了我。

一年。

写了这么多，我犹豫半天要不要撕掉，继续无视你的来信。好吧，留下这封信，寄给你。当我什么都没说，当我原谅你了。我很好，过得非常好。我会好起来的，那么长那么苦我都撑过来了，长大了。我要告诉自己，前面有万丈四射的光芒在等着你许佳明。就像我外公去世前对我说的，等你长大了，一切都好了。

还有，不用写回信，我不想看。要是你还脆弱，想跟我说说话，用不着把你的地址写信封上。你那地址不光彩，我不想跟我同学解释，这是我继父的来信，我们亲如父子，哪怕他在铁北监狱等死刑，哪怕他今年杀了两个人。

2

我第一次见到谭欣是在北京的一家餐厅，我们一共是四个人。我朋友见女网友，可能怕尴尬，他俩说好各带一个添头陪聊。那边是谭欣，这边带了我。那天气氛并不好，我朋友和她朋友是初次见面，看得出来，他俩都觉得对方见光死，和照片差距太大，尤其是那女孩的照片，不是艺术照的问题，画的照片吧？我看看我朋友，唉，你早该想到的，人家学的就是绘画。

我们先两两介绍，我朋友指着我说这是清华的许佳明，单身，什么都懂点，属于万能青年旅店式的人物。最后一句算他的哏，真有家连锁酒店叫万能青年。可谭欣不在意，低头刷手机，被她朋友拉一下勉强说声你好，然后那么好看的眼睛又落在手机上。我是个记仇的人，瑕疵必报，再说也不能就这么被她无视了。等到她被介绍自己叫谭欣时，我及时接一句："谈心？那你外号叫聊天吗？"

哟，眼睛瞪圆了更好看。她对我摇摇头，一脸失望表情跟演出来的一样，说："你猜对了三分之一，我的外号是六个字——不想和你聊天。"

虽然冷冰冰，可是这句话接得真漂亮，我一瞬间被她迷上了。不过她确实没再理过我，他们仨聊起清华和美院附近都有哪些好吃的这么蛋疼的话题。每次我刚一介入，就跟拉警报似的，她立即低头看手机。算了，我专心吃东西。

买单后俩姑娘感谢我朋友的丰盛晚餐，好像谭欣吃多了，揉着肚子说："这一顿得吃掉多少卡路里啊？"

这个我刚好了解，再不说她就彻底记不住我了："知道卡路里是什么吗？"

"热量，"她皱眉看着我，"热量单位？"

"废话！我是问，一卡有多热？"

"一卡就是一卡啊，这个没法描述，就像我问你一度有多热，你能回答吗？"

"一度是水的冰点到沸点温差的一百等分，前提是在一个标准大气压下。"

她眯着眼睛想了想，说："这我也知道啊，冰是零度，开水是一百度。"

"你刚才可不是这么说的，你说，一卡就是一卡啊，一度就是一度啊。"

"好吧，那一卡呢？"

"一克水提升一摄氏度所需要的热量，也是在一个标准大气压下。"

服务员过来找零，问开发票吗。我朋友怕我们吵起来，借机解围问我，是开你公司的，还是开我公司的。这又是个玩笑，她们俩没笑，以为我们真是老板。这就不好了，玩笑没开好，再误以为我们内心虚荣跑火车。但我朋友不放弃，重复追问我一遍，开你公司还是开我公司的。我和谭欣还在对视，冲他一扬手说，好吧，开你公司的。他对服务员打个响指，吩咐道："无码影视责任有限公司。"

她俩还不笑。服务员认真问他，哪个无哪个码。我朋友挥挥手说，走吧走吧，不开了。几个人起身，只有谭欣不动，她想跟我最后一辩，指着我结巴两秒，估计连我名字都不知道。

"那个谁，知道这些有意义吗？那就是个单位，我们只要了解，人每天应该摄入多少卡，超出的部分会变成脂肪，就可以了呀。"

"许佳明，我叫许佳明"我拇指点着胸前说："那么请教谭老师，人每天应该摄入多少卡？"

"呃？"她还是不知道，咬着嘴唇想怎么反击我。"这个不一定，一定的是，你肯定要比一般人多。"

"两千卡左右，男人多一点，女人少一点，浮动不应超过百分之十五。你刚才吃了差不多一千卡，作为晚饭是多了点。"

她朋友问我是不是学这个专业，卡路里营养学什么的。我朋友说，早讲过他是万能青年旅店，不用搜索的百度百科。他打趣说，别争了，又没奖品，招呼大家带好东西下楼。谭欣跟在后面一句话不说，在电梯里都能听见她咬牙切齿的咯吱声。

外面下起小雨，淅淅沥沥的，但还是有一半人没打伞。我朋友不打算送她俩回校，似乎他已经计划着回去就把那女孩的照片全删掉。等出租车时我们握手告别，心里都清楚男男女女四个人，无非是萍水相逢，说声再见就是再不见了。轮到谭欣与我道别时，她气鼓鼓地说："你赢了，再见。"

眼睛真漂亮，一时我一句话都说不出来，忍不住就像俯身亲一口。这时车来了，我朋友让她们先上。我跑两步替她打开车门，鼓足勇气问她要电话。

"为什么？"她问，好像我要电话很意外似的。

"因为，"我想好理由告诉她，"如果没有你号码，回头你消失在北京两千万人里，我就再也找不到你了。"

貌似我说动她了，她让她朋友先上车，抓着车门考虑了几秒，对我说："北京有两千万人吗，这么多？"

3

我最后一次见到我继母林莎是二月初九，于勒的五十岁生日。每年这时候我不回去，今年比较特别，知天命的大日子。我提前发短信给他，说我已经请好学校的假，早上火车中午就能到家。几分钟后他回复我，NO！他不想我太奔波，过生日也就是一顿饭的事，用不着这么大费周章。我说平时你又不过，五十岁自然要好好操办一下。下条短信他回了三个NO。这是我们之间的约定，回三遍表示这事儿他定了，没商量的余地。我说好吧，你叫些朋友来，多吃点好的。他回复，OK。

我继父打不了电话，手机只用短信一个功能。确切地说是收短信，他不会拼音打字。似乎有意抗拒，怎么教都不会，因此我还气过他固执。我后来明白了，这些字的发音他没听过，所有汉字对他来说就是无声的符号。手机键盘找不到"不"这个字，但是N和O在那里，点开发送就好了。

我那天还是回去了，我送他一部支持手写汉字的手机做礼物。看见他那么高兴让我一阵一阵地想哭。他打手语让我带点钱回北京，买了手机生活费就不够了。我表示不用，我准备下半年找份兼职，本来大四就是要实习的。他摇摇头，对我比划不要实习，准备考研，争取去美国读硕士读博士。我说你养我快二十年了，该我养你了。他说他有钱，每天摆地摊能赚好几十块，用不着小兔崽子你来救济我。他越说越急，我干脆打断他，我说你那不是摆地摊，你那跟残疾人要饭没两样！他扭过头，不看我说话，把手机装盒里推还给我，把自己关在厨房煮饭炒菜。

我可能伤了他，我不愿意看见一个我叫他"爸"的人无论春夏秋冬，常年跪在马路上，左边写着"救救聋哑人"，右边卖着十元一件的小工艺品。几年前我继父赚过钱，不干净，但是过上了好日子。后来被人举报，半年里赚的连同一点家底都被罚光。我继父怀揣小刀满长春也没找到举报者。于勒会永远记着那张脸，那个人对我继父讲，聋哑按摩院的服务太不到位了，不退钱我这就去举报你；他对派出所讲，聋哑按摩院太肮脏了，这个城市被他们搞得乌烟瘴气。

这些都是我无法承受的泪点，他在厨房生了两个小时闷气，给我做了一桌子好菜。我手摸着下巴说，我叫你一声爸，肯定就得给你养老，我不想你太苦。我不想这边读着清华，那边有人背后戳我脊梁骨。他举着酒杯，让我别说了，干一个。

我们那天喝到很晚，爷俩儿喝了两斤白酒。我继父喝的多一点，话也多了起来。这点和正常人一样，酒后都喜欢倾诉。我后来也喝多了，看不清他跟我讲什么，反倒是大声问他，林莎怎么没回来，你五十岁的生日你老婆跑哪去了！他听不到，使劲拍我肩膀，要我仔细看反复打的几句话："怎么活在你，但你一定要替我把这辈子我没能力做不到的事情，全给它干成了！"是的，手语是能打出惊叹号的。

我吐过一次才上床，睡到半夜林莎回来了，她在哑巴楼呆了五年，早就习惯做什么都很大声。我听见她在客厅跺了几次脚才褪下高跟鞋，她开我房间门看了一眼，之后回到他们的卧室。我继续小睡，后来彻底被他们吵醒。她们又在闹矛盾，隔着两道门都能听见林莎破了嗓子地冲他喊话。我坐起来听明白大致的状况。林莎两点回家，酒精的原因于勒想和她发生关系。夫妻生活天经地义，况且还是他生日。可是后来发生了点状况，阳痿加上满嘴的酒气，于勒还怪她毫无热情。身下的林莎彻底爆发了。

　　我继父说不出话，就不停地拍墙敲桌子。有时候我还挺佩服他这一点的，百口莫辩，对方又喋喋不休，换我可能都家暴了。我想过去劝劝，推开门我乐了，他们屋里黑着灯呢。两个人吵架，一个看不着，一个听不着，他们只是自我发泄。

　　后来消停了，我却睡不着，闭一会儿眼睛天色大亮，有两个晨练的哑巴在楼下练声。我看眼房间四周，明白怎么回事。林莎轻敲房门问我睡了没。她带着妆进来说她出去住几天，走之前得看我一眼，说会儿话。我说这次是我不对，回家没提前打招呼，把你挤那个房间去了。

　　"这是你卧室啊。"她笑道，"你回家有什么不对的。"

　　"昨晚喝多了没注意，刚看出来，你们已经分房睡了。给你弄个措手不及。"我掏出烟，问她抽吗。她摆手不要。我自己点上问："你们没有解决办法了吗？就这么一直分着？"

　　"有啊，离婚就行，我不是忘恩负义的女人。但他不离。"

　　"必须要离吗？没有别的办法了？"

　　她不想跟我聊这个，端详着我感叹："你现在真出息。有时候想想都可乐，我和你爸都没孩子，倒是把别人的孩子养到清华去了。不怕你笑话，我外面都跟别人得瑟说，我儿子在清华。"

　　"应该的，你要是想让我叫妈，我现在就喊。"

　　"你可别催我老。"她笑了，"来，给我也来一支！"

　　点上烟后我俩一时没说话，烟雾逐渐飘散，我继父在大屋醒来，站在她身后，打手语问我，她说什么了，别听她瞎掰。林莎回头白他一眼，跟我说："别管他，咱聊咱们的。"

　　我继父继续打手势，反复打她外面有人，给他戴绿帽子。林莎反而话多了起来，眉飞色舞地找各种话题。我知道那不是给我说的，就是做给她男人看。于勒直勾勾地瞅着她的嘴看了半天，不明白她讲什

> 我第一次约谭欣还是拜我朋友所赐，我求他把那
> 两个姑娘约出来。这让他为难，他跟我强调他要忘记
> 那个噩梦，画出来的女人。

么。他也不走，就屏住呼吸地盯着她后脑。我应该猜到的，那眼神不是什么好兆头，那些都是计划的一部分。

我背靠着窗户抽烟，晨光中我看见她也老了。林莎比于勒小一轮，比我大十六岁。不得不承认，在我青春期的那几年她一直是我甩不掉性幻想。林莎十八岁就出来做小姐，三十岁那年有个哑巴时常光顾她，三年之后嫁给了这个哑巴，跟着这个男人进了哑巴楼。在她三十八岁零七十天的夜里，那个哑巴将她和情夫杀死在床上。她的后脑被一锤凿开，等警察发现时，脑浆都流干了。当值李警官为我着想，只给我看了现场照片，于是我连尸体都没看便去了火葬场。那天成了我最后一次见到林莎。

4

我第一次约谭欣还是拜我朋友所赐，我求他把那两个姑娘约出来。这让他为难，他跟我强调他要忘记那个噩梦，画出来的女人。我借用他的手机偷发了短信，叫她务必把谭欣带过来。那边受宠若惊，以为我朋友在这两星期里对她念念不忘，费劲口舌才把谭欣拖过来。

吃饭那天穿帮了，谁也没给谁发短信，全是许佳明搞的鬼。我朋友愤怒，那女孩沮丧，谭欣是一脸无奈。我道歉说都怪我，我也是为了我们四个再聚一次，我请客好了。没人理我，买单是理所当然的。

他们三个各种无聊，我朋友一口不吃，托着下巴望窗外；那女孩都吃完了，还拿着菜单翻来翻去；谭欣把土豆泥和沙拉酱混在一起，将桌上能用的调料一股脑倒进去，搅啊搅的。我夸奖谭欣，说你今天穿得真好看。

"嗯？"那女孩放下菜单，展展衣摆说，"是吗？我昨天刚买的。"

"不是你，是谭欣。不过你穿得也还好。"

"哦，谢谢你。"谭欣把叉子放下，上身倾过来，笑咪咪地对我说：

"行了吧。"她让同学先走，她等下追过去。"你不是说我消失到北京两千万人里，就找不到了吗？"

"但是美院只有三千六百名学生，这个好找一点儿。"

"许佳明，从现在开始，你一句话也别说，直到结束好不好？"

"你确实穿得很漂亮。"

"一句话都别说，"她对我摇摇手指，又眨眨眼，"你行的，看好你哟。"

我第一次对谭欣表白是又两个星期后，夏日傍晚，美院的宿舍楼下。两个小时有上千个女生出出进进，还真认真比较了一下，最好的那几个也没谭欣好看。差不多十点半，我打算不行先回去，明天再来的时候，谭欣和几个女孩出来了。她们每人端着一个塑料盆，穿着夹指拖鞋从我身边走过。我故意咳两声，除了她所有女孩回头，发现我不是熟人，继续前行。我追两步叫住她。她隐形眼镜摘了，都快贴上了才认出我，"咦？咦？咦？"地说不出话来。我说刚在附近办完事，路过你们学校，就过来看看。

"办什么事儿啊，这么晚才完事？"

"都是小事，拯救世界和平一类的。"

"顺利吗？"

"呃？不是很顺利，明天重启和谈。"

"行了吧。"她让同学先走，她等下追过去。"你不是说我消失到北京两千万人里，就找不到了吗？"

"但是美院只有三千六百名学生，这个好找一点儿。"

"有那么多吗？"仿佛真想一个个查出来似的，她想半天。那几个同学在浴池门口喊她，催她快点。她对我说："我要去洗澡了，你要去吗？"然后她觉得这笑话不错，比我世界和平那个好玩多了，自己笑半天。

"你真请我？走吧。"

"你倒是有便宜就占。你早点回去吧，明天的世界和平还得靠你呢。"

她笑了，过了几秒说："许佳明，你知道我讨厌你吧？被一个讨厌的人说喜欢，我也不好受。我得消化几年。"

"你多长时间洗一次澡？"

"你干嘛？"她退后一步，审视我。

"我在这儿等三个晚上了，这是头一回见你出来洗澡。"

"胡说，我们还有一个门，好吗？"很快她抓住重点了，"你等三个晚上干嘛？"

"找你啊。"

"你别弄得跟追高利贷似的，你找我什么事儿啊？"

"我就是想告诉你，"我回头看看，好像有人在后面叫我似的，背对着她快速说出来："我喜欢你啊。"

"什么？你转过来说！"她把我身子扳回来。

"喜欢。"

"什么玩意儿？谁喜欢谁啊？"

"我喜欢你，我讲完了。"

她眯眼看看我，确定我这次没开玩笑，点点头说："哦，我知道了，你走吧。"

"没了？"

"你要什么呀，我给你打车钱啊？"她问。

"我不要什么，但你发我张好人卡也行啊，许佳明，你人不错，又聪明又英俊，可我谭欣真心觉得配不上你。你这么说也能让我舒服点啊。"

她笑了，过了几秒说："许佳明，你知道我讨厌你吧？被一个讨厌的人说喜欢，我也不好受。我得消化几年。"

"那我喜欢一个讨厌我的人，不是更难受？三生三世都消化不完。"

"有那么久吗？你先回去试试，下辈子还难受，就来找我。"

"你总给我留个电话吧，也不算我白来。这你怕什么呀？我又强奸不了你号码。"

她又哈哈笑几声，"这样，我说一遍，看你能不能记住，记不住就说明，咱俩真心没缘分。"

十一个数字她一秒钟就说完了。我回味了半天，确实没记住。她往浴区看看，那几个女孩早进去了。她说她再不去，浴区就关门了。

"但是，我等三天了。"

她面冲我倒着走，一时心软了，许诺我："明天再说行吗，许佳明？我跟你保证，明天一天，我吃饭、上课、洗澡，都从这个门走。"

5

我继父知道外面那个人叫钱金翔，我继父还知道林莎二十年前就想嫁给他，哪怕他有家室，只做小老婆也心甘情愿。但是人家没娶她，林莎嫁进了哑巴楼，这两个人还牵牵扯扯藕断丝连。有那么几年钱金翔消失了，和老婆孩子搬去外地。我继父以为这事就算过去了，他们两口子带上许佳明，从此以后好好赚钱过日子。我相信林莎也是这么想的，我相信她还是把于勒当自己男人的。

只是那男人又回来了，正月刚过钱金翔又出现在长春，以前银白的头发基本掉光，但人还是这个人，那双深情的眼睛还是令林莎无法抗拒。他说他老婆冬天车祸去世了，他一下子老了十几岁。打击过后，他只剩下一个心愿，娶林莎为妻。这是最好的时间，唯一的机会。以前不行，他有家室，以后也没戏，他老了，活不了太多年了。

我不清楚他们怎么过来的，什么样的爱情，能让林莎打少女时代就苦守着这个有妇之夫，即使她做了妓女，即使她有了丈夫，她还是可以为这个男人随时随地地融化。一个月后林莎摊牌的时候，她对我继父写道："老钱六十五了，快死的人了，这辈子总要做一次他的女人。"

谁都不是一开始就动杀机的。过完五十岁生日，我继父同意放手，让林莎跟他走。林莎在题板上写，一日夫妻百日恩，老钱有些积蓄，已经同意给他留二十万。我继父先写不要，犹豫下擦掉水笔字，写下了最差劲的一句话——给许佳明出国留学吧。

两人连写带比划，都哭得一沓糊涂，夜里他把自己的老婆送出门，对她打手语说，十年二十年后，这个人没了，我要是不死，就在哑巴楼等着你。五年的时光，林莎已经会一些简单的手语，她握紧拳头，拇指伸出来弯了两下，又指了指于勒，含着眼泪重复打这个手势，嘴里喊着谢谢你，谢谢你。我继父挥挥手，走吧，走吧。真是的，他想要的可不是这句话。

林莎和钱金翔打算去南方生活。出发以前她要再回家一趟，把衣物打包带走。上一次已经彻底分别，他不想再为她哭第二回。他请他最好的哥们郝叔叔报了大连的五日团，他算准日子了，老虎滩归来，家里就他一个人了。

郝叔叔跟我继父刚好互补，他只是哑巴，能听懂导游的介绍安排。他坚持要自己掏团费，不让我继父请他。他清楚我们家的状况，清楚这次的任务是要陪好于勒，帮他挺过来。在火车上他们就喝多了，于勒憋着火讲，他俩就在他眼皮底下，给他带了五年的绿帽子，五年的绿帽子！还好只是手语，这么大的怒气也没有把卧铺的乘客吵醒。

大连是东北第一旅游城市，被誉为北方明珠，能玩的景点数不胜数。头一天是金石滩，他俩在宾馆喝了一天酒；第二天是森林动物园，他俩在宾馆喝了一天酒。于勒跟他保证，明天老虎滩肯定出门，不能白来。然后他又说起了林莎，连喝两天他有些恍惚，他说我应该离婚的，我本来有机会的，我应该离婚的。

两种表达的又一区别，说话嘴瓢的不多，但手语着急了经常漏字。郝叔叔确定他原话是"我不应该离婚的"。他闭上眼睛，这几天他被折磨够呛，不想再看于勒打车轱辘话了。小睡一会儿他被一阵晚风吹醒了，那是最惬意的时刻，躺在夕阳下的海景房，任凭海风把自己酒醒后的汗水哑哑吹干。只是那不是海风，是窗户和楼道形成的过堂风，有人把门打开了，有人回到了长春。

林莎两人是次日上午的机票，坐火车肯定来不及。大连到长春又没有飞机，于勒举块"到长春1500"的牌子站在路边，二十分钟后他改成"到长春2000"，一个尾号3330的出租车司机让他上了车。三天后警察奔赴大连找到这个人，他死也没想到，这个出手阔绰的哑巴是着急回去长春杀人。

我相信他并不是想杀人，我相信他只是要争取最后一丝希望。我在拘留所见他时，他依然对林莎无法释怀。他跟我讲，他早该听林莎的，去离婚。隔着玻璃窗我打手语说当时问过林莎，你们的问题能解决吗？她说离婚，离婚就行，她不是狼心狗肺忘恩负义的女人。我继父看完我的话，气都喘不上来了。我有些绕晕了，如果你和林莎没离婚，她怎么可以跟钱金翔就那么跑了？

他哑语说，我俩离不了，因为我和林莎没结过婚，当年就办了酒席而已。

那她说离婚是什么意思，跟谁离？

他把椅子往前搬，仿佛怕我看不清他说什么似的。他哑语说：你知道吗，我从来就没跟你母亲离过婚，也就是说，我根本就没娶林莎。

我被吓到了，我妈住进精神病院已经二十年了，我以为他俩早完了。我问他为什么不离。他一个劲地摇头。我说，你知道林莎过去是干什么的，她想好，不当小姐了，这辈子的理想其实很简单，就是嫁一个男人，跟他好好过日子，钱金翔那么多年没娶她，她跟你五年你还不娶她。你这样会让她感觉，她是你白睡五年的小姐。我眼睛有点酸，我跟他说林莎挺好的，对得起咱们爷俩儿，你不该这样，你不该让她命苦一辈子。

看守员过来架他双臂。他挣脱几下打着手语告诉
我：我不跟你妈离婚是因为，离了婚，你就不是我儿
子了。

他直点头，我看见泪水一滴滴地往地上掉。

为什么不离婚，为什么不跟我妈先离了？他看着我手语答不上来。我拍拍玻璃窗，让他看着我：喊出来！你只是聋子，还不是哑巴！你给喊出来，你欠林莎的！你为什么不离婚！

我继父天生失聪，虽然理论上可以说话，可他无法明白那些音是怎么发出来的，语言的节奏有多奇妙。他嘴唇拱一个圈，他知道人家说"我"的时候，嘴唇都是这样的，鼓了半天胸腔说出的"吾"，像是被逼急的野兽。我在他面前打手语，喊出来，你个哑巴！他吼了几遍"吾"，又连说几声"不"，第三个音他知道嘴型，说了半天都听不出是什么字。我反复打，喊出来，你个哑巴！他努力对几次口型，失败后他干嚎着乱叫起来。

我右侧两个探监的家属和犯人扭过头看着他。关在铁北监狱的都是重犯，早晚拉出去枪毙的那种。可能和家里在十五分钟的探视里在强颜欢笑，报喜不报忧。而我的父亲的情绪让他们一下子绷不住了。一个中年犯人侧过身来对着我继父泪流满面，他们清楚，这个哑巴也要死了。

看守员过来架他双臂。他挣脱几下打着手语告诉我：我不跟你妈离婚是因为，离了婚，你就不是我儿子了。

他被看守员拉走，我看着他背影"哇"地一声就哭了出来。他听不见，我砸着玻璃窗冲他喊："你个傻 X！这么大的事，你不找我商量拿主意，好像就你最明白！你他妈杀了人家两个人，毁了林莎她一生！你个老傻 X！"

6

我和谭欣第一次吵架是在 798，好像是每年一届某种世界级的画展移师北京，让中国人见识一下二十一世纪的艺术家都在干什么。因

为谭欣想去，我才想去。我不喜欢那次展览，798 里的艺术品无非是点子和创意，而这本应该是最廉价的。他们处心积虑想标新立异，吸引评论家文化解读，让买家掏钱买走，我仿佛看见 798 的艺术家躲在画布后面偷笑。

上千副画挂在展厅，旁边标注上百位画家的生平及成就。我想谭欣且得逛上几个小时。我出去抽烟，回来看见她还在，又出去抽烟，再回来她不高兴了，嘟着嘴问我，不是答应戒烟了吗。我跟她说我真戒了，只不过我刚才领悟到，上帝把一天二十四小时划分成一千个单位，有些单位就是给抽烟准备的，比如现在，陪你来没事干，就是老天赐给我的抽烟时间，不抽烟我会逆天的！

"我跟你说，你最神奇的一点就是，你总能把错误诡辩得理所当然。"她笑眯眯地说，"又不是让你陪我逛街，这是画展，文艺一点会死嘛？"

我站在身后听她讲解波普、超现实、野兽、涂鸦，然后她如期中小考一般，指着一组问我怎么看。那是三幅油画，命名为《崇高一组》，头一副是红白蓝三种颜色无序地铺满画布；第二副更夸张，画一幅美国星条旗；第三幅呢，谁他妈把第三幅画偷走啦？那就是一张白画布，右下角是署名和落款。

"你让我说什么？"我问。

"谈谈你觉得哪里好？"

"我不觉得好，它不该摆在这儿，应该放在朝阳区环卫局。"

"什么意思？"

"垃圾就应该扔到垃圾站嘛。"

"你不用这么说吧？你可以看看这个艺术家的生平。"

左边有画家简介，一副自画像，一脸的褶子，估计年纪不小了。下面是他的介绍，Lee Choi, 1952—。真够装逼的，百十个单位介绍他一生。中国人，十几岁到美国学艺术。年轻时穷困潦倒，什么苦都吃过，难得的是坚持，2000年以后，年纪大了，人品也攒足了，他已经成为世界级的顶尖大师。

"你想说什么呢？我无知者无畏，是吗？"

"我不想打击你，许佳明。术业有专攻，如果你不懂，就承认你不懂，没什么的，但你没必要说人家垃圾。每一副作品都有它的立意和想法，就算你与他无关，你也应该对他的思想心存敬畏。"

"头一副，红白蓝三色，自由民主博爱；第二幅，美国是人类的希望；第三幅，一片空白才是崇高的本质，空无？禅宗的境界？不过如此，他把这些陈词滥调翻译成画，再沽名钓誉地等着评论家翻译回去，但还是改变不了它陈词滥调的本质。这能叫大师吗？"

"他是我偶像。"

"那你得抓紧时间换一个。"

她咬着嘴唇，鼻子一抽一抽的，我觉得她都要哭出来了。好像多大事似的，她转身往外走。我跟在她后面，穿过三条小路，一个池塘，翻过一座假山，经过798大门的时候，我说我错了。她没回头，看着街上的车说你没错，是她无理取闹。于是我又管不住我的嘴，我说："其实我是真觉得我没有错。"

这时她停下来，转身问我："许佳明，你有偶像吗？"

我过了一遍这二十二年，告诉她："没有。"

"知道为什么吗？因为你骨子里是一个非常挑剔、非常刻薄的人。"

"那又怎样呢？"

"这样，你永远不会对这个世界有敬畏之心。"

好像喉咙被她扎了一针，她说得对，我能隐约感觉到这次不可以诡辩。就是不敬任何事，我觉得自己活得跟行尸走肉一般，没理想，没方向。但是，又能怎样呢？我想岔话题，哄她开心："可能长这么大

> 我知道我有多可悲，我一直以为这世界没有什么
> 是值得我许佳明穷尽一生去追求的。我二十二岁了，
> 我不屑 A，不屑 B，我都不知道自己这辈子要怎么过。

我只觉得，全世界只有你才是完美的。我说真的，没有油嘴滑舌。"

"有一天你也会挑我的缺点，不一定是缺点，仅仅我和你不一样的地方，也会被你说成可耻的缺点。因为你太聪明了，你真是万能青年旅店，什么都懂，什么都能一击致命。我会被你完全洗脑，认为过去的我就是一坨屎，你的生活才是最高尚的人生，我得努力去追赶才配和你在一起。你太可怕了。"

"我不会那样的，尽量不会。"

"那个画家，我的偶像，我十三岁看见他的作品，就此有了梦想。学绘画，考美院，坚持这么多年，这时候你来了，你用你的聪明三言两语就摧毁了我的偶像，但事实上，你在摧毁我一直坚持的东西，我的梦想，我的信仰。我没气你，我气的是我自己，我气自己刚才差那么一点点就被你洗脑了，那一瞬间我都考虑过，如果放弃画画，我谭欣还能做什么？"

"我知道我有多可悲，我一直以为这世界没有什么是值得我许佳明穷尽一生去追求的。我二十二岁了，我不屑 A，不屑 B，我都不知道自己这辈子要怎么过。但是，什么艺术、理工，我一眼就能看出这行业的软弱，致命缺陷。我没法敬畏啊。"

她左右看看，跟我要支烟抽，头一口便呛得把眼泪都咳出来了。她食指揉揉眼睛说："我们先冷静一段时间？"

我害怕了，双腿抖得站不稳。

"我不是说分手，那太俗了。我相信咱们俩肯定比那些人的恋爱高一个层次，我只是需要一点时间让自己强大起来，等我明确鉴定，不会善变，才敢跟你在一起。"

"那是多久？一分钟？"我抬手看表，"五十九，五十八，五十七，五十六，那是多久？你告诉我，我什么也不干地等你。"

"别着急。这一个月没白过，起码你让我知道全北京两千万人，"

她摸摸我头发，保证道，"只有你和我是天生一对。"

7

尸检报告表明，林莎和钱金翔死于十四日凌晨一点前后。我继父在钱金翔的箱子里翻出一张存折，不小的数目，他动了心。由于存折一定要在开户点取款，五个小时后我继父搭上去了松原的客车。在松原的银行职员李文娟后来对李警官交代，十四日上午九点半，她等下一位客人，有人从窗口递进一张纸条，上面写着"全取出来"。她开始还以为碰上了劫匪，准备弯腰取抽屉里的家伙。后半句她忍住没说，她早就把电棍和小刀藏在柜子里，银行枯燥的三年里她一直幻想能碰上一次抢银行，由她见义勇为制服歹徒。她觉得那才是改变她命运的唯一可能。

这时外面的客人又从窗口推进来一张存折，冲她点点头。那就不是了，抢匪都是要现金，不可能强迫划账。她有些失望，打开存折，户名上显示这人叫钱金翔。在电脑输入账号后问他准备怎么办。客人没理他。她敲窗户，又问了一遍。那个人明白是在叫他，眨眨眼睛指着"全取出来"那四个字。哦，这是个聋哑人。

这也挺新鲜，虽然没抢银行那么刺激，不过晚饭也能跟闺蜜聊一聊。她们四个姐妹，她觉得自己的工作是最乏味的。她习惯性说句"身份证"，想一想把这三个字写纸上给他。电脑显示共有一百二十万的存款。她那时还倒吸了一口气，真是人不可貌相，聋哑人还这么有钱。她看看存折本颜色，对比下开户日期，按照惯例她要给一个口头提醒。今天不行，长长的一句话她得写纸上："定期存折，现在提出来会损失利息。"

于勒重重点头，又指了两下"全取出来"。存折取款没有最高限额，也无需预约。李文娟把钱金翔的身份信息一一敲进去，之后她又核对一次身份证。不对了，她连忙指指他，又指指身份证上的照片，不停地摇手。那个人明白了，从口袋掏出第二张身份证，这次照片是他，原来他叫于勒。李文娟输入代取款人身份，心想换平常这种情况，可以边打字边问，钱金翔是你什么人啊，这么一大笔钱可不是小数目啊。那边都会笑着回答"朋友、家人或是领导"什么的，反正没有回答"仇人"的。把钱推出窗口她犹豫要不要写下这些话问问，有什么用呢，难道他还真会说钱金翔是我刚杀的仇人吗？

虽然一辈子没希望赚到那么多钱，但她还是清楚一百万是三十五公斤，一百二十万，她转着眼珠换算，八十四斤。她目送于勒把钱背出银行。然后一上午她都被这个念头缠绕，总觉得怪怪的，可能就因为他是哑巴的缘故吧。但是换个角度想，一百多万让人代领就很常见吗？找哑巴领就更绝无仅有了。再说呢，就差两个月十年到期，什么急事至于破了定期取出来啊。而且，还是从长春跑过来！

她真是没事干了，整个午休她都盯着于勒身份信息琢磨这件事。她在垃圾筒把攒成团的纸条翻出来展开，就那四个字，全取出来。啥线索也没有。她翻背面看看，一张撕掉一半的机票，没什么有用的信息，能看到的就是"14th，Apr"和"Lin Sha"。后一个是人名，不是Yu Le，也不是Qian Jinxiang；头一个是日期，四月十四日，不至于巧到是去年今日，那一定是今天。

午休时间大把，她得细细捋一捋，一个哑巴，长春人，跑松原来替别人取钱，一百二十万，破了十年的定期，不怕损失几十万利息，还作废一张机票，Lin Sha今天没走成。不可能，这么多反常，不会全凑到一个事上。她把身份信息打印出来，带上纸条，她得去找经理谈谈，要是经理这次还觉得她妄想狂神经质的话，那她就把警察叫过来，怀疑那么多次，她肯定可以对一次的！

她使劲亲了一下我说："不是一个月，是三十二天，我数着过的。"

8

"什么时候我再惹你生气，然后你依然不理我，让我们再冷静一段时间，这样我们就有第二次做爱的机会了。"

"许佳明，你别蹬鼻子上脸啊！"

谭欣翻过来骑到我身上，轻吻我的眼皮，让我闭上眼睛。我感觉到舌尖从我鼻子上划过，继而舌头在我嘴唇上打了圈。我睁开眼睛，看着她说："这一个月一直都在想你，我怕再也见不到你，我怕忘记你。我把你每个表情都记下来了，想到一个记一个，现在已经有二百三十七个表情了。"

"有那么多吗？让我查查，高兴、悲伤、兴奋、生气……你能想出二百多个形容词？"

"不是那种，是谭欣寒碜我的表情，谭欣看清华怪胎的表情，谭欣被我逗笑的表情，谭欣吃着草莓冰淇淋却眼馋我香芋冰淇淋的表情。"

她哈哈大笑。

"我再记一个，谭欣被我第二个笑话逗笑的表情。"

她笑得更厉害了。

"第三个。"

她憋住不笑，抿着嘴摇着脑袋看我。

"好，第四个笑话不笑的表情。"

她使劲亲了一下我说："不是一个月，是三十二天，我数着过的。"

"你怎么让我有种无以为报的感动？"我赤身裸体下床，打开窗户，秋风扑面而来。我头探出去对着夜色喊："许佳明，你不再是过去的许佳明！从现在开始，你是和女神谭欣上过床的满血复活的许佳明！"

谭欣在被子里笑眯眯地看着我："比第一次还爽嘛？"

"没有，差不多吧。"

　　这是个新表情，她咬住一半的下嘴唇，瞪了我一路。我躺她身边时，估计她想到反击之术了，抱歉道："怪我了，环境没找好，宾馆太普通了，一点不刺激，怎么能跟麦当劳比呢？"

　　"什么麦当劳？"

　　"第一次的地方啊，我十七岁，有回在麦当劳就跟他好了。"

　　"怎么好？"

　　"就是给他了。"

　　我盘腿坐起来，问她："你们在麦当劳做爱，表演吗？"

　　"卫生间，又不是餐桌上。"

　　"厕所？"

　　"我们那时候中学生，哪有钱开房啊，趁没人就去麦当劳呗。"她坐起来说，"谁不是从年幼无知的年纪过来的，我们同学都这样，每个少女在初恋都没学会拒绝，到最后就是迁就小混混男友的过分要求。"

　　"还每个少女？我看就你吧。"我指着她说，"我们中学的时候，也有你这样的姑娘，找个退学的阿飞做男朋友，天天骑摩托车后座上兜风，还自以为挺美的。我最讨厌这样的女孩了。"

　　"你讨厌是因为，她们没跟你这种只会学习努力考清华的人好吧？你生气啦？你先说的，跟我还没你第一次爽，结果你还先生气了。"

　　"没事，就是有点堵得慌。刚还女神呢，一下子变这样了？"

　　她拍拍我肩膀，"来来来，你讲你第一次，让我也堵一堵。"

　　"我没什么好讲的，我们小地方，全长春就一肯德基，没麦当劳。我现在明白了，怪不得长春不让麦当劳进来。我这辈子要是再吃一次麦当劳，我就不姓许！"

　　"你醋性够大的。这样吧，我问你什么，你答什么。第一次那姑娘好看吗？"

　　我看着她，我觉得我可以说实话："好看，非常好看。"

"比我还好看吗？"

"比你好看？"

"忘不了是吗？"

我点点头，说："永远忘不了她。"

"贱人，你们俩都是贱人！"她控制一下，"第一次什么时候啊？你们两个小贱人在哪做的呀？"

我有点走神，任她又问了几遍。我其实不是很想说这个，她所谓麦当劳的故事也没怎么伤到我，多少有一点，小小地惋惜。可是又能怎么样？就像她说，这不就是成长的代价吗？

"说吧，"她咬着下嘴唇问，"你第一次在哪啊，她家还是你家啊，等爸爸妈妈去上班，你俩逃课滚床单，是不是？"

"你真要听吗？你不想知道的。"

"我是不想听，刚才不是让你生气了吗？说吧。"

"我想起我十几岁喜欢的一个女孩，就房芳，一天偷看她三百遍的那种。属于暗恋，后来终于鼓足勇气给她写了封情书，寄到她家里，结果她死了。永远都不知道我喜欢她。"

"那第一次就不是她喽。"

"姐姐，暗恋！她没收着我的信，死了好几天，信才寄到她家，她爸爸打开看了。这也挺好，女儿刚没他肯定特别难受，这时候看见我写，我有多喜欢他女儿，也许是个慰藉。这份勇气也算没白瞎。"我停下来，打量她身体。她有点害羞，把乳房护住。"你知道吗，谭欣，遇见你那天我就想到她了，我想我得主动点，我不能再像房芳那样，错过谭欣这个好女孩。"

她勾住我脖子，亲了我一口。"我错了，你别怪了。现在就是我前面有一百个小贱人，我也不气你了。"

我回味那个吻，说："你问我第一次在哪儿，我不是很想说，尤其是你说了之后，我第一次弱爆了。"

"说吧，我的菜弱爆了，还被你鄙视。"

我指指床单，翻身背过去，对着月光说："这儿，就在刚刚，我和某个小贱人在这儿做了第一次。"

"真的假的？"

"真的，弱爆了，是不是？"

"真好。"她从背后抱住我，脸贴在我后背，低声说："那个小贱人知道错了，她跟你道歉来了。"

我拉过她的手放在心口，借着心跳的力量，我告诉她："我爱你。"

她捏捏我的手，没说话。然后我一直在等。我也不知道我在等什么，脑子里一片空白。如此深爱她的感觉太美了。凌晨一点还有落叶静静飘下，北京的秋天是全世界最好的季节。谭欣在我身后均匀呼吸，缓缓入睡。我从茶几摸到烟，一声不响地抽完今天最后一支。我转回身看见她，感觉全身都化了。谭欣没有睡，她一直在望着我，她说："许佳明，你真好看，我觉得你哪都好看。"

我一时软得话都说不出来了。

"我还没回答你那三个字呢，你说我爱你的声音很好听。可我现在不能说，我哪天要是说了我爱你，我一定会一生一世永远爱着你，到那天，我的命都你的了。"

9

十四日下午三点半于勒刚把钥匙插进锁孔，就知道有人来到了家里。钥匙还留在门上他便转身往楼下跑，两个警察从二楼上冲上来把他摁住。

警察没有在他身上找到上午取出来的一百二十万，从松原的银行到长春哑巴楼，于勒还去了哪里？我和律师都和他谈过，有一次于勒问我，那样能否减刑。律师很实在，直接告诉他，不会，你手里是两条人命，枪毙你三回都够了。

但是有人急用这笔钱，钱金翔还有个将近四十岁的儿子叫钱文，上个月他刚刚刑满释放，连面都没见到就接到了父亲的死讯。诉讼期我与他有过一次相撞，从头到尾他都不关心谁杀的他父亲，他父亲死前是否痛苦，唯独那一百多万是心中的痛。五月初，警察刚刚解除警戒，离开哑巴楼，他便领了四个兄弟闯进我家里，将我按在椅子上，把房间翻个底朝天。我清楚记得他当时用那么绝望的声音喊："掘地三尺也要给我把钱找出来！"

李警官可不在意钱，他最近在认罪态度上和我继父的律师扯皮。有了新的证据，十四日的凌晨，于勒曾用手机打过110。当天值班的警员证实，的确接过一起沉默不语的电话。律师想打这样的牌，他辩护嫌疑人于勒在第一时间有自首情节，碍于是哑巴，无法陈述清楚，属于认罪态度良好。他跟我商量，如果于勒能把那一百二十万交出来，罪不至死。

最后一次见到我继父的时候，我把这些写下来给他看。我打手语讲，我还不想你死，还想让你看见我出人头地的那一天，钱在哪，先争取死缓，活下来，我跟你保证，我会努力赚钱活动，绝不会让你老死在监狱里。

他双手抱腰，盯了我一阵儿回复，留着钱，给你妈送终吧。

你不用管我，我妈你也不用管。跟我说，你自首过，打过110，但你讲不出话，第二日取钱是财迷心窍，现在如数奉还给他们。你就这样说，跟我说，你就这样说。求求你了。

他咬着嘴唇，看着别处想一想，打哑语说，我那天是打电话了，但我是报警，我没有自首，人不是我杀的，所以我报警。钱我会给你，等他们枪毙我之后，到时候你拿这笔钱去最好的国家、最好的大学，

那是我最后一次见到于勒。他摸着玻璃，呼吸急
促地望着我。我伤了他的心，他却以死毁我的一生。
我看着他眼泪一滴滴掉下来，这让我浑身发冷。

肯定能出人头地。我不等你了，我死后也能看见你好的那一天。因为
我儿子替我活着呢。

我拼命摇头，差点把眼泪甩出来。这是最自私最恶心的爱。我拍
着玻璃窗问他，谁他妈是你儿子，于勒，你给我说清楚！谁他妈是你
儿子！

那是我最后一次见到于勒。他摸着玻璃，呼吸急促地望着我。我
伤了他的心，他却以死毁我的一生。我看着他眼泪一滴滴掉下来，这
让我浑身发冷。我左手握一圈，伸出右手最长的手指，当着他的面，
一寸寸地捅到圈里面。

10

我最后一次见到谭欣是十一月底的阴天午后，所有人都觉得今天
会下第一场雪把北京拽入冬天。要是早知道我和谭欣会在那天分手，
我肯定会穿一套好看点的衣服，起码把胡子刮干净，或者修剪个漂亮
的发型，让她不至于那么轻易地放弃我，没有一丝留恋。

我自己也讲不清楚，那天为什么要去美院。她们告诉我，谭欣的
电话打不通，那一定是在图书馆礼堂听讲座。最早介绍我们认识的那
个被画出来的朋友说，你一定不想去的，那边有你许佳明不想看到的
东西。她说谭欣坏话，我没顺岔问她是什么，憋回去一定让她特别难
受。她指着图书馆的方向，看样子就要自己说出来了。我急着堵住她：
"我朋友还在联系你吗？他昨天还说，你照片非常好看。"

我也害怕，哪个男生跟她上演自习门一类的事情被我撞到，毕竟
麦当劳的卫生间她又不是没干过。许佳明，这样怀疑你女朋友，你真
是太龌龊了。进入讲堂我长吁一口气，百十个学生分散其中，谭欣在
后排左右无人。看她第一眼的时候给我吓坏了，我知道她朋友说的，
我不想看到的是什么，她满含泪水地望着正前方的黑板，上面被教授

写下四个大字——崇高与美。艺术对她有种宗教般的力量，她的朋友们一定觉得谭欣是怪胎。我悄悄坐到她旁边说："别哭了，女神。"

她转过身望着我，慌忙擦去脸上泪痕，缓和了几秒钟，说："你怎么来了？"

"一节课而已，怎么被你听得传道受洗似的？"

"这不是上课，他可是崔立。这是他出国前的最后一次讲座了。他刚才指着自己头发说，照他这个年纪，没准这次就是绝唱了，要我们珍惜时，我就忍不住哭了。"

"哎，君生我未生，我生君已老。恨不生同时，日日与君好。诗是这么说的吧？"

"好几段呢，有一段是这样的。"

"还好，咱俩算是生同时，你可以日日与我好。日日？这个词很淫荡嘛？我喜欢。"

"我以前想过这种问题，就像崔立，如果我真的与他生同时的话，我不会爱上他。好比你许佳明，可能在你五十五岁六十岁的年纪，迎来你的高光时刻，成为活着的大师，那时你还会吸引二十多岁的姑娘。"

"那你先可以陪我活到五六十，表现好的话，我不抛弃你。"

她看着我，一丝小感动，说："既然来了，你听一下吧。"

我把脚从前排放下来，认真听一会儿，美与崇高，这是康德的理论，简单点说崇高就是数目之多体积之大，美则从质、量、关系和模态四个契机分析判断。我侧身看眼谭欣，我觉得她又要泪奔了，艺术哲学而已，干嘛弄得跟邪教传播似的。我打断她的眼泪："两个词而已，我们照着辞海的意思来就好了，为什么要给它们这么多附加值？"我把手机搜索给她看，"崇高，解释为高尚的同义词，就算是见义勇为吧。"

她用那种眼神看我，是怪我孩子气吗？她说：

"你要是嫉妒的话，我可以怀了你的孩子再走。"

"走？走哪去？"

她手向前一扬，道："跟这个人去美国。"

"这个老头？你这玩笑不好笑。"

"那美呢？"

"等下，"我点开手机，记住搜索结果，对她说，"美，就是你。"

她笑了，说："你真甜，明明很无知，但是你真甜。"

"我有个建议，咱别在这儿听两个小时哭两个小时了，我们找个偏僻点儿的肯德基，我先去把卫生间打扫一遍，弄得香喷喷的，等你大驾光临。"

"香喷喷的？说得我都有食欲了。"

"我是想，既然你跟别人在麦当劳搞，那肯德基你得留给我。"

她用那种眼神看我，是怪我孩子气吗？她说："你要是嫉妒的话，我可以怀了你的孩子再走。"

"走？走哪去？"

她手向前一扬，道："跟这个人去美国。"

"这个老头？你这玩笑不好笑。"

"许佳明，你说你多爱我，但是你了解我吗？"

"你别闹，让我想想，你哪句是真的，哪句是假的？"我双臂抱腰正视前方，老头讲着康德乏味的一生，偶尔转到我们这里做稍许停留，停顿个一两秒继续讲课。"没错，你俩确实有一腿。"

"准确说，我和你有一腿。我和他两年了，一直很稳定。"她说，"你还是不了解我，有人是为幸福活着，追求爱情，追求物质；但有人是能够为梦想活着的，哪怕一生不幸，不快乐，她也不会犹豫，偶尔犹豫停下来，她还是能一直朝梦想那个方向走。"

"我是你偶尔犹豫停下来的那个？"

她点点头。

"他呢，他是你梦想？"

"对，我因为他才有的梦想。所以打我懂事的年纪，我就明白，我一定要嫁给这位活着的大师，我可能不爱他，但是我痴迷他的一言一行，他的每一句话都能让我学到很多，离梦想更近一点。你能理解我吗？"

"能理解，所谓站在巨人的肩膀上，妈X的你这么站？"我声音有点大，前后三排的人扭头看过来。我低下头搓着手，问："他叫什么名字？崔立，那天画展那个是 Lee Choi？崇高三组，崇高与美，我早该想到你那天为什么那么激动。谭欣，你是不是真他妈以为你嫁给了崇高？"

"你能不能不骂人？"

掏出火机点支烟，我想好了，一旦崔立要赶我出去，我就把这事端出去，谁也别想好。几个同学回头看我，一脸鄙夷。崔立朝这边望望，当做没看见，继续讲课。没错，谭欣说的是真的。"他知道咱俩的事儿？"

"知道，他要我跟你好，一直往下走，山盟海誓？百年好合？天长地久？总之他不想带着我，一个早已不行的老男人带上我这样比他小四十岁的女孩，他感到羞耻。我只用一句话戳到了他的痛处，我说你会害怕孤独终老，其实你希望，你能死在我怀里。你还是不能理解是吗，许佳明？"

"你爸妈怎么说？"

"他们不知道，我去美国留学，做助理，就这样。"

"我不能理解，我就是不明白我点怎么这么背，爱上你这么奇葩的女孩？"

"我清楚自己要什么，幸福是那些不知道自己这辈子要干什么的庸人们才会去追求的体验。"

"有点绕，你再说一遍？"

"你慢慢想吧，我知道会好的，会特别好的。"

我有点懵，说话都结巴了，我说："那你当初为什么要跟那个谁去认识我啊？”

"她劝我去的，她反对我跟崔立走，她劝多认识一些你这样的男孩。我认识了你，你是独一无二的。"

我站起来，把烟扔地上碾碎。谭欣拉我衣摆问我要干什么。我摇摇头，我也不知道。我有多希望崔立能接我这个茬，那位站起来的男同学请坐下来。这样我会大声地骂一句，我操你妈，但是，祝你们幸福。啊，幸福是庸人追求的体验，祝你们崇高。

没人理我，我要一步步走出去，从窗口望去，外面已经下雪，最美的季节过去了。我已经看见自己从这扇门走出去，穿过美院大院，向西进入这条西土城大街，我知道两侧将有一路的春夏秋冬在我身边飘零，伴我回家，送走我年少青春的最重要一年。我二十二岁那年过得并不好，我可能一生过得都不好。

11

新年前我把同学一个个送到火车站，看样子我要独自留在北京过年。开始总要适应，以后慢慢就习惯了，没有家可以让我回去。我每天躺在上铺看信写信，我把我继父半年多的信一一作了回复，挑一封最冷的寄给他。我常常在想，下一次我再收到他的信，就把这些都寄回去，在他死前告诉他，我还爱着他。然而他没有再来过一封信，我绝不能主动联系他。

小年那天难得出门，我想上街买点年货，一个人也要把年过得有滋有味。许佳明，即使这个世界不要你了，你也要故作微笑勇敢地走下去。只是刚走出门我就后悔了，北京冬天不同于干冷的东北，一阵阵南下的冷风从前胸吹进来，在我的身体里兜两个圈，再咝咝地从后背透出来。回来的路上吹得眼泪都掉出来了，后来干脆迎着风痛哭起来。

后来我喝多了，对着墙壁大吼大叫。我说你们是
我亲人，我人生的救命草，拉扯我两把又一个个都死
了疯了，我就是一孩子，你们对得起我许佳明吗？

　　我把福字倒着贴，对联贴在门两侧。读着毛笔字还在想，开学也
不揭下去，喜庆祥和地贴在宿舍门口，继续做我们的清华怪胎。寝室
暖气很足，我下楼抱些啤酒凉菜。支起圆桌摆了四个位子，一一倒满
啤酒。我的，我外公的，我妈妈的，还有我继父的。我第一次见到于
勒，就是十九年前的这一天，他来给我过生日，主要是看看我妈有没
有媒婆说的那么好看。那是我外公安排相亲的最后一个男人。所有人
相信了他的故事，他儿子战死在老山，留下了独苗许佳明，与他父女
相依为命。说多了他自己都相信了，让我喊他爷爷，喊我妈姑姑。找
个新姑父把我妈带走。没人愿意带她走，脑子有问题，我又总在最关
键时刻喊她妈妈。唯有于勒有这个运气，他清楚聋子是没资格挑媳妇
儿的，他听不到我喊出来的妈妈有多大声。

　　姑姑，妈妈，这么基本的口型，听不见难道看不见吗？我敬你一
杯，感谢你没戳穿我们家，给我外公留下最后一丝尊严；妈妈，等你
病好一些，认得我了，儿子给你尽孝；姥爷，我端着酒说不出话，我
觉得他和我的命一样苦，他一生最幸福的事情就是把下一代安排好，
让他们别饿死。每回敬酒我一次喝两杯，我的，我要敬的亲人的。喝
乱了，我就模拟他们互相敬。我外公举杯对于勒说，对不住了，娶回
家才发现还多了个拖油瓶的，要不是我老了，死了，我会把许佳明养
大的。两人干杯，我把两杯喝掉。

　　后来我喝多了，对着墙壁大吼大叫。我说你们是我亲人，我人生
的救命草，拉扯我两把又一个个都死了疯了，我就是一孩子，你们对
得起我许佳明吗？我得忍住，得找点好事告诉他们，加副碗筷我对他
们介绍，这是谭欣，唯一一个想给我生孩子的女人，你们放心地走吧，
不用担心我。说完我就狠抽自己俩嘴巴。酒后下手重，但知觉更麻木。
我捂着脸跪给所有人，我太贱了，让你们失望了。

　　十点左右一通未知号码打进来，接通之后对方不说话。我把手机

放桌上，陪他一起等够通话时间。铁北监狱一次可以打十分钟电话，九分五十秒我抓紧告诉他，爸，你在那边吃点好的，没几天活头了，你放心走吧，不用再惦记我。那边用手指敲着话筒，差不多两三秒敲一下，到第三下后挂断电话。这是我们之间的密码，我继父想念我的时候会给我打电话，虽然听不到，但是他可以看着通话时间知道我还在。他要求只有他敲三下后，我才可以挂掉。他没有强迫我，他只是强调如果我提前挂掉，他会马上赶到北京，看看我出了什么事。

那天夜里还有一通未知号码，这次不是我继父，但我知道是谁。谭欣是从美国打来的，问我还好吗？我说你太把自己当回事了吧，你甩掉我，你认定我生不如死。

"离开你以后，是我生不如死。"她说，"我想见到你。"

我说不出话，等她讲，可是她也不说，我只好换话题："我喝了好多酒，还替你喝了三杯。就在刚才，我想明白了，我也可以有梦想，我也可以当画家，就当那种非常牛逼满头白发的画家。"

"你喝多了。"

"我没喝多。听起来是笑话，一个二十多岁啥也不是的年轻人，傻逼呵呵说要当画家。我跟你说，我真能做成，我肯定可以。"

她叹口气，问我跟谁一起喝了这么多。我说我一人喝的。她说干嘛一个人喝酒，这样会上瘾的，酒鬼都是一个人喝。然后她又抱怨几句，知道我烦了，声音放低说："我怕你废掉，你是多好的人啊。"

"我一个人也要喝，是因为，"我把烟点上，左右看看，"今天我生日。"

她沉默一会儿，这是该说"不好意思，我误解你了"的时刻，但她没说，她也不说生日快乐。过了好一阵儿，她说："真好，你二十三岁了。"

"我刚许愿说，我想赞美全世界，唯独辱骂你一个人。我恨你。"

她又不说话，我觉得她在电话那头哭了，哽咽了几声讲："我怀孕了。"

"你告诉我？"

"对，我告诉你，是你的。我要生下来给他做儿子。我就是要让你知道，我谭欣没什么好欠你许佳明的。"

手一抖电话掉了，捡起来手机没坏，她也没有挂。我问："他怎么说？他没骂你贱人？"

"我想跟他养个孩子，他生不出来。我想有一个孩子，叫他爸爸，叫我妈妈，他不怪我，他把这个看成是我对他的牺牲。你是我俩计划里的一部分。"

"我操你妈。"

"你别骂我，我一开始对你印象不好，是你找到的我的，如果你没在美院宿舍等三天，这一切就没发生。"

"对不起，我犯贱。"

"许佳明，我真的很喜欢你。"

"谭欣，"我担心她挂了，把手机攥得死死的，"你知道我爸叫什么吗？"

"你想让我起你爸的名字？"

"我爸叫吴佳明，不姓许，亲爹。我没见过他，至少是我没见过活的他。就今年见过一回，躺在汽车厂的职工医院，一动不动，植物人。我们这三代，就跟宿命似的，我不是许家的人，我儿子也不是他们崔家的人。"

"那就叫他崔佳明吧。"

我含着眼泪笑起来，说："跟美国人似的，佳明成了我们的姓。"她没回答，我摸着胡茬想了想，我记起我继父当时怎么跟林莎的，我转述给她："真有什么意外，你就回来。"忽然一下子没兜住，压着嗓子就哭了，我调整几秒，坚持说完："我会一直在北京等你。"

握着手机我做了几个情节恍惚的梦，翻来覆去的全是孩子。夜里醒来我去卫生间吐过一回，脱下衣服继续睡。快天亮的时候手机又一次把我吵醒。我看看天色，看看屏幕，是李警官的电话。他说在外地出差，昨晚打我电话一直占线，他有个同学在铁北监狱做狱警，他们昨晚连夜下来的通知，所以着急找到我。说了半天他加一句："你在听吗？"

我揉揉眼睛，打开窗户把冷风放进来，让自己精神一下，跟他说："我在听，你说吧。"

他还是停了停。仪式感，我想到，他这是有大事告诉我。我重复道："你说吧，什么事我都挺得住。"

他又清清嗓子，讲："回来过年吧，就这几天了。"

12

李警官的同学叫付锐，一个中年矮胖子。他开警车来机场接我。我路上感谢他辛苦了。他挥挥手，说这点小事不足挂齿，他这阵儿又不忙，再说老李早打招呼给他了。然后他就聊起和李警官二十多年的同学交情，俩人早在警校就分好工了，以后一个抓犯人，一个关犯人。他说那真是好年代，大家都是爱这行才当警察的，不像现在，年轻人打进警校就算计着哪个警种的活儿少，油水多。往右拐弯他侧身看我问："你跟老李什么关系？"

"就是他抓的我继父，这算警察和犯人家属的关系？"

"不是，他在外地还特意跟我打招呼，所以我好奇你们是什么交情？"

"说出来你都不信，我们几乎没什么交情。我在读清华，他一有机会就让我跟他儿子见个面、通个电话，聊聊人生理想、奋斗目标什么的。他儿子没兴趣，就是演给他爸看，弄得我也挺不安的。"

他哈哈大笑，点着头说："是他，是他"，接着他讲起他儿子曾有过离家出走，老李主动申请，三天三夜把长春的黑网吧全扫荡一遍，把他儿子给找出来了，正常仨月干完的活儿，他七十二小时一家都没漏，后来他们就一直拿这个开他玩笑。"小子太操心，还是生闺女好，"他感慨道，"但是费钱，穷养儿富养女。现在女孩子，你要是不供她读芭蕾班、钢琴班，以后大了别的女孩一比，都得怨我这当爹的没出息。"

说说他就自己回味起来了。我估计他肯定觉得自己女儿天下第一好看，虽然他只是个矮胖子。

"你读清华什么专业呢？"

"水利工程。"

"那是学什么的？出来干什么？"

我解释半天，他没明白，问题是还不放弃，追根究底地问我毕业具体干什么。

"我想当画家，"我头一次跟外人这么说，感觉真好。

"我喜欢艺术，我一直在创作艺术，攒好几个相册了。"他怕我不信，看看我，继续说，"杀人犯被判死刑，但不一定立即执行，你知道吧？"

"我今年知道的，有一个复核的程序。"

"对，你不知道什么时候复核下来，有的不到一个月，有的三五年了还没下来，在里面呆得都有改判死缓无期的希望了。我的一部分工作就是，走到牢前告诉你，复核下来了。然后我等几秒，人生最后一个悬念，可能是，没通过，暂缓；可能是通过了，死刑！他们就眼巴巴地望着我。有些就是，通过了，死刑！我第一时间把他的表情抓拍下来。什么反应都有，哭的，笑的，闹的，还有晕倒的。不过他们有一个表情一样——绝望。"

"有点残忍。"

"你说哪个？通知，还是拍下来？"

"都有点，你把相机挂脖子上，准备好了再告诉他们吗？"

"他们杀人的时候更残忍。"

我拿出烟，问他吸吗。他说戒了，闺女不让他抽。车窗开一道缝，他让我随便抽。我长吸一口，好多了，声音放平问："昨天夜里你这么告诉我继父的时候，你拍下来了吗？"

"他是例外，听不着嘛，只能看纸条，头一直低着，等抬头的时候，情绪都过去了。这样就不算艺术了吧。"

我把烟夹手上开始咬指甲。我问："哪天执行？"

"正月初八，上班第一天。"

"但过年你们也要上班的吧？"

"当然，轮休，七八天的假期，我就休两天，大年三十我都得在这儿！"他摇摇头，"但是你可以常来，我就是不在，也帮你跟值班的说好。"

"谢谢，我能做的就是多看他几次。我跟李警官说了，我连办后事的钱都没有。我挺没出息的。"

"你还只是学生嘛。"

"我本来想卖房子的，哑巴楼没人买。死气沉沉的，我都不愿意住那儿。"我苦笑两声，"那尸体怎么处理？"

他陷入沉思，没理会我的话。我试着又问一遍，你们会火葬吗？他转身来说出困惑："我还在想，合不合适？"

"什么事？"

"今天早上，老李说你继父的事，说没几天的了，得照顾一下，让他健健康康地走。按理说，这时候犯人是关单间，我也就没调换。因为你继父是聋哑人嘛，得有个人给他传话，真关了单间，一声不吭的，死了我都不知道。"

"谢谢你。"

"有你这声谢谢，我就知道这事没错。你刚才说什么？"

"我问后事怎么处理。"

他轻踩刹车，看看我，说："于勒已经签了遗体捐赠。"

"就是心脏、眼角膜什么的，再帮助别人获得新生？"

"不是，那是器官捐赠。遗体捐赠是泡在福尔马林里，捐给大学做解剖实验。"

想着一帮医科学生握着小刀，在我继父身上划来划去，我忽然一阵恶心。停车靠在路边干呕了一阵，我让付锐先走。我说反正不远了，我走走呼吸下新鲜空气。他说也好，先让我继父准备准备。

加上昨夜的宿醉，胃烧得难受。吃了半个烤地瓜感觉好多了。我拣小路踩着雪，花了半小时后走到监狱。付锐在大厅等我有一会儿了，他搓着手，让我先暖和暖和。我看眼挂钟，快三点了，问可以见他吗。

"可以。"他站着不动，有点为难道，"我刚知道，他不想见你。"

"不见我？"

"我们写纸上给他了，他就回两个字——不见。我们问他什么时候见，他回——永远不见。你要看看那纸条吗？"

"不要，不要。"我倒抽一口气，一下子不知道该怎么办。"可我是从北京特意回来的呀。我不能给他收尸，还不能见他一面吗？"

付锐继续搓手，说那就暖和一会儿，送我回去。我连连摆手，连说两遍麻烦你了，深鞠一躬走出大门。付锐从后面追上来，他说有个东西转交给我。我打开看看，一张信纸，于勒在上面写了二十来个人名、地址和钱数。底下是他一段字，他说平生一共欠了两万多块钱，虽然没资格让我父债子偿，还是拜托我，以后有了钱，能还给这二十多个朋友。

"你会替他还吗？"付锐问我。

我把信纸收好，点头道："会，现在还不起，以后肯定还。"

13

三十那天我被李警官拽到他家过年，见我情绪不高还一再安慰我，说于勒可能就是害怕告别，让我伤心，所以没见我。车轱辘话说两遍，发现逻辑上没那么合理，他就岔话题，让他儿子多跟我聊聊。他儿子爱搭不理地问几句清华好吗、漂亮吗，继续看他的漫画。李警官让他儿子把那张不及格的卷子拿出来，让佳明哥给你讲讲。这时他老婆不愿意了，说行了吧你，大过年的还让孩子学习，出去放炮吧。

他儿子不愿动，我下楼走走。开始人不多，稀稀拉拉的，快十二点时一下子热闹起来。不知道是迎接新年还是庆祝过去的一年，一时间炮仗和汽车警报混在一起震响除夕，整个夜空一闪一闪的。我仰头对着烟花发呆，感觉眼睛湿湿的。

李警官没披外套就下来了，他抓住我肩膀说两句话，声音太吵听不清，我双手作揖，大声喊恭喜发财。他摇摇头，把我拉进他车里，声音一下子关到了外面。车灯点亮我终于看清他的脸，仿佛刚刚大哭一场。他问我有烟吗。我摸遍衣兜说没带下来。然后他就跟缺氧似的大口呼吸，带着哭腔说："付锐死了。"

我一下想不通，大年三十的，都在家过年，怎么就会死了呢？

"他今天在铁北监狱值班，"他掏出手机盯着看，"有三个人越狱，杀了他。"

"什么人跑了？"

"我在等名单。"

> 我二十二岁那年过得并不好，但我不会一生过得
都不好。

　　我想起来了，付锐抱怨过，他说过年没休息，大年三十还上班。不知道为什么，我没见过他女儿，可是脑子里一下子就闪现好多她女儿的画面，学芭蕾，不让爸爸抽烟，漂亮的小姑娘。

　　手机响一声，他短信来了，他核实一遍名单，问我："你继父叫什么？"

　　"于勒。"

　　"有他，"他拍两下车窗，"带头的是他。"

14

　　我二十二岁那年过得并不好，但我不会一生过得都不好。大学毕业的最后十天我重读谭欣的邮件。她前后写了十七封邮件发我邮箱，与其说写给我，更像是她自己的怀孕日记。上面的邮件是最新发来的，我不会像我继父来信那样乱着顺序看。她说果真是男孩，生下来八斤六两，能吃能喝，一天喂八次都不嫌撑。附件里有婴儿照片，她问像不像我。我以前听听别人父母问这种话，总觉得很可笑。小孩出生都一个长相，皱皱巴巴到一起没张开的样子，跟父母比更像是猴子。但我那天对着电脑都笑出眼泪来了，我说像，真像！

　　我写邮件跟她解释，前段时间没回是我确实忙，我已经原谅你了。二月份回到清华我就没怎么出门。每天读书写字，我想把落下的学分全补回来。我知道以后绝不会做这行，可我总得替某些人完成他们的梦想，尤其是从清华毕业。比如我继父于勒，他一辈子吃苦受穷，被残疾折磨，可我考上那天他觉得这一切都是值得的。明白我意思吗，他一生不幸，可他认为这是在为我的人生攒人品。经常在深夜里，我想到这一点，想到他的脸，想到双手乱划地告诉我，他有多高兴，我脆弱地想哭。

　　你过去说我不敬偶像，没有梦想，心中无所畏惧，这让我沮丧了

付锐有一个相册，把这么多年每个死刑犯人的表情都拍下来。他觉得这是艺术品，他想等退休那天攒齐了，统一命名为《绝望》。

很久。套用我曾写给我继父的一句话，有人如你，十五岁就清楚自己这辈子干什么；有人如我，浑噩至死都不去想想自己到这世界是干嘛来的。不过我现在知道了，我要画画，最早是源于你，源于崔立的一股气。说出来你都不信，我爱上绘画这一行业了。

之前我没有说，有些地方你和我继母很像。爱情这一点，我和我继父都掉到同一个坑里。不同的是，我继父杀了我继母，而我，我原谅你了，我依然恨你，我还是原谅了你。

我没跟你讲我家庭，一下子上来这么多奇葩事件，我无父无母、继父杀继母什么的。看懂多少是多少吧，我也不打算跟你多讲了，我以后也不想跟任何人提起了，哪怕是我未来的老婆，我也要只字不提。人和人都有不高兴的时候，我不想老婆、朋友某一天生我气会指责，怪不得，许佳明的成长环境就乌烟瘴气的，他们家就没什么好人！

我们家人挺好的，即使我继父一共杀了九个人，我还是觉得他算个好人。他杀林莎是因为，那深沉的、害怕失去的爱，至于其他人，皆因他回不了头。有一个人我挺惋惜的，铁北监狱的付锐，他死得那么惨，我继父剁了他的手，剜下他双眼，将他双脚绑在监狱大门旁，活活把血流干。这还不是最重要的，我时常想到他女儿。他跟我说过，穷养儿富养女。他没了，他女儿以后不知会怎样。

付锐有一个相册，把这么多年每个死刑犯人的表情都拍下来。他觉得这是艺术品，他想等退休那天攒齐了，统一命名为《绝望》。听起来应该很有冲击力，绝望是他们表情的共同点。他没拍到我继父，我继父是聋子，低头看通知，再抬头时情绪都过去了。如果他拍到了，洗出来放在相册里，也许就可以看出不对劲。他会发现我继父脸上没有绝望，反而多了一丝坚毅。是的，我继父本不该有室友的，这也是得于付锐的同情和他的聋哑残疾。在死亡面前，他完全换了一个人，他怂恿两个狱友协助他出逃，其中一个狱友还联系了朋友开车在外面接应。等这四个人出了城，他们没有各奔东西，没有结伴而逃。你能想到吗？我继父于勒把那三个人全都杀了。从此消失人间，不漏一点行踪。

有一个细节让我很羞愧，差不多快一年了吧，每次想起都不敢原谅自己。我继父是除夕夜越狱的，烟花绽放时李警官告诉我，有三个囚犯跑了，在等上峰核实名单。我当时真心有点希望跑的是于勒。直到他确认于勒是主谋，下落不明。我被自己的行为吓坏了，我没有谴责，没有怨恨，反倒是双手插在羽绒服的兜里握拳庆祝。要不是顾忌李警官最好的哥们遇害，我当时真想打开车门跑出去，雪地狂奔，直到没有力气。

说说我这一年吧，写完毕业论文后，我抓紧时间赚一点小钱，连录了一个月的广告。我着急替于勒把钱还上，我还的不是他的债，是我欠我继父的抚养费。大多数债主我都认识，看我长大的聋哑叔叔阿姨们，他们都老了，从手套厂退了休，陆续离开了哑巴楼。长辈们刚见到我时态度并不好，恨不得立即把我关到门外，我是于勒的继子，他们感觉真是知人知面不知心。然而在得知我是受托还钱后，他们一下子转变了，确切地说是没变，于勒还是他们心中的那个老好人。于勒当初穷得还不起，就冲这一点他们仍然愿意把钱借给他。你看，多好，仅仅用钱就找回了他最后的那一点尊严。

最后一户人家姓怀，家住在南湖大路。我对这个人没印象，见到主人时我才明白这是我继父的玩笑。不是怀，是郝，好，坏。于勒的生死之交郝叔叔。他只是哑巴，可以听，却不能说。我对他说明来意，他忙打手语，这笔小钱怎么还能要？我说，郝叔叔，要是我第一个找您，按照你和我继父的交情，兴许我就省下这笔钱了。可您是最后一个，我前面明白太多道理，这笔钱您一定要收，我也就圆满了。他闪着泪光收下了，他也想念我继父。

五味杂陈，说不上什么心情。于勒把他写在名单
的最后一个，就是要试探我配不配做他儿子。
我总要往前走，就算回头她已不在原地。

晚上他在书房里告诉我，于勒那天夜里两点钟用我送他的手写手机发信息给他，家里出事了，让他赶快从大连回来。早上八点多，郝叔叔进到我家看见地上躺着两个人。他没打算问什么，也没打算转身走，他想的是，哪怕连累进监狱，也得帮兄弟最后一把。他问于勒准备把尸体埋哪，他回去取车。于勒让他别管尸体，他要先去松原取钱。一百二十万，他需要这笔钱，万一自己出什么意外，他得给佳明留下当遗产。所以，那天是我跟他去的银行，他打着手语说，八九十斤的钱就装在我车里。郝叔叔拿出一个饼干盒，我换成黄金了，我老婆都不知道。你很好，替你爸把钱都还了，非常孝顺的孩子，你收下吧。

五味杂陈，说不上什么心情。于勒把他写在名单的最后一个，就是要试探我配不配做他儿子。谭欣，你可能都不信，我是推辞过的。但是他不要，他说一是于勒信任他，拿命换来的钱，他不能昧良心；二是这事没人知道，如果他忽然有了钱，人多嘴杂的，难免查到他头上，牢狱之灾。我问他，知道我继父在哪吗？他摇摇头，他不知道，通缉了快一年，没准已经被击毙了。我咽着唾沫，说不下去了。真是的，那么脏的钱，却闪着那么圣洁的光。

以后有机会，把这故事讲给崔佳明听，只是不用告诉他，我是他爸爸。我爱他，我可能更爱你，没办法忘记你。不要再给我写信了。我要朝前大步走，我不想时不时停下来，回头望着你。

PS：你还欠一次肯德基，这辈子你就这么一直欠着我吧。

14

谭欣没有给我来信，我反而一心犯贱地期待她能写封邮件给我。然后我会怎么样呢？我会在读一百遍以后回信痛骂她，让你别再缠着我，你还要写，你太贱了！

我总要往前走，就算回头她已不在原地。春夏秋冬，我恋爱几次

又分手几次。形单影只的时候我常在想，这是不对的，每次见到漂亮的姑娘，总要先站在谭欣的角度审视一番，她会嫉妒这个女孩的长相气质吗？如果会，我就会一见钟情，加倍暗示自己，我有多爱这个女孩，我甚至希望马上就和她举办婚礼，邀请谭欣来看看。总是在失败，也许我并不想成功，和哪个萍水相逢的女孩一劳永逸，度过余生。

我记得第二年秋天和某个女孩又一次分手之后，我坐在小区长椅上喂鸭子，任凭她一次又一次换着手机打我电话。最后一次是她用座机打过来。010 的区号，我接起来，我想应该跟她讲明白。我说，这次恋爱没什么，都不能算你人生的插曲，它就是今年秋天的一段小变奏，仅此而已，不要再反复地折磨自己，自问是不是错过了什么男人，之前怎么计划，你就继续怎么走。对方一下子慌了，说不出话。那我陪她等，我看表数秒，快到一分钟的时候，话筒那边敲了三下后挂掉电话。

我懵了，事情不会这么来的。我打给刚分手的女友，问她是否打过我电话。她说她在公司忙，没时间多说，然后她问我："你觉得我会联系你吗？"

没有，没有，我不是找你。座机拨回去，那边说是小西天的一家报亭。赶到那里老板准备关窗收工。我问他今天什么人用了你的公用电话。他说那怎么想的起来，接着问要今天的报纸吗。我四周望望，街两侧的饭馆前坐满吃烧烤喝啤酒的人。穿过马路，我过去一桌桌地找，一个挂拐乞丐拉着我的衣摆跟我要钱。我挥挥手，没钱，走开。他摇摇白盆里的硬币，端在我面前。低头一看我心都化了，于勒，你就是这样一路要饭走过来的吗？

15

多好的想法，乞丐是逃亡的最隐秘身份。刚进家门下雨了，雨点啪啪地打在落地窗前。我让他先洗澡，我去厨房弄了点吃的。等他从淋浴间出来，我打手语问他来北京多久了。他回我几天前到的，他绕着外城走了半圈，从西边进入北京。我问他从哪来。他想了想，也许是地名有生僻字不好打，蹲下在那堆脏衣服里掏了半天。这时我才注意到这些都是鹿皮或狼皮一类的兽皮。他拽出旧地图展开指给我，森林地貌，地名字迹早已模糊。我地理成绩很好，知道是大兴安岭。他从墙边翻开挂历，算着日子，转身跟我说，我走了一个夏天。

好多问题，我都不知道从哪问起了。我说我一直想不通，你一个哑巴，那几个同伙凭什么被你利用，越狱后又被你杀掉？于勒挠挠头，仿佛遥远的记忆需要慢慢回想。我示意他先吃东西，进卧室找几件适合他的衣服。我有个朋友会做证件文凭，我打给他，想要一张假身份证。电话刚接通我后悔了，不能让任何人知道。又不好马上挂，我陪他闲聊几句，他问我有事吗。我说没有，看看你最近过得怎么样。我们在朋友的饭局里认识，属于从不单线联系的那种交情。他一头雾水，硬着头皮说两句，后来还真倾诉起他的烦恼，讲他丈母娘以伺候月子为名，赖他家不走，又横挑鼻子竖挑眼的。人和人就是这么奇怪，那个月底他主动约我吃饭，真成了我朋友。

我继父躺沙发上睡着了，我给他盖上被子，把空碗收掉，检查门锁后上床睡觉。半夜醒来我听见卫生间传出细碎的声音，推开门一看我被吓一跳，我继父正对镜子剪他长了快两年的长头发。我说胡子别全刮了，你不能把自己收拾的跟过去一样。他从镜子看着我，放下剪刀，打手语说：他们也想活，我跟他们写，我死了就轮到你们了。谁？我问。小武和老姜，跟我一起出来的，我拿计划打动了他们。

铁北监狱号称全东北最现代化最安全的监狱，他们有四道关卡，刷卡，指纹，瞳孔确认，及武警把守。打从监狱落建使用，付锐他们最引以为傲的是，十三年里没人能活着闯过这四道关成功越狱。

守法公民

事前的准备是裁纸刀，小武的朋友塞在鞋底带进牢房。他朋友到时候会把车停在监狱西侧的路口接应。于勒告诉他们，有一个姓付的狱警比较照顾他，要从他这下手。年三十是付锐的值班时间，晚上十点半于勒忽然倒地，开始抽搐。巡逻的付锐像以往一样大声问他是什么病，是否需要医生。等他看见躺地的是于勒，要他写纸上说明症状。半分钟后，付锐伸手接字条时，于勒将他的手臂拽进来，用裁纸刀抵着他的手腕。老姜命令他把牢房门打开。开门的一刹那，他们把付锐拽进来，卸下腰带上的对讲机，于勒换上他的警服，找出门卡。其他班房开始骚动，两个同伙被这喧哗搞得直冒冷汗。听不到的人最冷静，于勒指着楼道缓慢摇动的监视器，要他们注意节奏。监视器刚刚转过去的时候，三个人拖着付锐跑出去，用门卡刷开了第一道关卡。

二三道关卡没有摄像头，付锐索性趴在地上，死拽着栏杆不松手。于勒掏出裁纸刀去割他的手腕，如果付锐人过不去，拿他的手指也可以通过第二道关卡。他让小武继续割，老姜按住他，他去拉付锐的左手拇指。于勒早研究明白，那扇门只认几个狱警的拇指，可他不清楚是哪只手的拇指。要是有斧头或是菜刀也许能好点，一刀剁下去少些痛苦，裁纸刀拉了十多下才见到软骨。付锐满眼泪水，却不愿求饶，想保住命就绝对不能松手。他哭着说，没用的，你们白折腾，就算你们过了第二关，第三关必须扫描我的瞳孔才能过去。于勒食指中指岔开，指着他眼睛，那就把你的眼珠挖出来！付锐摇着头，泪水汗水混一起在脸上淌，说杀了我也没有，它不认死人的瞳孔。话没说完一声惨叫，小武把他的右手拽了下来。

原来，左右手拇指并在一起才会打开门。第三道关卡需要鹰眼扫描双眼五秒左右，门才会打开。付锐死不睁眼。于勒翻开他的眼皮，鹰眼不认眼白。他闭着眼睛说，现在收手还不至于死罪，你们出不去，直到他们冲进来逮捕你们。两个能听能说的犯人让他闭嘴，他不能停，他知道他们开始烦躁了，他快说动他们了，也许可以活下来。忽然眼前一丝凉意，那个听不到的人，将小刀插进去挖出了他的眼珠。

付锐没骗他们，鹰眼通过眼球时一点反应都没有。他们用布条封住他的嘴，双脚绑在铁栏上。于勒指指对讲机，示意启动备用方案。老姜按住通话，说出从声音到语气练了上千次的那句话："小王，过来顶一下，我去上个厕所。"

这有风险，不管学的有多像，毕竟是两个人。他们守在门两侧听着脚步。于勒听不到，他盯着小武的手势，只要他手臂一抬，说明过来的不是一个人，是一支军队。那就照之前的最终方案，三个割喉自尽，不受折磨。最终是小王自己，他哼着歌，刚打开门，三个人跳起来扑倒了他。

料理小王后，三个人直奔第四关卡，于勒一人跑在前面，剩下两人在后面追赶。而武警在月色里看到出事了，两名越狱的犯人追逐着浑身是血的狱警。武警冲远处明枪示警，喊来值班室的同伴，让他快去抓捕。他自己迎上前扶起狱警，问他伤的重不重。这时喉咙一凉，一把刀插进喉管，喷了于勒一脸的血。

于勒拾起枪，瞄准另一名武警的背影，打了一梭子的子弹。远处传来新年的钟声，鞭炮声又一次达到高潮，周围庆祝的人们都觉得，今年的爆竹特别响。

我打断他，问他后来为什么还把那三个人给杀了？他说是因为害怕，虽然不知道他们说什么，但能感觉到，他们想杀了他，抛尸南城，造成假象后往北跑。

他们犯了个错误，他打手语道，他们说话就够了，却透出怕我知道的表情。

你怎么一下子杀三个人？

枪在我手里。

不是，不是，我摇着头，有一个细节，你穿着警服冲在前面装狱警，不该你穿的，你没法边跑边喊，后面有逃犯，快来救我。但是你偏要冲在前面，因为你要拿到枪。你提前计划好了，让他们开到南城，杀掉他们仨，然后你出了城步行往北走。

他没反应，我是对的。我重复那个问题，你为什么要杀他们？

因为他们是死罪，他们都是杀人犯。

你也是死罪。

我不是，我不该死。

我抓抓头发问他，为什么要来北京找我？

他说他想我了，他像了野人一样在大兴安岭呆了一年多，他快活不下去了，尤其是冬天，那不是人呆的。他跟我描述冬日最普通的一天，他带着枪在山里转了一上午，什么也没看着，连个小兔子都没有。这时他才意识到，他可能是这片森林里唯一没有冬眠的动物。在春天他一直想该去哪，他展开地图给我看，他不会腻在北京，那会连累许佳明。这里，他指着新疆的昆仑山说，这里肯定有少数民族部落，那就不会有什么警察，不需要身份证户口本他也可以住下来。而且他想明白了，语言不通的地方，他作为聋哑人，其实更容易活下来。

你打算哪天走？

越快越好。

我写个地址给他，六十号信箱，我少年时藏烟藏钱的地方。你到那给我寄封信，信封除了收信地址什么都别写，不用写我名字，把你的地址写信里。里面也别讲什么，写点没用的话。比如，女儿，妈妈在这里很快乐，我就明白了。

他点点头，收下地址。

但我不会去看你，真的不会，你杀太多人了，让我知道你还活着就行了。钱我收着了，我都还给你。你坐不了飞机、火车，也不能去银行取钱。但你不可以一路要饭要过去，那样你肯定死路上。我站起来抽支烟，对着阳台想想，转回身打手语，我一会儿给你画出一条路线，小路、山路，你别走国道高速。你骑摩托去，一旦看见前面有警察，转向往山里开，扔下摩托就跑。别在乎摩托车，有机会再买一个，我今天把黄金卖了，一百多万，你换八十台摩托都够了。

天快亮了，我关上灯，依稀能看见他打不要的手势。后来我听出他哭，日出的微光照在他脸上，我记起那时也是天亮，他在林莎身后怒视她的表情。时过境迁，该死的死，该逃的逃，一切都结束了。我背着阳台，一片逆光，不管他能否看见。我右手摸了两次下巴，那是"爸爸"。

16

大概两年后，可能是好奇心使然，我特意回长春查看 60 号信箱，他果真给我来了一封信，信里面他画了张地图，沿着昆仑山往西，帕米尔高原上，柯尔克孜族群的山脚下。一看那就是邮差和警察都去不了的地方。他在下面写了两个字——很好。一瞬间我仿佛看见了我继父躺在牛背上，头顶着蓝天白云，一群自由自在吃草的绵羊。

那就好，我点着头。再往里掏还有封信，撕开信封一张银行卡掉了出来。拿到 ATM 试了下我父亲常用的密码，我们家八位数电话，去掉头一位和最后一位，中间那六个数字。密码是对的，点击余额查询，里面还有八十万元。我去柜台要人工查下户主，柜员额头一皱，磕磕巴巴念出一串十多个字的名字。

"维族人吧？"她问。

"柯尔克孜族。"

坐火车回北京时我想通了，这是他某个新朋友帮他在银行办的。他寄给我，让我每天正常取两万，四十天可以取完，存进我的账户里。

顷刻之间我浑身发麻，随着慢慢长大，很多事早就欲哭无泪了。他还是希望我去留学，我最终没能满足他。

谭欣回国了，那是这几年的大事，更大的事情是她和崔立要结婚了。她电话问我来吗。我说我以为你们早结婚了。她说没有，崔立一直不愿意娶一个比她小四十多岁的女孩。我说，你不是女孩了，你也快三十了，你孩子都五岁了吧？

"那不也是你的孩子吗？"她咯咯笑着。

"那你为什么还要嫁他？"

"再不嫁他就来不及了，我总要做一回他的女人。"

我们都沉默，那些深沉而痛苦的爱，折磨了我们整个青春。

"你来吗，许佳明？"

"他愿意我去吗？"

"愿意，"她说，"这几年他一直内疚，他说他欠你良多。"

婚礼在海南举行，取义为天涯海角。君生我未生，我生君已老。我离君天涯，君隔我海角。

我带上当时的女友提前几天飞往三亚。阳光，海滩，椰树林，可是没多久她发现一切都不那么美好了，我们不是来度假，不是来寻找爱的甜蜜，我只是来参加我前女友的婚礼。她把酒店所有的镜子砸碎，怒不可遏地飞往丽江，寻找能真正爱她一生的男人，或是只搞她一夜的男人。反正，他们强过你许佳明。

那天晚上，我一个人坐在电影院忽然想起来了，林莎说过同样的话，钱金翔就要死了，再不嫁他就来不及了。我得找点什么东西替代这一对苦命鸳鸯，把他们放在天涯海角。

电影院我认识了一刚失恋的姑娘，我们随便聊几句，过几夜，我邀请她没什么事的话，可以跟我一起去婚礼。我说，你还没吃过不用随礼的婚宴吧。我等她答应，我不想一个人去，我不想让谭欣觉得，甩掉我以后我孤苦伶仃，行尸走肉。

"你不会抢婚吧？"她问。

"啊？"

"如果你要是抢婚，把我和新郎晾那儿，就太没面子了。"

我对她打了绝不的手语，我还挺喜欢这姑娘的。

真到了婚礼我才明白，之前的很多伤感都是臆想出来的。大家都那么高兴的氛围里，即使新郎不是我，即使新娘是谭欣，也没让我难过到哪去。四处寻找我看见了我儿子崔佳明，一时间感觉灵魂上了天，一直盯着他，直到他妈妈过来挡住我视线，我才回到人间。

"你还好吗？"谭欣问我。

"这问题，没有回答不好的吧？"

"这叫强制肯定回答？以后就这么命名。你还好吗？"

"好，非常好。"

她哈哈大笑，说："我感觉你也挺好的，你女朋友很漂亮。"

"谁？"我回头看一眼，"我连她名字都没记住。"

多亏她收住这话题，不然我真可能刹不住车地讲，离开你以后，我眠花宿柳夜夜笙歌什么的，好证明许佳明不是没人要的男人。在她面前我多虚弱。

"我看见你的努力了，"她说，"你画得很棒，他特别喜欢。他说，你绝对……你想听他对你的看法吗？"

"说吧，我入行以后，已经懂得他的才华和价值了，我明白他一生都为艺术奉献了多少。"

"他说，你仅仅是少了点东西，一点点，只要把那个找到，你一定会成为这一代的大师。"

"我也这么想，我抓不到，我不知道是什么。"

"你现在好谦卑啊，这不是万能青年旅店吧？"

"就像你说的，我知道多了，敬畏也多了。"

她喝着杯中酒，看着我说："你几乎没怎么老，这几年我一直跟他在一起，总觉得自己年轻呢。跟你一比我老了。哦，男人三十岁和女人三十岁是不一样的。"

"但你更漂亮了。别忘了，你还欠我一次肯德基。"

她笑笑，怪我还记得，她都不记得那个摩托车阿飞叫什么名字了。"我现在生命里就你们两个男人，以后也是。"然后她想想，问，"我看你邮件，吓了一大跳，你继父那边怎么样了，还活着吗？"

"我不想说这个，不能说。"

"那就是还活着，多好。婚礼结束了你先别走，他想和你聊聊。"

我回到那女孩身边，她酒喝多了，抱着我要给我讲笑话，也是婚礼，三个单身穷屌丝比谁随礼大气。头一个说，我随两千！第二个说，我随一万！第三个脸红了，结结巴巴讲，我没随钱，但是，新娘肚子里的孩子是我随的。说完她眨着眼说："明白了吗？"

"没明白，你先让我笑一会儿。"

她勾住我脖子，酒气很重，从她嘴里出来却有种迷惑的气息。她贴着我耳朵说："我不管，许佳明，你也要给我生一个。"

我看着她眼睛，这么聪明的女孩，我快爱上她了。

日落之前在海滩走走，崔立身体不好，走两步就喘不上气。然后我俩坐在海沙上，他点支烟，扔给我一支，连抽两口问我恨他吗。我摇摇头，我说，恨也不恨你，这不是你的错。

"存在，"他声音从烟雾里冒出来，"我存在，我活着，可能就是个错。"

我看着他，现在说这些干嘛，今天说这些干嘛！太晚了吧？我岔开话题，问他对我的作品怎么看。他没说话，烟不离嘴地望着潮落。我搓搓手，拿出防风火机把自己的烟也点上，给自己解围说："我的画我点点头。有那么一刻我懂谭欣了，我懂她曾说过的崇高与幸福，我懂她说幸福是大多庸人追求的体验，崇高则是可遇而不可求的奇观。

本来不值一提，就不难为您了。"

"无我，"他说，"你所有的作品里，总有那么一丝怨气。它会使你的悲伤也不那么纯粹，快乐也不那么纯粹。"

"所以您建议我？"

"假想一个人生，假想一个人，你就是那个人，你在替他画。每一幅画，你都是替某个人画。"

我点点头。有那么一刻我懂谭欣了，我懂她曾说过的崇高与幸福，我懂她说幸福是大多庸人追求的体验，崇高则是可遇而不可求的奇观。太阳斜照在海平面，一片金光映上来，仿佛生命提前步入了天堂。

"我就要死了，活不了多久。"他站起来，海风持续吹，从裤子上拍打下来的海沙，连同他的话语一起像落日的方向飘去。"照顾好他们母子俩，谭欣已经迷路了。"

17

我再见到李警官是差不多一年以后，他已经升到了迎春路派出所的副所长。我回长春办户籍，办新身份证。我跟他说我要结婚了，一个我寻找二十九年的姑娘，终于把她找到了。这个比喻让他眼前一亮，似乎真看见我未来的幸福生活。他拍着桌子说一定要把她带过来看看。我说不用了吧，你儿子怎么样了。他说在读四平师院，现在孩子真是不打不成才，就得打。我乐了，这个不能告诉他，我高中那阵儿，老师就喜欢拿四平师院吓唬我们。老师说，不好好学习，以后就等着考四平师院吧！

他看看手里的文件，叫秘书进来交代几句，起身说必须得请我吃饭，让我老婆也参加。我说她没来，我没带她回长春，你也清楚，我不想让她知道我家的状况。

"啊，你看我，见你一高兴都忘了。"他拍着脑门说，"跟她说，没事了，你继父不是杀人犯。"

"什么意思？"

"凶手前两年抓着了，你猜是谁，那个老头的儿子。他跟他爸一直不好，之前坐十年牢，刚出狱听说他爸把钱都卷走了，那还了得？来长春杀了他们俩，回松原坐等遗产。哪知于勒把钱都取光了，哈哈！"

我没陪他笑，感觉浑身发抖。我咽了口唾沫说："那你们还判他死刑？你们说他是杀人犯！"

他坐回来，收住笑容，双手插兜地看着我，说："我最好的兄弟付锐死在他手里，还有三个同伙，铁北监狱还有三个。他妈的杀了七个人，我抓错他了吗？"

"不是，那是于勒不想死，他要活下来。他根本没犯法，他就不伏法！"

真没出息，我眼泪一下子就涌出来了。我快步离开派出所，回到哑巴楼，趴在床上痛哭一场。天黑以后我反复责骂自己，于勒是对的，事发当晚他打的那个110是报警，不是自首，他唯一做错的事就是把钱取出来，供我留学。也许这也是对的，也许林莎跟他说过，钱金翔的儿子有多操蛋，也许钱金翔都愿意他拿走这笔钱。

傍晚我去了郝叔叔家，关上书房门我问他，于勒当时跟他说什么了，具体什么样的。一样的过程他又讲了一遍。然后他问我怎么了。我说，于勒没杀人，他回家撞到的就是两个死人。郝叔叔只是哑巴，可是此时他就像个聋子，一动不动。我贴在他耳边轻声说："我知道我爸在哪？我得去告诉他。"

那一夜再次失眠，躺在被窝里我看着我继父画的地图，蓝天，白云，雪山，草地，牛羊。我把手机地图点开查看路线，可以先飞北京，转乌鲁木齐，再转喀什，租车开进昆仑山。两指将地图放大，我可以找的到。

手机闪屏一个电话切进来，是谭欣的号码。凌晨三点钟她问我睡了吗。我说没有，碰着点事睡不着。她说他出差了，就是不带她去。然后她就东扯西聊，说佳明现在可皮了，都管不了，问我小时候是怎么管教的。我说我是继父养大，随时可能不要我，不敢不懂事。你命真苦，她叹息道，想想都心疼你。没有怨气，崔立对我说的我听进去了，不要有怨气。

一下子她就哭起来，不停地哭，哭不动了的时候，勉强吐出几个字："他死了。"

18

他们住琼海的一座渔村，当地黎族人划着渔船把他的身体送到大海深处。我去晚了，这些都没能赶上，只看到她成了彻底的寡妇。头一天我们没说话，上午我陪她坐在院子的树下看她编织贝壳。午睡过后我和崔佳明踢了一下午沙滩足球。他快六岁了，我一直在他身上寻找我的童年印记。完全不是我，他会时不时闪现我现在都没有的儒雅和娇纵。于是整晚我都想着一个怪念头，这孩子长大会不会成为 Gay。

第二天上午渔民带我们三人出海转转。在下午我继续看她编织贝壳，还是那样默默地，一句话不说就可以度过好时光。后来我忍不住说了，我说你太像我继母了，你会和她一样，嫁给哑巴也可以自得其乐。她抬头咬着嘴唇，问我："继母，继父，说说你吧，就当这是你生命最后一天，说说你的一生。"

我从遗腹子讲起，讲起我妈，讲起差点就和她结婚了的父亲，讲起我外公，我继父，最后是继母，还有那个钱金翔。然后我把最新的消息告诉，我说于勒没杀人，他本来就是守法公民。

"那三个他杀的同伙呢？"

"于勒说过，他们本来就是死刑犯，该死。估计他就是这么想的，他没杀人，他要活着；那些人杀人了，虽然跟他跑出来了，那就由他来执行，他来当法官的刽子手。"

她看看远处海浪，试图感受于勒经历的一切，回头说："你继父是个好人，他是有原则的人。"

"我准备这几天去新疆找他，可是我能告诉他什么呢？告诉他委屈你了？你男人以前说，他欠我良多。我也想跟于勒说，爸，我欠你良多。"

佳明午睡后要拉我去踢球。我说叔叔累了，歇会儿再跟你去。佳明皱眉说我在撒谎，我并不累，只是想和他妈妈聊天。

"佳明！"谭欣呵斥他，"怎么跟叔叔说话呢？"

他皱眉坚持："他是在撒谎！"

"有没有礼貌？"妈妈推孩子一下，他顺势倒地不起来。"起来跟叔叔道歉！"

佳明坐着不动，瞪着我，紧闭着嘴往下咽唾沫。弄得我眼眶都湿了，我说："他真的是我儿子。"

"当然，你有怀疑吗？"她皱着眉，佳明这点和她太像了。"你不知道他有多坚强，他爸爸没了，他知道一问起我就难受，之后他就忍住，多想都不问。"

"我小时候委屈的时候，也是这样，不哭，瞪着眼睛咽唾沫，就好像那是不小心流出来的眼泪。"

谭欣抱起佳明直亲他，把脸埋在孩子脑后放肆流泪。我有点难受，对佳明钩钩手指，抱上足球先去了海滩。

晚上我跟谭欣说，孩子我来养吧。我现在有点收入了，虽然比不上崔立留给你的，供他读书没问题。"不要，"她弯腰生火，头也不抬地说，"你都是要结婚的人了。"然后继续气儿不顺地忙活厨房，忽然转身问："你怎么能娶那样的一个女人呢？"

"哪样的？"

"反正她就是不配你，她是典型的物质美女，这种女孩夜店一抓一大把，有钱就跟你走。"

"我不知道，但是我真爱她。我想娶她，她也想嫁我。"

"你之前也说过你爱我，又能怎么样？"

"没怎么样，我那时是爱你，也想娶你，但是你嫁别人了。"说着说着我来气了，"你甚至从来，从来没说过你爱我，你记得吗？你就想让我死等你一辈子是不是？"

"当时我不是跟你解释过，如果我哪天说了，整个人都是你的了？"

"谭欣，别讲这个。你是到我这儿取种来了，我他妈就是种猪！你毁了我快十年，你还想怎么样！"我指着她，"什么整个人是我的？别逗了，你是崔立的！我没过告诉你，但是是真的，这么多年，这个画面老在折磨我，一个七十岁的老头趴在你身上，喘气都费劲地操你。"

"你太恶心了。"

"谁恶心？不是这样吗？你谭欣本该是我许佳明的私有品！"

"我不是你的，也不是他的，我对你没说过那三个字，我也从没对他说过，我爱你。"

晚饭也没吃饱，仨人都不说话。谭欣端一坛当地米酒，铠地往桌上一放，就是不说话。我打开喝了点，给她也倒一杯。有点微醺，我早早睡觉了。睡到一半我听见她进了我房间，一阵芬香扑鼻。她左手捏住我鼻子，右手把吃的塞进我嘴里，低声问我："像上校鸡块，还是像鸡米花？"我坐起来，没等吃完嘴里的，又被她塞进来一块。

"多吃点，我做了一个全家桶呢。"

"别拿这忽悠我，你这叫海南鸡饭。"

"我自己做的，这边买不着。你不是想让我还你一次肯德基吗？"

我快嚼两口把吃的咽下去，我们都明白她说的是什么。我抱住她，容她在怀里哭一会儿，亲了她的额头，说："你知道我等了你多少年，谭欣，早一点说，哪怕一年前，你这一句都能把我整个人化了。可是，可是真讨厌，爱有时间差。我刚刚和你错过去了。"

我俩合衣而睡，大概是黎明，上来一阵寒意她浑身发抖。我从后面抱住她，握住她胸前的手，直到她不抖为止。恍惚中睡着了，恍惚中又醒来了，恍惚中我听见她对我说："我爱你，许佳明。"

我抱紧一点，不愿她难过，伸手在床前捡起鸡块放在她嘴前，问："告诉我，一卡是多少？"

她笑起来，一口咬下去，大声说："一卡就是一卡啊，一度就是一度啊！"

19

情况跟我想得不太一样，中国已经没有纯粹的原始部落。我坐在昆仑山下，两米多深的冰河从我脚下流动。一群绵羊在河对岸缓慢走过。这一切都是美的，崇高的，直到有孩子发现这有一个汉人，尖叫着朝远处的毡包报信，全部都乱了套。一时间十几个骑马的年轻人将我围住，手指比划数字向我兜售他们采集的红宝石及玛瑙。我对他们解释，我只是来找人，谁能告诉我汉人哑巴住在哪，宝石有多少我买多少。他们听不懂，摊开双手求我看玛瑙。我推开他们硬挤出去，往外一看哭笑不得，那些骑不了马的老人们也端着宝石赶过来了。是啊，早该想到的，他们也使用人民币。

喊"不要"也没用，我抱头蹲下来，大家一起耗吧，我等你们回家吃饭。有个骑马的年轻人用生硬汉语对我表示，他可以载我出去，去他家，慢慢挑宝石。我笑出来，看来只能这样了，去他家挑宝石。蹬上了马背后，他冲族人喊了几句，手拉缰绳冲了出去。远处更年迈的人还在来的路上，你们，你们，你们！都不好好放羊的嘛？

我让他慢点骑，问他认不认识一个汉人哑巴，他听不懂哑巴这个

她还说，那种崇高的美会让你感动，因为你在它
身上，看到了你想拥有的那份品质。

词。我手指着嘴，阿巴阿巴演示给他。他点点头，明白了，指着远处
正端宝石四处找商机的老人。我眯眼瞧了半天，真是的，于勒也卖起
这个了。

　　六年以后，他完全成了克族人，一个柯尔克孜哑巴。我继父跟我
讲，这些人一个老板，宝石是内地仿造好拉进来。每家发一些，大家
按月结算，专门卖给过路的内地人。我咬着指甲笑起来，一时他也跟
着乐，弄得上唇的胡须一层白色哈气，跟他们的胡子一模一样。

　　午饭我继父请客在毡包吃烤全羊，他叫来了几个要好的朋友。那
个十来字名字的中年人也来了。几年下来，他看得懂我继父的所有手
势，再翻译给其他人。克族人饮酒不多，肚子一饱，杯中酒没喝完就
纷纷告辞。曲不终人散的感受，一瞬间就剩我们俩了。

　　午睡后我继父要带我去个好地方，附近一处背风的山腰，刚好可
以看见白沙山的雪顶。我继父抽起烟袋，告诉我没事他就坐在这里，
真美。我点点头，我说前几年一直喜欢一个女人，她给我讲什么美，
她说美是主观感受，比如老虎是美的，可你要是在森林里遇见，就一
点都不美了。

　　我继父笑起来，又续上一袋烟。

　　她还说，那种崇高的美会让你感动，因为你在它身上，看到了你
想拥有的那份品质。

　　艰涩的哲学理论，貌似进了他的心。于勒连抽两口，看着白沙山
的雪，可能山顶的那一片圣洁正是他努力在追求的。两袋烟抽掉，我
继父打手语问我，谁杀了林莎？

　　你怎么知道？我刚一直在犹豫什么时候跟你说。

　　你恨我，不会来看我的。如果哪天你来了，意味着凶手抓到了。

　　我没否认，我知道我伤透了他的心。我接他手里的烟袋，装上烟
丝给自己点上。白沙山全由河底的白沙冲积而成，微风吹过便见到大

片涌动。山顶的积雪四季常在，有时化掉，有时又下一场雪，常年都那么多。我在背包掏出画板，我说我得画下来，那么纯粹的美。

他很意外我成了画家，侧过头看我落下每一笔。后来他站到我身后找好角度，让手影落在画板上：我想你，这么多年我每个下午都坐在这想你，我天天都问自己，他们能不能抓到凶手，我能不能活着看到我儿子，看见他原谅我的一天。

我放下笔，转过来看着他，右手摸两次下巴讲，放心在这里养老吧，我还会再来。我要结婚了，我姓许，将来我让孩子姓于。

他忍住不哭，迎风眨眨眼睛打手语：我早就想好了，真能等到那一天，我就跟你一起回长春，抓进去的时候我没犯法，我不服他们枪毙我，出来的时候我犯了重罪，他们应该枪毙我。我要去自首。

我咽着唾沫，眼睛睁得大大的，尽量往远看。帕米尔高原的云特别低，我看见天边的一朵白云飘着飘着就被山尖勾住了，挣扎不开便围着山顶下起小雨。冬日的积雪被雨水打湿，裹着山体的白沙，又拽着碎掉了的云朵，白色流淌一片，朝着山脚奔下去。远远望去，仿佛心底永远追求的那一抹白。

20

我继父提议开车回去，来的时候匆忙慌张，想再走一次塔克拉玛干大沙漠。我们两辆摩托，白天行路，晚上露营，出发第六天进入沙漠地带。两条垂直公路将塔克拉玛干纵横贯穿。每三公里便有一个供水站，用来浇灌两侧护路的红柳。傍晚时分我们准备停靠在一家供水站露营。一个姓李养路人从里面出来跟我们招呼。他和老婆在这儿工作快十年了。他希望再干十几年，死在这里。

每个供水站都住着一家人，沙漠里还有一百多对他这样的夫妻。工作并不累，仅仅找时间表开关水泵灌溉红柳。但是枯燥，有时候你不一会儿他翻身面对我睡着了。也许是好几年里最好的时光，不委屈，不慌张，也不必度日如年地悲伤。

会感觉生命就像这根水管，一滴滴把它流完也就到头了。他建议我们明天往西经过十字路口时改往南，从库尔勒穿出去。

"那是你父亲？话很少啊。"

我回头看一眼，于勒正对着帐篷研究怎样开一个天窗。我问老李想家吗。

"我老婆就在这儿，我俩在一起就是家。"

我一阵心痛，我想念谭欣。我不爱她了，但依然想念她，我想念过去爱着她的感觉。

老李提醒我们晚上别进沙漠，夜里有沙蛇，毒性超过眼镜蛇，咬一口就毙命。我被这话吓着了，天一黑就和我继父并排躺在帐篷里不出来。于勒指指上面得意地笑，他真做成一个蚊帐天窗，一睁眼就能看见星空。不同于城市，沙漠的夜晚全要靠星光点亮。我们看不见对方手语，我竖起大拇指刮下他脖子。他笑了，仰躺着看星星。不一会儿他翻身面对我睡着了。也许是好几年里最好的时光，不委屈，不慌张，也不必度日如年地悲伤。

我胡思乱想，睡不着觉。夜晚风上来了，我身后的沙丘在悄悄移动，流淌的白沙如海浪一般嘶嘶作响。我闭上眼睛心里反复说，快入睡，我会做美梦。后来真的一连串的美梦，不断击碎现实的冰冷。好像我梦里都怕自己醒来，害怕离别，害怕死亡。不过中途还是醒过来了，一睁眼我就笑了，带天窗的帐篷。真好，一轮明月低悬在头顶，正在照亮我的人生。

暮　色

徐　虹

1

　　这世界真是安静，因为最激烈的喧嚣往往悄无声息。正如在暮色将近的时候一个妇人默默地走，没人听见她胸腔里一列火车的行进——轰隆轰隆，轰隆轰隆，匀速的，硬碰硬的，催眠的，淹没了一切噪音的更大的噪音。北京秋天的街景本就凌乱，偏偏这条位于旧区的街巷又狭窄得很，高高低低的喇叭声就是司机们雄壮的叫骂。这还不够，有人探出身来嚷："嗨，那女的，说你呐！又不是机动车，在大马路上走！"李天娇失魂落魄一躲闪，忽觉得胳膊肘被一把巨大钳子狠狠夹住，不免回头，却是旁边有人扶了她一把。那人穿土黄色外套，竖领子，不合时宜地戴了太阳帽，帽舌压得极低。咦，她倒好像在哪儿见过他？在这个热闹的地段那人瞬间已被淹没。这时候已是 11 月份，都说一场秋雨一场寒，极细小的雨滴就是水的沙尘，像上帝的手沾了水，水星直溅到人的脸唇上。她脸一凉，难免朝向那人走掉的方向。因为脚步错乱，这世界便在她的颠簸中忽左忽右。

她明明是在哪儿见过他的。或者他像她少年时代的一部电影里被冤枉的小偷？高个子，瘦脸，眉眼之间没有距离，隐在一小块暗影里，看起来总是皱着眉头对世界充满了疑虑。少年时代她的梦想就是成为穿雪白衬衫的女主角，在几个人围打他的时候冲上去，挡在他前面，大声说："我证明他！"她虽然长得不好看，但也是颇有胆气的一个人，她父母在三姐弟中一向最看重她的，只可惜后来没有学成法律，倒成为了一个国家机关里最平庸的角色，管理财会审计。一个有学历的女人一旦成了公务员，结了婚，生了孩子，经历了办公室种种心智磨砺，外形也就大致趋同了——肥圆的屁股，雀斑脸，焦虑的神色，脚上的粉白短袜邋遢得很。可要让她像办公室那些时髦女孩子，光了脚，穿尖头皮鞋、窄腿裤，露出性感的小踝骨、绣花胸衣带子，她又觉得破除了一贯的规范，身上先不自在起来。

在时髦的女孩子眼里，这个叫做李天娇的妇人确是一页翻过去的历史，乏善可陈。只有成熟的男人才懂得，老去的女人往往更善煽情——她让他趴下，双手上抹了油从他的脖颈处一直滑下来，骑在他背上像情色服务一样殷勤。她忽然想到自己多年以前的生产，那些撕裂的疼痛让她的五脏六腑变换了全新格式，一个婴儿腾挪出的空虚必须由婴儿的父亲来填充，她越想越感到自己的不安分。孩子吸干了她的青春，长大成人，而她呢，年轻时的矜持和自尊恐怕也被岁月吸干了。她温存地扳过他脸来。当了母亲的女人从来都把男人当作婴儿，她的嘴唇就是包裹婴儿的褓褓，而其实她是在求他。这时候，她的丈夫何乐，终于不情愿地翻过身，仰面打了个哈欠："啊哈……"然后冷

暮　色

静地看她，建议道："行了你，早睡吧。"她原本火烧火燎地要爆裂开来，却一下子闭合了，浑身上下沁出了汗，虾米一样地蜷缩。他就像她旁边婴儿一样坦然睡去。她是烫的，他却是凉的……说话间这也是好几年以前的事了。她是逐渐发现他的秘密的。后来他的秘密在他们之间已经不成为秘密。她似乎在泥沼中被糨住了，他又得寸进尺，甚至被她女儿撞见过两次，跟那个妖精一样的女人郝金——他寻求欢乐，凭什么伤害孩子！她几乎和他拼了命。最后倒是何乐被逼急了，道："骂谁不要脸呢？我又没求你黏着我。谁规定结了婚就不能追求幸福？你规定的？这年头谁也别拦着谁，告诉你，拦也拦不住。"她真恨自己！一个女人如果在年轻时代没有嫁对丈夫，中年以后就完全地江河日下，没有一件事是真心高兴的。她母亲辞世早，偏又赶上她父亲住院，往后看，人生一片荒芜，她不能想下去。她的火车就在身体里横冲直撞，终于破碎了心肺直开到火车道上。戴红箍的协管员郑重地举起旗子，汽车、自行车听话地停下来，尖锐的呼啸声由远及近，成为淹没一切噪音的更大的噪音。有时候她想，甚至她常常想，只要往前一冲，一切将变得简单，痛感也只是瞬间的事……当然她也只是想想而已，这年头谁又不是活在火车道的边缘呢？她随众人过了火车道。风大起来，别人的秋天是无边丝雨细如愁，她的秋天却是无可奈何花落去了。

那人是从她身后围上来的，先是慢她两步，逐渐并了排。土黄色外套，竖领子，不合时宜地带戴了太阳帽，她心里咯噔一下子——这人不是消失了，又从哪儿冒出来了？她干脆停下，以一个妇人经多见广的神情，不胜其烦地回脸看他。一时间他和她脸对脸照个正着。事情真是奇怪，她认出他的时候张口就叫上他的名字来："哎，淮平？你怎么在这儿？我刚说看你眼熟呢，真是太巧了。"可不是她少年时代的邻居么。那时候一片老旧的楼群里头，黄昏的草坪上总有半大孩子。

淮平个子高，每次路上遇见她，总是没腔没调地吹两声口哨。有一天他忽然走过来，把自行车横在她前面。他把一个少年人的所有大胆和放肆聚集在眼光里，用力看她。那一天从生理学上讲，她还是处女；从心理学上说，她已经成年了——这么久远的事到现在她还记得，想起来她又要笑掉牙齿。

淮平毕竟还是老练些，笑道："哎，真巧。你倒没怎么变。""哪儿的话？老啦！"李天娇笑道。她其实是想问"这么多年，我老了么？"他已经听懂了，立时笑道："还真不见老，也就三十出头吧。三十岁的剩女现在最吃香了。""瞧你说的，还剩女呢？孩子都十八了。"他们站在街雨中说话终归不妥，淮平仰头看天，低声道："要不坐我车，边走说聊？一会雨大了想打车都找不着。这天阴冷，站长了冻得慌。"他的大伞正好一半遮住自己，一半遮住她，他的话也完全在理。天真怪，刚才还是小雨星，现在忽然大了起来。女人在感到寒冷的时候往往是丧失理智的。何况在这个城乡结合部地段，顷刻间漫天的雨线向左倾斜，远处的车灯模糊而闪烁，在很多伞的间隙，很多人匆忙跑过去。她心里真是说不上的没着没落，似乎只有眼前这个人是温暖的，可亲的，代表着过去的岁月。她已经很多年没有听到一句体恤话了……淮平随以撑伞之势挨近她，臂膀拥住她疾走。后来她回想起来，或许就是因为她本是一个平静之下充满蛮暴之气的女人，正需要在一个肯綮处让命运的火车飞出去，所以对世界的警惕也一时放任。因此忽然相逢的两个人，熟人一样上了他的车，跃过吵闹的红绿灯，朝着苍茫暮色的尽头开过去。

2

她在他车上的时候还蛮有兴致。淮平父亲是安徽人，他小时候在北京长大，现在四十多岁了细听还有一点江淮口音。他们说了一圈相熟的人，谁离婚了分房产争得厉害，谁发了财生二胎交罚款就二十来万，谁的儿子读高中的时候互换到美国科罗拉多州念大学了。听淮平话里的意思，他母亲现在老家由亲戚养着，他哥一直卧病在床，由他管——那时候他哥总帮他打架，两人情谊一向很好的。她连"呦"了好几声，心下倒生出一个疑问。在她的这个年纪，只有在怀旧的时候才真正活泛起来，笑声也十分清脆，辞色之间即使过分热情也显得体。他又谈起，她年轻时的样貌可谓风华绝代，凡是遇见的人，没有不驻足神往的。"你长得漂亮，你难道自己不知道么？"他低声道，眼睛看她。她顺手拢了拢头发，笑得一抽一抽的。她很久没有这样的礼遇了。其实老去的女人在男人面前还是有莫名的自卑的——他们不追求她们，就是她们的失败。渐渐的她的话锋顺从了他的话锋，又有曲迎之势。因笑道："咦，你孩子也大了吧？怎不生两个？其实还是生两个好。"淮平笑笑没吭声，继而沉默。他的沉默如窗外无限的雨夜，在对面一错车工夫，忽然被灯光照亮，又忽然暗下去，反而让她多了遐想——他倒是有没有家室呢？其实，如果不是后来淮平父亲过世、他们搬了家的缘故，时间很快会延续到他们的青春时代，或者两个人的命运会被改写。至少她是这么看的。后来他母亲也病，他哥也病，他没好好念大学。都怪他命数不好。她刚结婚那阵子他们还见过面。但他有意避着似的，两人再无联络。她只道是他多年不见反而生涩，因此更加起劲地说笑起来。

　　淮平忽冒出一句："那你怎么样？你们家何乐对你好么？""他！别提他。"她撇撇嘴。忽抬眼道："咦？你倒记得他叫何乐？"淮平道："不是你刚才自己说的？"李天娇道："我说了么？我都忘了。"淮平道："我还知道他钱挣得不少，就是人有点那个。"这倒叫她费解了，原想问"听谁胡说的"，却没出口。何乐朋友又杂又多，拐了弯认得也是有的。而她还在矛盾着，究竟是该炫耀生活幸福呢，还是该倾吐生

总之让一个身处困境的女人遇见一个不讨厌的男
人而克制住幻想，显然是困难的。

活问题？这一天恰是周五，她女儿何小娇本要回家，偏几个要好的同学约到郊外去玩。她倒惦记着是不是要到医院看一眼她父亲。实际上她今天没有什么要紧的事，正好有工夫温存自己青涩的过往。

她顺手拨个电话给何乐，她的手机就剩下一格电池了。但何乐从来是忙得电话也听不见的，蜂音响到极限发出"嘟嘟"声。她发短信的时候往窗外看了一眼，雨仍然大，每一条街巷都是相似的。因抹了抹车窗玻璃笑道："这到哪儿了？都不认识了。"又低头按键。何乐一定又去杨噪那喝酒打牌了，他们是带钱的。那女人就是他在那儿认识的。他们几个合着伙骗她，她也清楚。上次她电话打过去，是杨噪接的："嫂子你放心，我给你看严他。他是唐僧我就是孙悟空，哪个小妖也叫她不敢近身！"可她已经懒得降妖了，他们之间是没有未来的……因悠悠道："现在这世道，什么不是假的？孙悟空都能成个骗子，还有什么是可信的！"不想淮平笑道："人家孙悟空也是个孤儿。打几场架，杀几个坏人，还给镇在大山底下，容易么人家！"一时间她没接话，他也不说话。在一个封闭的空间里酝酿着怪诞的沉默。而她在沉默中忽然发现，他的方向已经偏离了她的方向。

他们一见面他就把她带到一个房间，似乎有一点过分了。但是他或许想让她看一看他的生活呢？她想。她年轻时代并不是一个浪漫的人，成年男女进入一个封闭空间，终归是不妥当的。但是这时候，她心里闪过一丝何乐。他那么伤她，伤她那么狠。他们是没有未来的，可她的青春还没完呢。甚至她心里闪过一丝报复的快感——她倒要给他看看，他扔了的货色，还有人宝贝着呢。管他呢！所以，与其说淮平把她诱导进房间，不如说她主动配合，有说有笑。她甚至想，又有谁知道上帝的安排呢？或者他老人家愿意让她历经磨难之后，有一个更好的归属。总之让一个身处困境的女人遇见一个不讨厌的男人而克制住幻想，显然是困难的。但是她真的进到屋子里以后，才发现事情完全是另一番情形。

　　这屋子的窗帘是闭合的，被子团在床上，似乎是一间两居室，混乱得超过了她的想象。用混乱这个词还客气了，应该说这是一个暂时的居所。地上满是烟头，手纸卷抻长一窄幅白条子，沙发上有钢镚儿、快餐盒和一次性筷子。她嘴上正问着"这些年你过得怎样，就住这样的房子"的话，却一时怔在那里，脸色骤变。回转身体的时候，他在她身后关严了门，用钥匙转了几圈锁死。然后用钳子一样的大手握住她的臂弯，引她到沙发边按她坐下。

　　她的冷就是从臂弯处被夹紧的部分蔓延开来的。她不大懂他的意思。她倒并不害怕，只是本能地把自己收紧了。那一刻，她原是准备防御他的性偷袭的，可他似乎没有表示出特别的兴趣，而是点了一颗烟，坐到沙发上。又站起来，把窗帘的缝隙仔细地拉上。当他的沉默远远超过了礼貌和客套的时候，她才感到不安起来。准确地说，是恐慌。这和她想象的情调有着太远的距离。这算什么？算胁迫吗？她一想到这个词心里一激灵。怎么会想到胁迫呢？或者是因为这屋子太黑暗的缘故，使她产生了一连串关于黑暗的联想。也许是比胁迫更加险恶的处境呢？她高估了自己的身体，他想要的不是她，而是她所能提供的一切。她能提供什么？是钱吗？想到这李天娇出了一身冷汗，鸡皮疙瘩一直蔓延到耳朵根。她盯牢淮平的脸，也并未得到确切答案。他正低着身子脱去外套，又放置他的大黑伞。无论如何，她需要冷静。她所做的事，就是尽快离开这里。

　　她因笑道："哎那，那你就住这里？是买的房还，是租的？"她听自己的声音像被冰冻过的，哆里哆嗦的，不均匀地蹦出来。倒是淮平似笑非笑地看她，道："世界多残酷啊，要说还是小时候的朋友来得牢靠。"李天娇鸡啄碎米一样点头称是。或者，他就是由于处境不好，临时借朋友的房子吧。毕竟他并没有对她动粗。她想。因大胆道："这么晚了，你没吃饭吧？今天我请客怎么样？附近有什么好馆子尽你挑。"
淮平笑道："不必。出去反倒麻烦，叫餐很方便的。老朋友了也别讲排
场。""哎呀，那算怎么回事？"她徒劳道。他也不言语，手拨通了叫
餐电话。那个瞬间她曾经想着要不要大叫"来人哪"，电话那一端肯定
听得见的。但同时她注意到了他拿电话的手，骨节粗大，有力，并且
十分坚持。她立刻打消了这个念头。

　　"是想跟你说说何乐的事，也没什么大事。"淮平站起身朝她走
过来的时候，李天娇被电了一下似的往后一缩，冲口而出："干什么
你！"她听见自己的声音都变调了，血液又凝固又沸腾。不想淮平迈
开长腿，错过她的沙发，走向卫生间，又嘟囔一句："中午吃的不对，
肚子不大舒服……"

　　她对着电话筒时听见了自己的呼吸——她早注意到了这个座机电
话，但一拿起来她又放弃了，因为线已被断掉。这个事实证明了她判
断的正确，但她的正确只证明了她的险境。她掏出手机，可它马上就
要没电。她看见自己的手指拨打了何乐的号码。她虽然恨他，但他毕
竟是孩子爸。还有一层原因，如果淮平突然出来，她也可以有所措辞：
"哦，跟家里说一声。"但是天杀的，何乐的手机仍然无人接听。她的
时间太有限，手机的电量马上用完，这几乎是唯一的机会，她不能犹
豫，她必须冒险。她拨了三次才拨对110，接听的录音是生猛而正义
的、无所不胜的。她等了一个世纪终于有人工接听的声音，是个女的。
李天娇听见自己的声音在发抖："你别说话，你别说话，听我说——"
李天娇俯身，用双手遮住自己的脸和电话筒，使嘴唇和话筒之间形成
一个小小的罩子，以保证自己的发声最小而音量最大。"我被一个男人，
认识，带到南城的一个小区了……锁上了门。"在这个关键的时候，她
没有哭，只是嗓子发热。她听见冲厕所的声音，抢着道："不知道在
哪儿？是从合通路过来的，拐了几个弯。门口有家工商行。他叫了外

卖……"她听见厕所门的悬锁被扭转的声音，立即坐正起来，低着眼皮注视手机屏幕，它的确没出声息，但她同时发现，它已经黑屏了。她完全不知道，自己刚才的断断续续的句子有没有被听到、被听到了几句？她简直要绝望了！

　　沙发背挡住了她的手。淮平这时候走过来。她的心脏把新鲜的血液压迫到全身每一根血管的末端，导火索将被引爆。淮平大大咧咧地拉把椅子坐下，双膝抵住她的。看她握住一个小巧的银壳手机，手指冰凉，就双手捞住她的手。如果没有前因后果，这就是一对成年男女的防卫与进攻的游戏的开端，可她完全慌了，甚至无法分辨他的微笑中是否带有狰狞的意味，就结巴道："是，是想告诉家里一声，结果还没电了。"为了证明自己没说谎，她把手机打开给他看——是黑屏的。他没兴趣地抓过来扔在沙发上，就转过脸来看她。也就是说，在她极度恐慌的时候，他近距离地端详她的脸。

3

　　何乐果然处在激烈战斗的间隙。他看见几个来电显示是李天娇的，就有意不接。他的这些朋友，有 IT 公司的，有市场销售总监，有做投资信贷的，都是这个总那个总的，来头大，点也玩得大，每个周末都聚在郊外会所。他一个外企白领在中间其实算个小人物。但何乐头脑何等聪敏，自恃在经济社会自强不息，早几年就仗着自己的外语优势，开了移民咨询公司，颇把一些有钱没文化的或者有文化没钱的中产们输送到了发达国家。收取中间费用其实是没有任何成本的，他支出的只是经验。经验这东西，就像麻将一样的，熟张罢了。

　　他玩了两圈，一个人踱到大露台上，坐在藤椅上脱了鞋子、搭了脚，望着闪亮的星星和暗中摇曳的树，发了一会儿呆。想当年他在外语学院的演讲比赛上还获过名次呢，他曾经很优秀的。可市场浪打浪在他看来，这个电话如此不合时宜，这个女人已经疯狂——他的作为固然是刺激她的，但是婚姻的失败是两个人的责任，还有上帝的责任。

地，让这些没受过教育的土鳖们浮上来成了精英，他心里怎么能服气呢。他深感自己的智慧是足够的，只是手段还不够狠……这时候是晚上十点多钟，手机上闪亮了一个陌生的电话号码。郝金原说一会儿过来的，她一时换手机了？他想着，闲闲接过来——"你怎么刚才不接电话何乐！……你这个混蛋！"竟听到李天娇的声音。声音震得他立刻把胳膊伸直，手机在伸直胳膊的端头兀自说话："我毕竟给你养了孩子，你不能光顾着自己！"何乐侧脸，愤怒地注视着手机的亮屏。在他看来，这个电话如此不合时宜，这个女人已经疯狂——他的作为固然是刺激她的，但是婚姻的失败是两个人的责任，还有上帝的责任。他找了女人，就应该全由他来负责吗？他只是一个生意人，以最小的支出获取最大的利益，是人行于世的不二法门。一条命就是一个人的整个成本，难道让他拿出半条命来完善后半截子婚姻，笑话！这年头谁也别拿道德吓唬人。道德是什么？道德就是不犯法！因此，她离婚要的钱、房子，他是断然不能答应的，那将是一笔无回报的支出。在数字时代他已经习惯于把人生翻译成为一连串数字了，她的未来又跟他有什么关系呢！

他心上作恶，嘴上冷冷道："你用谁的电话？""你欠谁的？是你造的孽！你黑人钱……"她不回答他的话，反叫嚷起来："我毕竟是孩子妈。你现在筹200万现款，这事算平了，你做人要有良心……"说着带了哭腔。何乐倒笑了，道："你不是说不给房子不给钱就去死吗，看你活得好好的。"不想电话里竟传来一个男人的声音："你最好按她的话做……"妈的什么东西？跟我来这套！何乐的第一反应是非常的气愤，他几乎要把手机摔了。但是一瞬间他突然跳起来，鞋子也来不及穿，好像很多小蚂蚁在头皮上爬动：那人是谁？他们在哪儿？刚要说话，电话里又传来"你是聪明人，知道该怎么做。过会打给你"的声音，然后就"嘟嘟"挂断了。何乐呆了几秒钟，跳起来返身，几乎撞到落地玻璃窗上。这岂是在谈离婚的筹码，这是一场勒索。岂止是勒索，简直是胁迫！想到这他被自己吓了一跳。隔着透亮的玻璃，他看着朋友们无声剧一样，笑，抽烟，推倒胡，实在与他的心事咫尺天涯，他的脚步戛然而止——口音有点江淮味儿，难道是他？他真是说到做到，何乐把牙根咬得紧紧的。

何乐是先认识郝金的，简直跟她一见如故。是她引见他们俩合伙做生意。她显然不只一个男人，她与他们的关系何乐是从来不深问的。他脑子好使，拉着郝金做个局，自己挣钱，亏的债可是淮平背着，何乐又趁势金蝉脱壳把公司盘出去，新的旧的债主成天逼着淮平追款，慢慢地他的生意也就完了。至于郝金自愿前途倒戈、投怀送抱，那只能说是天赐佳缘——这世界就是这么小。何乐人财两收，有相当的成就感。可是人和人就是那么不一样。如果李天娇知道了他的魅力和能力，恐怕会将他骂死。所幸他自始至终没有告诉她。他自认并无法律破绽，这就是他的聪明之处。什么叫做聪明？聪明就是对不断变化的外部形式的认知和适应，以及积极应对——他曾把这个成功案例教授给公司属下员工的。淮平放过狠话"何乐，你一定会后悔的，我要让你后悔。"但是这个世界，任何负面情绪都是没有用的，社会不认情绪，社会只认规范。淮平那人不是号称爱读史吗？在何乐看来，读历史的人多少有那么一点缺心眼，成天在时代的流水中刻舟求剑，寻求仕人之风，真是可笑。现在，电话那一端的两个人就是他莺歌燕舞的生活里的两只苍蝇，而且是过了季节仍旧不肯退场的。自古无毒不丈夫，我倒要看看他们怎么唱三国。他愤愤地想着，迅速把手机一关。各自有命，任他们在一个毒罐子里以毒攻毒吧。或者他不便解决的事，上帝会帮助解决。念一及此，他倒不急了。他不曾想，他的沉默就是把她推向深渊。

听见响声，何乐惊跳回头，头正划在斜伸过来的一根枝丫上，却见郝金款款走来。两人四目相接，微笑不语地拥吻，觉得爱神是在他们这一边的。树叶婆娑弄月影，如果没有现代通讯那一端的不详信息，等待他们的将是多么美妙的夜晚。何乐想。但是他心里却有一个小小的风铃不断地随风而动，当啷当啷的，清清脆脆的，让他不得安宁，他知它来自内心深处。那个小小的人，浑身完美的肉，名唤何小娇。她三四岁时最喜欢风铃。她妈妈给她买过贝壳的，也买过玻璃的，还有金属的、木质的。他也给她买过好多个。他们两口子互相交恶，但是谁也不肯得罪女儿的，她是他们真正的主。可他总不至于为了女儿陪葬后半生吧。

郝金看起来有一点好莱坞风范，咖色蕾丝花边衬得脸色十分苍白，美得传奇。听他急赤白脸地说完，瞥了一眼他的手机，沉吟道："你确认是淮平？""听口音是他。还有谁？老沈上次已经摆平了，徐曼那边也给了好处。想不出还有谁。我又没干缺德事。""那就好办。"郝金道："我了解淮平。他也就吓唬吓唬你，量他不敢！""不敢什么？"何乐本是想问："不敢杀人，还是不敢强暴？"但不便明说。何乐祖籍山东，受传统文化浸染多年，或许在他心里，后者的打击会更大些吧，那样说起来将多么难听。但他这些隐秘的想法是万万不能出口的。郝金笑道："他什么都不敢。他是一个好人，这就是他的悲剧。"说得何乐不语，便道："我是担心她的生命安全。"郝金点点头："你是有道德感的，我懂。"继而笑道："但是她对你有道德感吗？你忘了上次她跟你拼命了？还有一层，"郝金道："咱平常开车经过派出所都绕道走，别没事找事自己反惹一身骚。"

忽有人推门朝他俩喊："何乐该你上场了。呦，金金也在。"却是杨嚎："行了你俩，留着晚上温存吧，快来快来。"

他们起身手牵手往屋里走。她跟了他好几年了，那女人是她的天敌，而这时机这么要紧。郝金遂停下来，附耳道："200万正是你从他

那里赢来的数目，淮平无非是想找个平衡罢了。天塌不下来。你大风
大浪都过来了，稳住点劲儿。"何乐点头道："我懂。"郝金头抵住他下
巴，笑道："淮平那人很神经的——成天戴个帽子，从没见他摘下来
过。估计是脑袋上有个疤痕吧！呵呵，这回正证明了他的愚蠢，我怎
么可能跟这种人在一起。"说得何乐的脸松弛下来，笑道："对不起亲
爱的，让你为我操心了。你一句不谈自己的处境，真让我感动。"

4

　　这座楼群的外围是一棵棵高大的杨树。北京就是这点好，杨树种
植在城市的边缘和主干道上，勾勒出一派方正轮廓、帝王雄姿。有人
说它们是 20 世纪 50 年代从前苏联进口的种，带着一股俄罗斯式的忧
郁和肃穆。然而这些城市的主体，这一晚却被秋雨模糊了，暗的夜连
着暗的夜，一片片叶子如一只只大鸟从天而降，落了一地的晚秋凄凉
和人世沧桑。

　　他们所在的三层，每一个窗子都安装了防盗窗，密实的竖条子，
间隔刚好是一张脸的大小。因此从外部看来，实在有点像监狱。但如
果是底层的灰色防盗网，看起来又像是鸟笼子。李天娇从窗帘掀起的
一角可见近距离的对面，似乎亮着灯。她恨自己既不是监狱中的囚徒，
也非笼中之鸟，却比它们还少有自由。

　　如果是她被双手反绑着、嘴上贴着胶条，那就是警匪片了。实际
上从天花板俯视下去，可见李天娇并腿坐在沙发上，双手拢住膝盖，
倾听一样歪头看他。淮平俯身双手撑住头，帽子的低檐把眼睛全遮住，
手肘撑住膝盖，痉挛一样坐在她对面的椅子上，看起来比她还要痛苦。
"屋里热，还不把帽子摘了？"她说。"命不等人，医院里一个疗程一
交钱呐。200 万本来就该是我的，我又没管他多要。"他说。他们两个
的对话断断续续的，交叠在一起。屋里开着电视机，里面传来惨烈的

呐喊。因为音量开得小，倒成了古怪的背景音。他们在几个小时里实在是很难把十几年都说清楚的。这也是李天娇的聪明之处——他当然是不肯让她离开半步的，而她只能全心全意地顺从他，安静地充当他的故知。

刚刚是她，用淮平的电话跟何乐说的话。她实在是太紧张了！她的紧张又夹杂着怨恨——她何至于到这个处境，这个天杀的何乐！可她又不敢不听淮平的。在开始的时候，她的脑袋里急速设计了几种方案。如果他扑过来使用暴力，她应该奋力反抗呢还是顺从？她应该趁他不备的时候打开门大声呼叫，还是安静下来动之以情晓之以理。她又想着，他有什么难处她可以帮他。她有些钱，够他应急的。但是他如果有更凶残的举动呢？想到这儿她眼眶发热，简直要哭出来了，腿也瘫软。她说服自己——我跟他又没仇！但她很快推翻了论断，两个人之间没仇没怨出事的多了。她必须一边战栗一边冷静。很奇怪地，她居然在这个时候又想起来她的生产：她觉得身体将被分裂了，疼痛如地震似的，由最深处向表层传递，一波一波的，把她震得支离破碎，把表情也震得狰狞。撑了几个小时，还得去动刀。麻醉师一针一针地扎她的腿，问她，有感觉吗？她没有感觉，也并未睡去。她听见金属器皿相互碰击的声响，它们在她的身体里工作，那一刻她觉得这世界上的一切全是胡扯，只有血和肉是真的。侧头可见吊瓶里的透明液体，一滴一滴，倒像是她的受难时光的计时。直到她看见那一坨儿小小的肉，带着血迹，受了伤似的，撕心裂肺地哭叫……这一切真恍如梦里！这么多年，她以为她的痛楚过去了就完了，然而它们追着她似的，让她的心，隔一段撕裂一次。新的疼重叠了旧的疼，不流血的，却留下刀刻斧凿的痕迹。她看起来就从一个稚嫩的姑娘变为一个成熟妇人了。这就是她的命，可她又不甘心。

她遂用她的双手，罩住他的拢住头的两只大手，扳他仰起脸来。

她直视他，他也直视她。他的眼珠是灰的，眉眼之间没有距离，看起来皱着眉头对世界充满了疑虑。她用一根手指，要展平他的眉心皱折似的，轻轻地抹一抹。她抹一下，他眨一下眼睛。他的眼皮就在她手心里，脆弱的，单薄的，这给了她信心。她忽然恢复成一个母亲了。经过了洗礼的母亲，都是战场上凯旋的勇士，说到底，她们的心只属于孩子。因轻声道："他黑了你的钱，总有个说理的地方，这不是办法。""这年头就是戴眼镜的人最坏！"淮平恨恨道："我从一开始就不该信他，这年头谁都不能信……""你拿钱给你哥治病，他知道吗……""他当然能狠下心来！话说回来，谁成天跟好人做生意？可坏也得有个差不多的坏法！"她抬了手，她的本意是理理他头发，可她的手无意间碰了他的帽沿，被他很突然地一挣，挣开了，眼睛直直地看她，让她吓了一跳。她赶紧定一定神，沉吟道："这些拉杂事，他不说，你怎也不告诉我？或者我知道了完全是另一番情形，说不定能帮上你。"淮平摇头道："这你不懂。"

何乐人财两得，固然是可恨的。然而他淮平输了钱，又输了女人，难道让他光身去跟她诉苦？依他的性子，他宁肯打落牙齿和血吞。小时候他看三国最恨刘备、诸葛亮、司马懿之类成天动心机的小白脸，倒觉得孙策、张飞、黄忠的火爆性子最合心意，甚至连周瑜都是可爱可敬的。他长大了，动心机这件事从来不是他的擅长。在前些年，他那种绿林好汉、侠义英雄式的作为在生意场上还颇行得通，每次小打小闹来钱就哗哗的。可他哥的血透析就是个无底洞。钱从他这里挣进来，从他哥的血里流出去。而人心竟一天坏似一天——骗人也得有个道，黑人也得有个度啊，不能逼人至死角。他何乐全身而退，留他收拾残局，郝金在两张男人的床之间传递讯息，这女人一向是寻着钱儿味去的。亏他们做得出来！难道让他去跟他们比着谁更坏？他亏了钱，他哥那边就得拿命抵。他夹在钱和命中间，心里真荒极了！放眼望去，举目四野，竟没有一人是可信任的。他只能恨自己！或许人之恶自古如此，只是他读书不透，又执迷不悟的缘故。这年头，他不是撞上何乐，也会撞上其他的乐，这他懂。但他无论面对历史还是现实，都是宁折不弯的。"我就不信他那个邪，他总得倒一次霉！"淮平发狠道。

她只觉得眼前这个人，还是少年时代的电影里那个被冤枉的小偷，看起来总是皱着眉头对世界充满了疑虑。她一时真不知道把心放在什么位置好。只低下眼皮，悠悠道："你让我说什么，我就说什么；你让我干什么，我就干什么。"她说话这么轻柔、节奏这么慢，有一点梦呓或者唱诗的味道。淮平道："那就等吧。我要干什么，我自己都不知道。"

这屋子没有开窗，因此没有风，雨恐是早停了。秋天还没来暖气，想是这座楼房刚刚试水，暖气的端头老旧而渗漏，一滴一滴的，没有规律，隔一会响一声，听得人心烦。人在无限的时间中，越坐越阴冷，连灯光都是冰的颜色。她人慢慢地凉下去，嗓子却是烫的。而他也是。有一只小飞虫安静地飞舞，飞到她眼前，她头一偏，又飞到他眼前，他探身伸手一抓。他坐过来的时候她就顺势靠过去。至少，她感到暖和多了。而他也是。一面伸手拉过毯子，覆盖在她的腿脚膝盖上。她脱了鞋子，把两只脚塞到他的屁股底下，他也配合地让了她。对于李天娇来说，经过了这么长时间的曲折，这个场面才是她最初的理想。她真可怜，细想起来她竟然很多年没有这样的温存了。而现在又算什么呢？

"可是，"李天娇终于大叫道："可是这样要等到什么时候呢？他不是把电话关了？他根本不是人！"淮平冷冷道："你是孩子妈，他总不希望孩子没妈吧。"说得她心里"咯噔"一下子，血都凝了，眼泪立时涌出来。一想到小娇，她立刻强烈地想走，想离开这里！

"淮平我记着那时候你养了一只狗，可他们打那狗，是我总护着它……"她抽噎道:"后来你妈让你扔了它,你就是不扔。他们拿棍子围它,是我给你报的信儿……"淮平道:"可它还是被打死了。""你妈煮了狗肉,你就是不吃。它死了你也舍不得吃。你有情有义,你心好。""好?"淮平道:"好没好报。"李天娇道:"可现在都是钱疯子……"她没料到,淮平把手挣开,四只手噼里啪啦地散落,然后一把抓住她手腕子,冲她道:"别人跟我有什么关系?我没那么好,我后来开了家狗肉店。"她一愣神,不敢说下去,他一字一顿地道:"专,门,杀,狗。"

他们同时看向门口,因为传来了敲门声。在她扑向门口之前,他先以眼光的威势制止她。他的眼睛是血红的,两只大手钳住她的胳膊。"外卖!"门外喊,外省人的声音。这扇门既高且厚,这座建筑倒像是20世纪60年代的部队干休所之类,是淮平一个朋友的房子,因此门内门外的声音不甚清晰。她很突然地嚷了几声,两人一时都惊住了,竟用力揪扯起来。后来她回想起来,这才是她最危险的时刻——他完全可以用大手干任何他想干的事情,比如卡紧她的脖子,使她窒息。或者用绳子和胶带捆束她。绳子一向是没准的,可以带来更蛮暴的禁锢。"别嚷,别嚷,你不要嚷。"他附在她耳边,口气全是烟味儿,还有他的热,他的帽沿蹭了她的额头,乱七八糟地压低声音:"别嚷,你听我的,听我的别嚷。"门外又试探地敲了两声。"不方便!放门口吧。"淮平大声说,早把钱顺着门缝塞出去。这前后似乎只有10来秒。李天娇的嘴被他的大手捂着,鼻涕眼泪都在里面。那送餐人已悄无声息,两人却如雕塑般长时间僵硬于某一个造型。

他喘着气,她也喘着气,像下了场的演员,还有一半留在戏剧里。他为她倒了一杯水,道:"你可是自愿来的,我没逼你吧,是不是?"饮水机的透明圆筒只剩下底部的水位了,他显然在这里住了好几天,一直没有出门。她浑身一直抖,手指尖根本稳不住。倒是他抓住她手,按在他脸上，道："既来之，则安之吧，你先歇一歇。我倒要看看何乐到底有多坏，是不是人揍的。"李天娇上牙碰撞了下牙齿道："淮平你信我一次，我回去一定替你找他，你不能谁都不相信……淮平我就不明白你跟他这种人置什么气呢！"淮平道："什么都不信，这就是我的信！"

她低了头，把头埋在臂弯里。在淮平的角度正看见她的一块脖子，还有蓬乱的头发。她早年的头发黑得像缎子的，现在似乎稀疏了，一条白发迹周围全是毛毛的。"我看你这些年，过得也不怎么样。"淮平道。李天娇听见自己在冷笑："岂止不怎么样？我过的是什么日子！""那你还跟他混？""都怪我自己，我大概是疯了。"

这时候淮平吓了一跳，她自己也吓了一跳，因为她哭泣的声音像是房间的暖气管道失控一样，从肺管里直通到口腔，又以号啕的形式喷射出来。

5

是他开门拿外卖的时候，他们冲进来的，一共三个人，都是男的，他没反抗，一进来就被人揪着胳膊不由分说地按到墙上。他说他和她是熟人，他没怎么她，只是在谈一些事情。她几乎瘫倒了，说她认识他。这屋里的空气实在糟透了，骤然把窗帘打开日光下看见彼此的脸，又惊惶又陌生，脸有肿胀感，灰暗得不成样子。他们问电话是不是她打的。她真感谢她的手机，摊上买的，很便宜。她昏昏沉沉地想，大约是那个女警听见了她的话，送外卖的小伙子也应该起了作用的。

淮平被推走的时候费力地扭头看她，她也看他——她知道他眼里的意思。他是在埋怨她呢：来的时候是她信了他，他骗了她。走的时候是他信了她，而她骗了他——她其实没骗他，她是真的想帮他。

何乐的车奔驰在北京的环路上，李天娇坐在副座。这时候已经是

暮　色

周六的傍晚了。天边又是暮色，落寞的，血红的，天际的边缘呈现一线微光。路边湿润的落叶被风一吹，卷了边、打着旋地飞舞。街上都有人穿羽绒服了。她经过了一天却仿佛经过了一两个月似的，只是头疼和困倦。

　　警察是很容易找到何乐的，是她提供的杨噂电话。李天娇后来想，她恐是被吓傻了，早知如此，当时就可以通过杨噂找何乐的。但想来这样的路径，一定也会被淮平否决。何乐在做笔录时，自然是极力渲染当时的恐怖情况的，而他慑于恐怖就没有报警。手机随即没电了，后来又充了电，他的车载是可以充电的。但是关于绑架和勒索的证词，他说一句，她否一句，他的话和她的话，都不怎么对得上——这是后来从阚律师那里知道的。两人在警察面前安分守己、客客气气，上了车却互不认识似的，谁也没有说话。偶有一辆车并线的时候挤了一下，何乐立刻凶猛地超车，把它别住。他心里冒着一股邪火，只有通过异常的行径才能表达尽兴。这样的行车左右摇晃着几乎使她呕吐出来，但她极力忍住。她昨天还坐在淮平的车上，现在却坐在何乐的车上。她现在彻底安全了，却恍惚地想，淮平会被判刑吗？判几年呢？如果那样，他哥恐怕真要不行了。她这时候非常奇怪地，倒惦记起淮平的安危来了。归根结底，她觉得他是一个老实人。

　　他们俩走到电梯口，一前一后，正遇见物业人员，礼貌地朝他们俩招呼："孩子周末没回来？""哎，没呢。"两人同时说。"何总最近做大生意啊？"那人又客气。何乐呈捻花微笑，李天娇僵了表情。电梯门开，何乐拦了一下，让到一边。这点对女士的礼仪，他一向做得很好的，毕竟在外企待了好多年。楼梯里侧的暗光照着广告画，一个美女朝他俩亮出一个大大的笑。

　　"你们这一晚上真的什么都没干？鬼才信呢。"他们俩关上家门，何乐道。

李天娇的第一反应就是到厨房拿起什么，返身冲出来，朝着何乐的头，凌厉、尖锐地划下去。她现在才知道，原来她，一个普通人，竟离犯罪这么近。但是她看起来却是不动声色的，面无表情的，对他视而不见，踢踢跶跶径直走到卫生间，脱了衣服放水洗澡，她实在是太累了。不想何乐打开卫生间的门，拎起她的内裤，作势嗅了一嗅，厉声道："你为淮平开脱是什么意思——他对你真的什么都没干？鬼才信呢。"一股热水从李天娇头上贯彻下来，她的身体逐渐热了，但是她的心彻底冷下去。她的身体里生出两种互相冲撞的气流，极热的，和极冷的，她觉得自己马上就要爆炸。但是，她的裸体又暴露在他的眼皮底下——他眼睁睁地看她，又视而不见地，他竟是如此侮辱她！她觉得她正以自己的命，抵抗着他的刻毒。她心里的勾回跟淮平又有什么两样呢？她身陷危急的时候，淮平并没有伤她。可现在她安全了，心却被何乐杀死了一百次！

她的房间，还保留了两天以前她早晨上班时的仓促样子。早饭在餐桌上已经干了，高跟鞋子东一只西一只胡乱摆放。还有小娇的衣服，刚收下来的，原打算放在她的衣柜的，想是她那天上班着急一时忘记了，而何乐这两天也并未回来。她的记忆完全接续了那天的火车道。她回到生活里，就等于从一整块恐慌回到了零碎的痛苦中。人只有睡眠是亘古不变的。她在睡眠的时候才有空隙，用眼泪把心里的疲惫、恐慌、憎恨还有幻觉，像身上的泥点一样冲刷下来。

她看见小娇的一条短信了："妈，郊外现在下雨，快被淋成落汤鸡啦，但是没感冒。"周五晚上 10 点多钟发来的，后边跟一个笑脸。那似乎是很久以前了。她慢慢地回想着，那时候淮平正让她给何乐打电话，大概说了"吓唬吓唬他……"她跟何乐说"我毕竟是孩子妈……"何乐说"我看你活得好好的……"她对着手机的表情甚是怪异，哭也不是笑也不是，只使劲地攥住充电器的细黑线。小娇、淮平、何乐，仿佛有三只手，正在捏咕她的心脏，使它如气球一般变形和爆破。

这是一座新式小区，窗外的观景恰恰呈现了一幅铅笔素描：简练的树枝向天上伸展。有一棵很好看的树，如果在春天一定是绚丽的紫红色，现在想是被冻得收敛了，紫得发黑，在淡而疏落的枯草地上方，形成一个别致的剪影。周日早上的阳光也是淡淡的。远处有人竖着领子，缩着脖。爱美的姑娘穿着长靴、深色天鹅绒袜、短裙，嗒嗒嗒嗒地公主一样走过去。那些远远的场景，电影的长镜头一样放映，跟她没有关联。世界是世界，她是她，她忽然想起了什么，扑向电话：

"喂，杨嚎，你跟大姐说实话，何乐一直在你那里？从周五晚一直在？他一直在打牌？他跟谁在一起？他的手机呢？一直在身边？车也在身边？"

"杨嚎你别打岔——我就是想知道，他手机是不是在身边？是开车去的？"

李天娇失望地耷拉着眼皮，电话筒也垂了下来。手机没电？她几乎要笑了。或者他不报警，也有着一层保护她的意味？总之她对他的坏，判断起来还有点不甘心。她又触电一样举起话筒，经多见广地笑道："杨嚎，上次大姐说给你介绍女朋友的事，当真的，你别笑，一准儿的好女孩。你告诉我实话，我就是想知道，他跟谁在一起！"

她握着电话的时候，眼睛开始眯着，慢慢地越睁越大，越睁越狰狞，最后反而又眯起来，呈现了萧杀的表情。她的眼里全是恨！她的火车又开动起来了——他们都在，他的手机有电，他跟她在一起，在她绝望的时候。她的所有判断都是对的，它们正如刀锋挑开残酷。她简直喘不过气！他真的不管她！他难道让她死！暖气怎么还没有来，她的心脏紧缩着，北京的冬天这时候是真是难捱，窗外的风更大了些，天真是越来越冷了。

这时候忽然响起一个"嘟嘟"的短信，却是一个房地产信息。楼下有老人遛狗呢，传来它们汪汪的叫闹。她心里越积越多的汹涌的潮水要向闸门涌去，却被封闭成一座浊水高墙，她两眼往上一望，想跑都不知往那个方向。她的火车轰隆轰隆地横冲直撞过来，一开就开到了房间里，把她眼前的一切撞得粉碎。

她蹿起来，冲出卧室，何乐早不知去向。她疯了似的返身，把他的照片像框"啪"地扔向墙壁。她还不解气。他要她死，他竟然！李天娇感到一股怒气直冲脑袋顶。何乐的一件外衣正挂在衣钩上，她像扯下一面旗帜一样将它扔在浴缸里，到处找着东西。她找什么呢？她拿了一个打火机，一燃燃着了。看不见火焰，焦糊的边缘顺着衣角蔓延，像一个隐形人用牙齿一点点蚕食着它。先是袖子着了，然后是衣襟，然后是领口。浴室的镜子映出李天娇的笑，白色的浴缸慢慢被熏黑，烟气顺着排风口越聚越浓，往外直冒。她觉得自己离疯狂这么近。淮平是对的——他人没那么坏，只是何乐坏。他们对他坏，竟逼着他更坏。这世界究竟是一种怎样的逻辑？！

是每月物业费供养的商业机构制止了这一项疯狂。这座小区的报警系统是很先进的，她的浴室瓷砖也显现了很好的耐受性。她放物业人员进门时，两个穿黑西装的外省小伙子很客气的，朝卫生间里望了望。浴室灯坏了，浴杆上又挂着各种零碎衣物，也不便进去深究。黑暗中那些意大利瓷砖上的小天使，张着天真的眼睛，高档又肃穆的，透出一股焦糊味儿。李天娇绷着嘴不作声。光线照射处，摊在浴缸底部的一团乌黑，就是她恨的残骸。

6

李天娇没有上班。她跟单位请了假，说病了。她并未详述这几天发生的事情，但是警察还是跟她单位的保卫处联系了一下。这种事在国家单位里还不是一传十十传百的？李天娇嫁给了一个有钱人，本就招眼，平常颇有几个资深妇女见了她，不冷不热，待搭不理，又上下审视她的服装："啧啧，真是越活越有魅力啊。"这回富婆遭难，众人一时兴奋，问候的电话也此起彼伏。有唏嘘道："是谁开玩笑开过火了吧，天娇这人没有仇人哪。"或者"天娇，大难不死，必有后福啊。"刻薄点的则沉吟道："听说你被一个男人带到一间屋子里了？肯定认得他吧？"更有甚者远兜近转问她的身体状况："咦，这真是一个有素养的绑匪，没怎么样你吧？没怎么样就好。"李天娇气恼地把手机关掉。这些就是她的噪音，而她心里更大的噪音早已把它们淹没。

她那几天果然浑身发热，嗓子疼得像被火烧了，嘴里也起了溃疡。小娇倒是懂事的，课也没有上，熬了一小锅雪梨水，在她母亲床边侍奉。她们母女两个其实是长得很像的。李天娇口里喝着雪梨水，望着她女儿发呆。年轻真是好，脸皮儿绷得紧紧的，萌芽一样的胸，走路轻盈着。虽然五官并不完美，鼻子有点上翘，但脸型还是美女典型的鹅蛋脸。这几年，小娇自是知道她父母的情形，因此每逢她父亲在家，竟一言不发，以沉默表示敌对的立场。只有和她母亲单独相处的时候，才鱼入活水，话也多起来。每时每刻都对她母亲叙述，现在多少男孩子追求她，而她多么心不在焉。她最大的困惑就是跟王小滔看电影好呢，还是跟严予锦去酒吧，这两个男孩子又都不令人讨厌，真让人难以抉择。最近也是他们对她示好，才找五六个同学结伴郊游的。李天娇漫不经心地听着她诉说苦恼，闭着眼睛，仿佛眼睛穿过时空，看见了多年以前的自己——自以为是公主呢，成天自说自话的，认为天下所有人都是宠爱她的，也以为未来是彩色的童话书。她觉得一个沧桑母亲与一个妙龄女孩之间最大的区别就在于：一个是什么都难信的，一个是什么都轻信的。原来时间就是这样把一个女孩过成妇人的。

她因缓缓道："小娇，这次如果意外，说不定你再也见不到妈妈了呢。"嗓子沙哑，声音哽咽。她或者是想听她说："妈，我不能没有你！"或者"妈，别说这样的话，让我心疼。"一个母亲在心底里其实是希望做女儿感情的上帝的，这是她们最自私的心事。不想小娇满不在乎地道："妈，你想到哪儿去了！即使警察不来，他也不敢怎么样你。说不定等等他也累了，你俩出去吃顿饭，再找到我爸当面管他要钱……要得到、要不到就另说了。""你为什么这么想？你不知道现在世道人心有多坏。""坏归坏，可这人不坏，甚至傻。""你为什么这么说？你懂心理学？""这不明摆着嘛，"小娇在试着一件蓝色小圆点的软料衣服，左右回头看着镜子，以证实它不同角度的完美性，道："他还给你按顿儿吃饭，吃得还不错，又是木须肉又是小油菜的，我爸都没这么周全。"说得李天娇几乎失笑了，但又止住。心想这倒是她没有想到的。有人说孩子从来具有超能力，这无法证实也无法证伪。不过，或许越年轻的孩子，受世界的污染越少，所见离真相也越近吧。而成年人都是些惊弓之鸟，因此俗称"人老奸马老滑，兔子老了鹰难拿"，就是这个道理。但无论如何，小娇的话，倒是她心里最爱听的。李天娇想着，就陷入沉思。因此阚律师找来的时候，她也并未拒绝，而是存下了电话号码。

她发烧的这几天，她父亲也在发烧。她在心理崩溃的边缘，他在生命崩溃的边缘。她接到电话，撑着到医院的时候，医生告诉她情况不容乐观。

现在医院已经非常人性化了，消化内科的病床有八个人一间的，有三个人一间的、两个人一间的，也有单间的。护士根据病人的病情轻重进行分配，这样最大的好处，就是便于家属参照彼此情况。李天娇的父亲邻床也是一个老年人，人已瘦得一把骨头。护士查房时极力向他的家属推荐一种软垫，说是防止褥疮的。"听话啊，老爷子。"护士温柔地道，又吩咐家属去一楼交费。那老年人浑身上下形容枯槁，只眼睛里闪烁着模糊而清冷的一点光，在很遥远之外似的，可以使人了解他的神志，正含糊不清地道："这么硬，让我怎么受啊？"声音倒如一个清宫里的太监，既高且细。他拍床时的用力，也只有很轻的分量。护士不由分说地给换上，一天160块。那家属是一个外地县城的汉子，不置可否又犹豫不决，终于屈从于护士的威势。隔一会便传来老年人的叫喊："这么硬，让我怎么受啊？"声音既高且细，也没有人回应。李天娇站在门口目睹这一切，没有眼泪，只到她父亲病床旁边半蹲半跪着，握住她父亲的手，是温的，他还在睡着，身上插着各种管子。她的眼泪止不住流下来。她觉得只有在她父亲身边的时候，她的心才是安全的、松弛的。她还有父亲，她不是孤儿，这就是她与这个世界的来龙去脉的联系。虽然他已经不甚清醒，管不了她的生活，但是他毕竟还在。在这个年头，血缘就是她的上帝，他正向她普照着一种光，她真怕他离开。看见护工过来，她就塞了钱给她，以示对她父亲的爱的现实一种。

转眼就到年底，圣诞节之前，小娇的学校要组织一场圣诞及新年晚会，邀请全体家长也来参加。现在的私立大学也十分西化了，又过万圣节又过圣诞节的，春节时反而在放假了。小娇因在班上人才出众，被分配做主持人，可谓众所瞩目。因对他们通牒道："老师说了，家长可以去一个人，也可以去两个人——你们随便！但是我们班的同学，家长没有去一个人的。"

他们三个人一起去，看似真是一个幸福的家庭。何乐的车子是很好的。他个子不高，戴金丝眼镜，头发梳理齐整。因得知来客中颇有教育界精英，故此服装偏于中式，手腕上戴了菩提子珠串，显得十分文化感。教育界也多有移民倾向者，于他来讲正好拓展潜在客户。对一个真正的商人来说，这个世界真是处处商机。李天娇一装扮起来，好歹也算一个美妇人。现代时装喜欢在深色料子底衬上，辅以金亮的装饰，似是浓重风景画上的高光。她面上涂了粉白，倒也凸凹有致，朱颜不老。这体体面面的两个人，一前一后拉开距离，举足投足间既得体又优雅，只不多说话。和家长们吃自助餐时，互相拉椅子、撤碟子维护得相当妥帖，至少小娇看不出破绽。小娇那天自是高兴和满足的，玫红色长裙蝴蝶一样翻飞在人丛中间，和她喜欢的男孩子玩笑着，脸上泛出虚荣的光辉。有家长就恭维他们是当代社会中最完美的家庭。他们两位遂将谦和的微笑长时间挂在脸上。

孩子们还需要参加舞会，要闹到半夜的，家长们先后退场了。他们俩一出校们才意识到，演出结束了——他们自己主演的，在虚构和非虚构之间的，那么光彩夺目、绚烂多姿，只是一时间全在身后。保安把校门"哗啦"关上，剩下的就是真实的人生了。夜幕里他和她立时摘盔解甲地板了脸，沉默着上车。

何乐道："我一会还要去接人。把你放哪儿？前面倒是好打车。"这时已是深夜了，李天娇平静地说声"好"，开门要走。忽何乐止住她，道："你觉得这样有意思吗？"李天娇木着脸不说话。这时停车场一阵大乱，倒车的倒车，按喇叭的按喇叭。何乐发动引擎，打开两列耀眼的车大灯。恰两个女孩子想要车前穿行，却被把他气势汹汹地逼近。两人惊跳，瞪他一眼，绕道走了。这边李天娇诚实道："没意思。""没意思还不赶紧办了？"李天娇道："好的。"他们两人的对话既平静又有礼。顺着车灯的光柱看出去，街上夜灯璀璨，景致繁华。不远处一辆车子慢慢开过来，停靠在前方路边，殷红色的，漆皮闪着妖精一样的光。李天娇上次和女儿在街上遇见过的，这使她竟冷笑起来——敢情他和她是这样衔接和约会的，何苦启用两辆车呢……她忽然觉得自己的心，一时间完全松弛。要说她这个人在年轻时代是十分好强的，在世俗的沧桑中上下颠簸磨砺，早已看清山高水低。她觉得自己几乎是哲人了——"你迷茫时，你的思想其实在沉默中工作着，从未停歇"，或者，"你累了，你的思想会计算出生活的答案，在你的依然迷茫时告诉你"。她在心里左右编排着这两句箴言。按照她的哲学，现在，她的答案终于水落石出。李天娇完全知道自己下一步该怎样做了。

7

这片小区的底商门前，摆满了圣诞树。天黑得越发早。圣诞树上红的绿的小灯泡，先按照纵向的规律，自左而右亮了一回。再按照自上而下的次序亮一回。再按照跳一个亮一个的规律亮一回。最后一齐放亮，然后循环往复。

这间酒吧名叫朱利莲的小馆，是个法国人开的，灯光幽暗，播放的圣诞音乐充满了宗教意味，细听却是儿童的合声——merry merry christmas,merry merry christmas，平静，安稳，深听起来里面全是虚空。上帝受了难，即使是很欢快的圣诞曲子也充满了忧伤。佛教音乐往往平安喜乐，全在说生之自然、逝之自然，里面能找到人的归属感，是在根儿上给世人淌血的心敷药——李天娇是这样看的。她虽非唯心，但现在心态上偏于宗教了，至少现在表情上看起来是虔诚的，眼光也并未调整焦距。

阚律师的方案，李天娇曾细细考虑过："淮平毕竟对你实施了数小时的人身控制，并向家人勒索现金，这就犯了绑架罪。虽然过程中对你没有施行暴力、胁迫，也没有伤害你和拿到现金，但只能是不典型绑架罪的犯罪未遂，而不是犯罪中止。按照法律会判处五年以下有期徒刑。但是除非……"阚律师眼睛在阔边方型眼镜的后边冷静地看她："这个除非，你懂？"

她怎么不懂——除非她证明他们是旧时朋友，她是自愿去的，电话是因为他帮助她索要离婚的款项。这倒是说得通的。因为现场并未有暴力的痕迹，他们在沙发上甚至还倚靠在了一起。那些对于过去时光的抒情，占据了他与她情绪的主调。好在现场没有录音，而他与她在何乐电话里的表述，也没有典型而明确的勒索痕迹，这正是律师运作的空间。看来律师费淮平是出了高价的。然而对于李天娇来说，承认了这一点，就相当于承认了他们通奸而非她被胁迫。她将用名誉换得淮平的自由。

她只是一个普通人。她不代表法律，也不代表道德。但是法律管不了道德，而道德又在哪儿呢？她只凭一个妇人的本能。她的本能就是愿意用肉体炸弹，把她所憎恶的人炸碎，然后让老实人善得其所。在这件事情上她要做他们的主。她又想起少年时代的那个电影了，这不是她一直以来的理想么？当然，淮平放出来，还可以继续他的讨债，法律总是会给他公平，她也可以帮助他。他一定会以一生回报她，这个人还不至于连恩人都忘了，对于这一点她还是有把握的。这样，她也可以从中得到她认为应得的部分。现在，李天娇看着圣诞树灯泡一明一暗，心里终于厘清了盘算。于是嘴角歪了歪，算是对律师的笑。

她既作了决定，立时觉得天地一新，生活也生动蓬勃起来。手上几十件事情一时打理清楚，进退左右，全有了主旨。重新上班的时候，面色红润、平静多了。衣着以浅色为主调，又偏于时髦。她本就有胸有屁股的，浑圆壮硕，竟有活色生香之感。颇有几个男人见面恭维她："咦，天娇，在家养得不错啊。气色这么好。"或者"怎么越来越年轻了？倒像小姑娘啦，跟你闺女姐妹淘哦。"只几位资深妇女不肯放过她，关于李天娇又有新的谣传："什么绑架！是她跟情人一起黑她老公的钱呢。有什么可吃惊的？这是人家有智慧、有追求。这样的女人才能办成大事！"或者，"瞧她那股骚劲儿，说不定过些天就怀孕了。可惜那么大岁数了，人家以为是她外孙呢。"更有资深妇女警告办公室男士，注意李天娇的雌激素，别动物性那么强反被她迷住了。那就是个妖精！对于这个世界的悖论，李天娇只能一声叹息，把这当作恭维来听，它们跟她的心事相去甚远。有一回，她在家正有心情看电视，偶听到一句女人名言："不需要花心思讨好讨厌你的人，多解释反而狼狈，就让他随心所欲地讨厌你吧！"竟深会于心。她坐在沙发上，嗑着瓜子，不免感慨：这个世界，人和人之间真是永远存在误会。当然，他们的话也有对的成分，那完全是因为他们离真相太远的缘故。那么就让误会继续误会下去吧。李天娇做了一次哲人之后竟又做了一次勇者。

短短两个月，她与何乐只剩下最后的法律程序需要办理。那一边阚律师凭借专业优势和关键证词，竟逆转乾坤，淮平不被起诉，过两周就可以出来了。

何乐早已不再出现，既不回家也不露面。他中间倒是给她来过一个电话，两人在手机里都说了肺腑之言。何乐道："你也别恨我。各人活各人的，谁也恨不着谁。"李天娇道："不恨。我只求事情公平。淮平的事他自会找你的。"何乐道："做梦呢。找我干吗？他至少5年。"李天娇道："那天是我自愿的，朋友叙叙旧，他为我鸣不平呢——阚律师没找过你吗？他不是说你已经对了证词、签了字？就是你出差之前的那次。喂，喂？"她这边听不到何乐的声音，以为他已经挂断了，不想电话里突然传出他暴怒的声音："骗子！这个骗子！"李天娇遂把电话放在桌上，听着里面不甚清晰的愤怒的音浪，嘴角缓缓地微笑了。

她这些天竟一直微笑着的。他父亲的病虽然终不大好，但维持就是胜利。她放了一点心。好几年了，她似乎一直在悬崖边上徘徊着，终于一脚下滑、身体失控，然而不想被底下一个大帆布篷子兜住，稳稳地落下来。虽然没有原先地势高，终究是脚踏实地的。就像一个晕车的人，吐干净了反倒舒服。

转眼到春节了。除夕她是在医院过的，因为护工春节回家过年，小娇学校也有活动。病房走廊里没有几个人，除了值班的护士。医生放假之前把能做的手术加班全做完了，像她在办公室赶制报表一样，病人能回家的早回家了，因此显得冷冷清清。窗外的花炮，"嘭，啪"一声，升起老高，极尽绚丽地一亮，噼噼噗噗地黯淡了。她父亲的烧渐退下来，这些天精神见好，病床摇高，垫着枕头看外头的热闹。李天娇偶尔拿纸巾擦一下他嘴角的涎液。他的人生已是断断续续了。或者人生的亮色本也是断断续续的，因为生命的大部分时间都在黑暗里。

8

头一次见淮平，是三个人，阚律师也在。李天娇以为淮平出来体无完肤、胡子拉碴的呢。其实他很整洁。因为热，一只手拎着外套，随意搭在肩膀上——居然头上又带上了他的帽子。淮平见了她，脸也不看她，也不言谢，脖子扭向一边，自己跟自己赌气似的，似乎只恨自己出师未捷身先死，钱未拿到先栽了跟头。且一个劲地"唉，唉"叹气，又有些"这个，那个"的虚辞，也并未连成整的句子。李天娇没理他，跟阚律师一句一句说着话。倒是阚律师问淮平"在里面受罪了没？"淮平道："那真不是人待的地方，这辈子再不想进去。"又说自己法律意识淡薄，这回算受到了惩罚。"我也是活该。我以为……谁知道……"李天娇口气强硬道："可以让你出来，也可以让你进去。但你得帮着把事办了——什么事你不知道啊？这还用问？继续追债啊！"

真正过了事，李天娇才知道这淮平真是一个无心角色。所有作证的重要票据都无专门存留，只胡乱塞一个包里。其中有高速费票据、购物小票、停车票，甚至许多住酒店的一次性牙刷、香皂，以及飞机上发的面包和榨菜，几包花生豆，都已经发了霉了，估计放至少两三年，真可谓人生一塌糊涂。想必是他这么多年一直是一个人，缺乏女人的圈养和驯化。李天娇一边厌弃一边想着：或者男人本是一种需要圈养的野生动物，人性少于动物性，总需要女人圈养和驯化，这就是女人一生的职业。还是何乐的人性成分多些——只可惜多了人性中的恶。

这淮平自见了李天娇，一时气馁，自动屈从于一个男仆的角色，对她言听计从不说，简直奉若神明。他虽是高个子，却屡有奴颜屈膝之意。或许是他真正的歉疚使然，而她也安之若素。她有着更重要的任务，搜集证据的工作实在琐碎而艰难。淮平自是全力以赴，关键是淮平他哥哥的医药费，李天娇又垫了钱。有几次她几乎绝望了，觉得自己又丢人又赔钱，这淮平真是上下左右的扶上不墙。好在阚律师甚是专业，在她犹疑的时候屡给她建议和希望，因此居然势如破竹，成功扳局。一笔一笔地追款，跟何乐一方几个回合下来，颇拿到了淮平的应得。清了阚律师的费用之外，他和她两个人之间的分配比例，也是由她说了算的。

一过春节，人的心情就放松下来，一个节接一个节，又是元宵节又是情人节的。转眼就到初春，颇有几个晴日。这一天下午三人去税务所出来，阚律师有事先走，剩下他两人要走老远才到停车场。路经一个商场门前广场，李天娇坐在一座大喷泉的池边俯身。她那双高跟皮鞋是新买的，脚弓分寸不对，人完全空着脚心走路，无所依傍，吃劲得很。淮平低声道："行么，你？"李天娇懒得理他，索性脱了鞋子，着丝袜踩在地上。可是料峭三月的天气还是冷，一会脚就冰凉了。忽见淮平不知什么时候从商场里转出来，手里拿双运动鞋，往她手里一杵。李天娇厉害道："你动不动脑子啊，你？我穿着一身正装，怎么可能穿运动鞋？！"淮平嘟了嘴，一声不吭，浑身僵住了。他似乎一心要讨好她，可她不知什么时候变成了他的女皇，可以随时冲他使性子。他拧着脖子的劲头又显出一个无辜孩子的神情。或者他少年时代就是这么一个角色，烙上了心理排序，长大了也改变不了，越想改变越改变不了。

她这么想着，看他的眼神就有了母性。趁着两人高兴，遂笑道："对了，一直想问你呢——你头发应该很黑的，好好的总戴个帽子干吗？"说着嘻嘻笑，一边支着耳朵很注意地听他的反应。她先感觉到了他的热，想他一定是不情愿说的。淮平果然笑道："不为什么，就愿意。"而她这个人，正像所有偏执的女人，定要凡事求个究竟。"不为什么是为什么？"她娇嗔道："要不摘下来看看啦，喜欢你不戴帽子的样子。"说着就伸手，却被他的大手一把握住手腕子。他虽笑着看她，她却一时疼得"哎呦"叫起来。他的手真有力量，看来他确实不想她碰他。

他们之间的沉默，使得喷泉池水的声响大了起来，哗啦哗啦的，催促着他必须说点什么。他于是道："天娇。"她道："嗯？"回脸看他。她背后不知什么植物的枝蔓，繁复而扭结地伸展过来，在风里划了几道写意的线条，倒显出别样的情致。她想，如果他现在表白爱慕，她别立刻回应他，也别马上拒绝他——是谁说的？一个好女人的标准就是有足够的力量拒绝男人进攻，也有足够的力量阻止他们撤退……这时一个扫地的老人过来，一边嘟囔道："抬脚，姑娘。"她把穿着皮鞋的脚俏皮地抬一抬。有人叫她"姑娘"！这些话足以给她快乐。她于是在微笑间拢拢头发——或者，她还没太老，她还会有未来。她的笑来自心里。人的幸福的感受大概都是瞬间的吧。不想淮平道："天娇，你有没有过心里的一些事，谁也不想说，就是最亲近的人也不想说？"她想了想，道："没有。我的事都可以说，只可惜没有人听。"他道："那是因为你是女人。"她不懂他的话。反道："你倒是有什么秘密？赶紧说出来痛快，别闷着发酵。"他倒笑了，道："那我说了——比如我想睡100个女人，或者让她们像印度女奴一样成天端着奶和酒在太阳起落的时候喂我，或者站在一个山顶上看那些男人蚂蚁一样忙

暮 色

活有多可笑，或者让何乐这种人一辈子难受——我说这些你满意了吗？"李天娇瞪他一眼，说你这人怎么成天犯神经病净胡言乱语。

其实他的话语扑凑在嘴边却又隐身不见，他的真相究竟是什么他自己都不知道。而他的心，就像是森林最深处积满了落叶，一层覆盖了一层，它们已经腐朽、枯萎、粘连，经年累月，密不透风，连他自己也分辨不清，哪些是陈旧的，那些是新鲜的，哪些是最原初的自己……他又低头揉她的手腕子，缓缓说："天娇，你这辈子最难受的事是什么——小时候他们在我头上撒尿，我也尿他们。可我哥比我脾气暴，看不下去就冲上来，被他们一板砖拍下去。他后来身体一直不好，是我欠他的。"说着沉默着哂笑，她也沉默着哂笑，而她心里要为他哭了，遂轻声道："那后来呢。""后来！后来我才知道，这个世界其实就是男人比着撒尿……我养过狗，知道它们成天抢骨头，发情，撒尿占地盘。男人跟它们有什么不同么？只不过美化了自己——把抢骨头叫挣钱，把发情叫恋爱，把占地盘叫当官创业……"她一时被逗得呵呵笑起来，道："你怎么跟说单口相声一样。那又怎么样？大家不都这么过的？就你个别。""我总觉得，还应该有点别的。""别的是什么？"淮平不耐烦道："你问我，我问谁去！我又不是哲学家，我怎么知道。"

她无话可说，遂把她的手，覆盖在他的大手上。他的手冷，她的手热。他也试探着反手握住她的手。他们的握手，开始时完全是因为冷，到后来就是因为异性激素的化学反应而产生的热，以及烫。几个喷泉一直在以各种花样喷水，又有西洋音乐传布，大概是"蓝色的多瑙河"、"春之声圆舞曲"之类。水花忽高忽低，忽放忽收，又一停一喷，或旋转摇摆，随着节奏，煞是好看。来来往往全是陌生人，人在音乐里有点像在纪录片里。他们两个呆呆地看着喷泉，看着行人，在下午薄而淡的阳光里，人也要变成植物人了。

淮平忽伸个懒腰，天真道："啊哈，反正现在有钱了。有钱真好！"李天娇不理。淮平又道："天娇你说，我现在是不是跟何乐一样坏？""什么意思？"她瞥他一眼，挑高眉毛。她觉得淮平这人，真让人说不上！说话完全不着调，一会蹦出一句，深一句浅一句的，不知什么来由。"以前何乐黑我钱，又黑我女人。现在我不是也黑他钱，又黑他女人。"淮平只顾自己抒情，话出了口，似觉不妥。果然李天娇怒道："你黑谁女人了？哪个女人被你黑了？你说清楚！"淮平讪笑道："哦，说错了说错了，是想黑没黑成呢。"

这个世界从来总量相等，丕泰均衡，总不能让人过得那么痛快——淮平挣了钱，他哥却很快不行了。然后是李天娇的父亲。淮平因为他哥已卧病很多年，早有准备。现在医院一条龙服务很商业化的，他没费多少事，也算尽了心。只是她父亲，抢救那天，李天娇完全慌了。她父亲先是喘，不能自主呼吸。护士给吸痰，痰又深，吸不出来，要插管。护士下手都狠，像给用刑似的，门口渐渐围了人。她实在看不下去，就去求医生。好几个医生来来去去，各有重任。做手术的做手术，抄病例的抄病例，无暇旁顾。病房走廊不长，竟隔着生死天堑。李天娇冲到他父亲床边，拉住护士胳膊，眼里全是泪。护士厉声道："你抢不抢救？！躲开！！"有人把她拉开。护士哗啦哗啦推来了她不懂的仪器，几个医护围着病床忙活得密不透风。旁边的病床早就空了，想是那老年人已经走了。她浑身发凉，隔了人，在他们的缝隙中只看见他父亲的一只手。他已悄无声息。她无能为力地，站在一旁，傻了似的，两个胳膊下垂，张着嘴，肩膀一耸一耸，哭也不敢出声。亏得淮平赶来，大手揽住她。不知道是谁，忙乱中竟碰翻了水壶，水滴了一地。

她站在他父亲病床旁边，就是站在那个生命的旁边。然而他与她之间仿佛隔了一层玻璃罩子，他是他，她是她。彼此已经听不见声音！她离他这么近，近在咫尺，又那么远，完全帮不了他。她就要成为孤儿了，而她还没有长大，她的生活这样迷乱，什么都没有准备好。她忽想起小时候有一次她父亲打她，她犯犟不理他，几天不跟他说话。她从小就受不得委屈的。后来她跟何乐办婚礼的那天，他父亲似乎不大喜欢这女婿，并未给他喜钱，她又不高兴，后来嚷嚷了好几次，跟他置气。现在她回想起这些，竟觉得是在昨天！她父亲渐渐成为一个老人了，而她还在他面前当甘心当孩子。她多么不懂事！她原先 20 岁的时候觉得自己什么都不懂，到了 40 岁又觉得自己什么都懂，可现在她又觉得自己真是什么都不懂了……她的心成为一个泉眼，无论从那一个点触碰都要水渍四溢，不可收拾。在这个混乱的世界里，她是把血缘作为宗教的，而生命竟然如此不可思议！

　　是淮平帮着穿的衣服，穿的鞋。她按照淮平所说的，剪了她父亲一撮头发，用纸包了收起来。淮平找的车，找的人，给的钱。他们跟着到了医院最安静和阴冷的房间。把她父亲安置好了。她想这下子真的完了，她感到彻骨的冷和孤独！

9

　　后来她回想起来，真亏得有淮平。他这人不爱动脑子，但是世俗人情这一块，却比她在行，该做的都做到了。那应该是一个儿子或者女婿做的事。她心里认了，想来他也认了。只是一件，她回想起来仍耿耿于怀：他们把她父亲送到地下室，返回病房收拾东西的时候，东西不知怎么已被清空了。一个穿蓝制服的阿姨正在擦地。李天娇还没有回过神来，她原还要在这里缅怀一下、追思一下的。那是她父亲最后的世间席地，或者他的魂魄还没有走远，总可以在这里停一停、站一站，寻着世间的路径。她在这个空间里，也可以感受到他刚才的温度。这个程序不走完，她觉得一切还没有完似的。但是现实又完全地不可能了。新的病人很快来了。一个老年人，七大姑八大姨陪着，端着水果、脸盆的。完全不知就里的，在两张床里，选择了她父亲的那一张。那张床正好靠窗，可以看见楼间的草地。李天娇站在门口哑声哭泣，他们张着眼睛奇怪地看她，她的眼泪着实令人不快。直到很久之后，她都不能原谅他们。她心里的一个坎一直都没有过去。

　　大概是从哪一天夜里开始，他们的情爱完全放任了。说是放任，其实彼此裸身相对竟是一件非常尴尬的事情。那些较之常规裸体的凸起部分，有的是性征，有的却是岁月的累赘，不堪入目得很。两人只得黑着灯，一边放任一边收敛，心却还像少年时代一样拘着，极力避开彼此薄而脆的禁区。他们的爱也夹着生。这倒很像小娇在家里养着玩的一只蚌壳：张开来刚露出一点点柔软的肉，只轻轻一触，又缩回去，把自己完全关闭了——现在的人，不都是身体已经是亲人了，可心还隔着玻璃罩子！她不懂他，他也未必懂她。好在不久之后淮平又开始做生意了，渐渐地有了起色。他挣了钱给她花，纸币成了他们之间最省事的语言，这语言还包括吃饭睡觉，当然还有夜里的爱。

　　时间真是过得太快了，转眼夏天来了。这一天又是周末。她下了班，觉得自己敢是穿多了，就把车窗全打开——淮平的车——往街上看，一丛一丛的紫丁香全开了，还有玉盘木槿、无果海棠，随着夏风寂寞地一摇一摆。北京近年来绿植增多，立交桥、桥底下的空地上，全是绿地。又进了一些名贵的树种，比如暗紫的百日红。加之时尚男女穿梭点缀，这一座城市已经成为名副其实的国际大都会了。她顺着下班途经的那条铁道，往南城开。过几个红绿灯，看见一座工商行，也就到了。她一年以前来的时候，还不认识这里，现在已经熟悉了。有时候他们在她家里不方便，比如小娇回来，她也跟淮平来这里的。那两居室经她拾掇，宽敞豁亮，颇像一个家的样子——她原来的家，最终以离婚应得的部分、加之与淮平分成的部分，努着劲买下来，其实就是给何乐补个差价。原也是从他那儿抠出来的钱。她有了淮平，三角债中总占优势。当然过程中免不了各有争执，最终以各自接受的数目结算，彼此都不算太吃亏，可又都觉得自己吃了亏。说到底，婚姻就是做生意，她跟何乐做成了最后一笔，也就相安无事、各走各路了。

李天娇这一着，本是背水一战，却彻底坐实了谣传：本就是她和情夫设局，黑她丈夫的钱，最终奸夫淫妇走到了一起，领没领证件没有人知道，只是大家都觉得他们俩真是缺德，世风日下，实在有伤风化。而她越发有口难辩，索性就心安理得地做了坏女人。当然也有善良的资深妇女说，是那个叫淮平的人乘人之危，乘虚而入的。李天娇刚刚离婚，又父亲过世，正脆弱得很，谁经得住一个大男人的无微不至呢。况且那淮平长得也不难看，又是她的发小。于李天娇来讲，反正谣传总是脱离真相的。她这些年太累了，人也变得迟钝了许多，对于痛感也不那么敏锐了。她无非想跟一个老实男人平安度日，那就是她后半生的福分。她跟了淮平，算是降格以求，她心里未必看得上他。但女人说老就老。他虽不是最好的选择，可在这个世界上，好事并非在时间流水中一桩桩漂过来，任人打捞的。而是人在激流中截流，抓住一样是一样。

这一天淮平已经早来了，还来了一个他的朋友，矮个子，一问，却是这两居室的房主。李天娇从来没见过他。那两个人似乎已经谈妥了，那人也不多留，转身走了。这倒蹊跷。李天娇就问道："他要干吗？房租不是已经给他了？"淮平道："哦，我想买这房子。""买它干吗？这地段又不值！我那儿不是有？"说着眼睛很注意地看他，一边把西瓜放下，它吃重得很，手指上勒出一道白印。淮平道："你有那是你的。"

李天娇是最近才信星象学的，她觉得今天恐是话不投机，诸事不宜，就不多说话，自己拿刀在厨房切了八瓣西瓜，放个盘，端到客厅来。但是淮平的话，仿佛又是一个萝卜缨子，她总想往上拔一拔，看看底下到底有多少碎泥。遂隐忍笑道："你看你这人，还分得挺清。怎么叫你的我的？"淮平拿个电视遥控器，总翻不到他要的那一个频道，声音倒是放得很响，一会是"有专家认为，最近北京的雾霾天气依然持续……"，又忽然是"娘娘华妃，皇上到小主那儿去了。并未邀请娘娘……"又换个台，大约是"有目击者说，城管将 13 岁女孩以手铐铐在车后座，现在相关责任人已被控制……"这些漫天的腌臜事让他心烦得紧，他只好看球赛。那些原始的肉的机器跑动于绿茵之上，又健硕又漂亮，甚合他心意，完全没有注意到这边李天娇的情绪。她正高声道："破球赛有什么可看？看《甄环传》！"淮平不情愿道："你就喜欢这些成天斗心眼的东西，你就喜欢斗心眼。"李天娇道："说什么呢？我怎么斗心眼了？有病啊你！"

淮平没说话，她也不说话。但是语言的噪声和沉默，从来不能阻止另一种东西的蔓延。它就在他和她之间，透明的，冷的，硬的，枝杈横生的。她跟他在一起，早就看见它了，她不知道他看没看见。但她宁肯装作看不见，把它当作玻璃钢，吃钢咽铁地囫囵吞下去，留作后半生去消化——天下的夫妻不都一样么。但她到底还是忍不住，正色道："淮平，你觉得我这个人怎么样？以后你到底打算怎么办？"淮平道："看电视就看电视，想那么多干吗？"拿起一块西瓜，大啃一口。但是她的脸突然挡在他和电视之间，距离他非常近。他聚焦一下眼珠，几乎对了眼——她真是老了。眼角和嘴角都有一种下沉的趋势。她的人的轮廓固然属于少年时代的，可是整个大了一圈，像是被时间的水浸泡得肿胀了。小时候，她的额头那么白，那么亮，头发两侧分披下来，像一只上了釉彩的瓷瓶子，嘴唇一朵黯淡的紫。跟他说话也"讨厌讨厌"的。要说起来，真是妙龄的女孩子的调情才是好看的，中年往后的女性就要学会一个知趣。都说要惩罚一个女人，就是隔了若干年时近距离地看她。可他为什么要惩罚她呢？

淮平本不想说话，见她逼得紧，就不耐烦道："什么怎么样？现在的人不都一个样——你还不是跟何乐一个样，甚至比他还厉害。"他话一出口，她站了起来，他也随着站起来。李天娇一字一句道："那你现在干吗呢，跟我一块？"淮平嘟着嘴，赌气道："什么干吗呢？不就是一块看电视呢。"

古往今来，男女的吵架真是说吵就吵，没有任何过渡，一下就吵到了一个量级上。何况他们的话锋风云突变，吵得那么绝情——她说："淮平，我就是想问问你，那次如果警察不来，你会把我怎么样？你给我说真话！"他说："我又不欠你的！你爸的事，我也算尽了力还你情了。钱上也没亏着你！"她说："不是我帮你，你还在局子里呢你。不是我帮你，你要饭吧你。"而他说："敢情你一直怀疑我呢。我当初就为救我哥。不为他，我要你干嘛？！"

她已经什么都豁出去了，原以为他是一颗救命稻草，可他却是一根软麸子，随着她一起沉下去！李天娇一动不动地站在那里，冰雕一样，散发着一股坚硬的冷气。她总觉得自己的身体的缝隙，哪儿哪儿都是腻的。这个世界，真是人心隔肚皮。如果说婚姻是把男女两块泥巴捏在一起，少年时候它们尚是软的、未成型的、夹心带水的，捏在一起就算长在了一起；成年的男与女，各自就是一块干泥，脆而硬的，怎么捏咕都无法融合、都会有缝隙。再一使劲，就碎了一地。她的火车又一次无缘无故冲上来，轰隆轰隆的声音让她一时间什么也听不见。

他的人，正坐她眼皮底下，两眼发直地盯着电视，天真而又无辜的，两个硕大的拳头抵住膝盖，又犟又倔，又软弱又懵懂，又疯狂又各色的，浑身上下全是拧巴。难怪那些孩子欺负他，难怪何乐黑他，他真是活该！她从心里往外地烦他。她于是突然伸出手——她当时真是气馁了，气得一把掀掉了他的帽子。她都不知道自己干了什么，只看见他慢慢慢慢仰起头，他的眼睛里像夏天的池塘积水一样，浮上一层雾汽。他的头发完全是浓密的，丰沛的，黝黑的，只是被帽沿压了一个深印，显得有些滑稽。中间的部分想是薄了些，被灯光一照照到了头顶的青皮。她感觉他的样子有一点陌生。他们每次睡觉，都是黑了灯的，他总是想方设法地，在光亮的地方使它生长在他的头上。这人真是怪异！她余怒未消，恨铁不成钢嚷道："你也配！成天跟个疯子似的，人家照样瞧不起你！"她的本意是找一个花瓶砸碎在地上，但是她不知怎地就到了厨房，拿起切西瓜的刀冲出来朝客厅的地板上狠命一摔。它迸起来，跳向他的手臂。他的手臂立时着了一道极细的红印子，血珠冒出来。他慢慢慢慢地站了起来，返身朝她的时候，脸上就带了凶相。

10

小娇刚刚过了 19 岁生日，也刚刚交了人生中第一个男朋友。她真是年轻，穿着薄棉质的纯白小棉衫，外罩紫圆点子外搭，露了天鹅一样的长颈。圆满的胸，呈现向上的生长。灵活的小蛮腰，罩一件撒花散摆裙，孔雀蓝珠光袜子。走过去，就带过一阵女孩子才独有的清香的风。她最终还是 PASS 了王小滔而选了严予锦。他高大而她纤瘦，既青春又好看，在街上结伴走路也是十分招眼的。那些天，他们已经见过严予锦的父母了，又说要来见过小娇父母。虽两个孩子离订婚还远，但毕竟是个庄重的意思。李天娇原想着，淮平跟他们见面，总得他俩正式领证之后。等跟淮平领了证，还是要住在原来的家。那儿的环境毕竟好，吃饭、购物非常方便的。这年头离婚也不是丢人的事，换老公不跟换工作一样么。物业人员本就流动性大，也未见记得谁是谁的老公。遂让小娇带她男朋友先去见何乐。对孩子来说，她跟她父亲也没仇。她也长大了，多一个人疼她总是好的。

小娇正在兴头上，偏偏等不及，央她妈妈一定先见见她的男朋友。那天遂他们四个人在楼下的餐厅吃饭。这餐厅装修得别致，处处可见建筑小品。顶上全是玻璃，蔓藤顺着极细的架子攀上来，漫布了整个窗户。玻璃的底部种了各种绚丽的花，还有蜿蜒的石子路。客人有屋里和院子两处可坐。他们选择坐了院子。服务员穿西装，在桌底点了红蜡驱蚊，又对着耳麦、按点菜器，非常的高级。他们俩说的歌星，他们俩都不大知道。他们俩热烈谈论的电影，他们俩也不大知道。淮平只顾着吃，完全忘记了吃相，天娇慈祥地劝他们吃菜："快吃绿菜，补充点维生素。来点骨头汤，补钙的。再来点小米辽参，补充各种氨基酸的……"严予锦自是机敏而懂事的，给他们斟茶，递餐巾纸，招唤服务员换碟子。小娇只觉得她妈妈庸俗，那淮平更是上不了台面。在他们小辈看来，上一辈人都是一页翻过去的历史，完全不懂得他们浪漫易感的心。

插个空小娇跟她妈妈说："爸说他打算移民了。妈，我以后能不能去留学？""哦，想去就去呗。"天娇说着话，眼睛尽瞧着淮平的脸色。有一种人就是这样的，一个时期总要有一个重点、有一项任务。古往今来，经营男人就是女人最重要的任务，现在天娇还有什么所求吗？淮平就是她的未来、她的全部，他倒成为了她的主。那淮平正在高声讲着电话。严予锦接笑道："你想去哪个城市呢……温哥华还是多伦多？要到多伦多，还不如到广州或者上海，那里的中国人太多。要不你干脆留在北京算了，也就空气质量差点，别的都一样的。"

那小娇何等聪明。女儿从来就是母亲的另一颗心。在她冷眼看来，她妈妈是陷到泥沼里，越挣扎陷得越深。而她自己却浑然不觉似的，完全是一种听之任之的态度。她眼睛里一贯的锐利的光，已经被时间磨钝了，透出一股老年人的与世无争、随波逐流。说话的口吻也慢吞吞的，带着股暮气。"来，来，快喝汤，倒时凉了……"汤是海带山药龙骨汤，白而浓稠的。她舀了一勺，逐次倒入他们的碗里。两个小辈微微欠身，用手护碗表示谢意，淮平却视而不见，喝汤的声音非常之响。他们互相看了一眼，没有吱声。以她妈妈以前的脾气，从来是眼里不揉砂子的，一点不合心意，就像个火药桶子要爆裂开来。但现在终归到了强弩之末，凡事认了命。而人世间的宿命，不正是把那些红的绿的、灵性与混沌的男女，犬牙交错地压合在一起，让他们在生活的轮子里，吱吱呀呀地运转？

按说他们办结婚应该是在下午，因为是二婚。但他和她都说，"都这把岁数了，有什么可办的？又不像年轻人有兴头。"他们也确实没有什么亲朋好友可请。因此就按李天娇的意思，把她原先的房子简单装修粉饰了一下。只是正式搬进来的那天，疏疏落落地在楼前草坪上放了几响鞭炮，算是对自己的祝福。

那两年，小娇果然励精图治，终于出国留学。李天娇自是担心女儿安危的，而小娇更担心她妈妈的安危，她从小，心思细，也心重。是她妈妈有一次闲时跟她谈起，那天激烈的争吵，亏得是淮平朋友忘记带东西，回来敲门，否则谁知道会是怎样的结果呢。小娇总觉得她妈妈生活在一个惊险的边缘。但正如一列火车有一列火车的轨，一个人有一个人的道，旁人终归爱莫能助，无能为力，只有远远地观望着。有一次小娇看见网上的一则新闻："在京南一所小区里发生不明原因的情杀命案。一个中年男子行凶 13 刀，又将受伤中年妇女急送医院，后经抢救无效死亡。"遂心惊肉跳了很久，不能成眠。她甚至在半梦半醒之间胡思乱想着——如果真的是那样，她妈妈单位的资深妇女们一定还会刻薄着："是情杀吧？早说过恶有恶报。这年头别玩火。"或者："你们发现没有，李天娇的面相不好。因为她下巴上有一颗黑痣。"最厚道的评价也是："跟那人怎么也好不了。现在这个社会这么复杂，她也太轻信了。"如果真的是那样，她将以她的方式惩罚他们：去探视淮平，让他一辈子活在心狱里。她要折磨他。因为她相信他是一个可以被道德折磨的人；然后，她绝不再见她的父亲。让他只知道她活着，却永远见不到她，用以施加对他的刻骨的惩罚。归根结底，她是恨她父亲的。在她的眼里，就是她爸爸杀死了她妈妈的活泛的心……她的年龄尚可以允许她的梦呓和天真。当然，那阵子许多网站转载了这个消息，但很快被新的社会新闻覆盖了。而何乐自是换了别的女人，随着时间，他也见老，开始感慨人生中深刻的孤独。

李天娇还在北京这一座城市里生活。那一年秋天的雨特别多。傍晚时分的雨线倾斜着，漫天遍野，把人们的视野都布满了。那或者正是一个表达温存的时刻，尤其让人向往着舒服的安眠。对于她来说，秋凉的时候身边有一个温热的人，就已经足够了。尽管他是那么的不尽人意——时不时带着他的帽子，急功近利，一心出人头地，浑身的拧巴，也打牌，甚至找女人。但她的心已经钝了。因为治疗疼痛的最好的办法，是更大的疼痛。她不感到疼痛，只感到疲倦。常常地，她在无边的时间中的某一点停下来。她的房间西向，正可以看见暮色中的街边，叶子一片片无声地落下，偶尔匆匆走过一个离家索居的人。

小娇隔几天就会给她来信——网上的信。李天娇像看着另一个自己：失望，换男人，挣钱，在不快乐中找快乐……她的命又一次重来。但她仍然忍不住寄予无限的希望在上面，她总相信远方的小小的她会有好的未来。

（全文完）